朱瑞——著

逆轉

自序

即便今天，在海外自由世界裡，只要中國人聚在一起暢所欲言時，西藏或者說圖伯特，總是噤若寒蟬的話題。比如，當我被介紹為「西藏題材」的寫作者時，幾乎立刻，會出現一陣沉默，而後是轉移話題。

當然，有些海外的漢人學者和民主人士是常以同情的口吻談西藏的。他們甚至在流亡藏人的幫助下，採訪調查，影印資料……接觸了更多的有關西藏歷史的細節與背景，看到了西藏的國家形態和被侵略的事實，但在著書立說寫文章時，還是免不了把西藏歸入「自古以來就是中國的一部分」框架裡，與中國當局，原則上保持了一致。

中國歷史上的千年皇權，使人們習慣了依附於統治者、強者；而共產政權，近六十多年來，對文藝界一波接一波的整風、整頓，更馴服了作家。比如在對西藏或說圖伯特的表述上，從早期的《農奴》電影到近年在中國走紅的《塵埃落定》、《藏地密碼》等，要麼是明晃晃對西藏進行醜化和扭曲，要麼是以獵奇的方式，技巧地描述西藏；要麼是龜縮在幻想裡，光怪陸離地拼湊西藏……而這一切，完全逃避了西藏正在被宰割被殖民被消失的事實，間接和直接地為統治者遮蓋掩飾了罪責。

有人撰文指出走紅的某西藏題材作品，不過是對國際獲獎作品的模仿，我也有相似的感受。

不過，這也是中國文壇的普遍現象：中國作家，尤其名作家，總是一窩蜂地模仿國際獲獎作品，比如，福克納的象徵和隱喻、史坦貝克的細節、君特．格拉斯的傳奇、馬奎斯的魔幻等等，都被重複得滾瓜爛熟。但是，這樣的文字再精緻，也是沒有生命力的。因為這裡缺少一部巨著，甚至一部成熟作品應該具有的品質。

一部好作品，至少要具備真誠的內涵。真誠地與弱者同行，見證他們的災難苦痛，並對統治者或者說殖民者進行審視和曝光；不隨波逐流，不禁錮精神，不僅如此，還要讓精神得到最大程度的獨立和開放。統治者從來都不乏被歌頌，作家們再擠進這個阿諛奉承的隊伍：媚俗，媚權勢，那是自甘墮落。

我曾任《西藏文學》[1]編輯，有機會看到了衛藏[2]的許多地方，包括偏遠的鄉村。後來，也到過印度的西藏流亡社區和西藏文化輻射的喜馬拉雅地區，如錫金等，作為漢人，我的感觸一言難盡。

於是，我決定寫作這部長篇小說，對比中國、西藏和西方的價值觀。逾越中國人對「敏感內容」的禁忌，謙卑地描述以關懷弱者為軸心的西藏傳統文化，披露西藏苦難現實；同時，回看中國文化，反思那種「勝者為王敗者為寇」等弱肉強食邏輯，當然，這也是逆向世俗定見的，因此，我取書名為《逆轉》。

---

1 《西藏文學》：為文學雜誌，雙月刊。出版單位：西藏自治區文聯；出版地點：拉薩。

2 衛藏：西藏（圖伯特）傳統上分為三區，衛藏、康和安多。衛藏一般指現在的西藏自治區，分為三個部分，前藏、後藏和阿里。

寫作方法上，我避免譁眾取寵、刻意雕琢，盡可能地回歸生活、生命本色，自然地鋪展我的故事，以表達我對文學的理解和追尋。

感謝秀威出版社，使我的這部作品得以與讀者見面。尤其感謝責任編輯林昕平女士的辛勤，成就了這部書顯而易見的優質。

目次

第一章　中國（上）

王家寡婦

女人朝路邊的乾水溝走去，穿著青色斜對襟棉襖，右肩補了兩塊補丁。女人在撿包米稈子。每天都是這個時候，也就是太陽一出山，女人就來了。

一堆新鮮的包米稈子正堆在溝裡呢，女人的嘴角動了動，露出了笑容，也許根本就沒有笑容，不過是男人的想像。男人的兩道眉毛舒展了，透過上簾窗子，看著女人蹲下，抓起那捆包米杆子……突然，女人僵住了，半蹲的身子一動也不動。男人卻感到了女人的雙肩在抖，是那種因為恐懼而不自主顫動。男人往下看去，原來，那包米稈子裡裹了個孩子，雖說頭髮黑油油的，臉卻成了鐵青色。

「不怕，早就咽氣了。」男人不自覺地出了聲。

「你這雜種，有錢人家的大姑娘不要，偏偏相好了這麼個窮寡婦，連你姥姥家的臉都丟盡了！」

男人猛地一轉身，推門出去了。

「我說孫簫，你爹的話也聽不進去了？你個畜牲！」孫簫他爹抄起門後的水扁擔[1]追了出

1 水扁擔：挑水用的竹棍，兩邊帶有鐵鉤，用來鉤住水桶。

去。孫簫就跑了起來。他爹呢，一邊追，一邊掄起水扁擔朝他砸，兩人繞著房子跑了兩圈，孫簫突然想起了什麼似的，掉頭拐到了街上，又沿著大街，直奔西北隅[2]跑去。滿街的人都看傻了，大姑娘、小媳婦抿著嘴笑。

鎮子不大，抽口煙袋的功夫，孫簫就跑到了盡頭，眼前是十幾間立立正正的青瓦房。一股酒香順著門縫擠了出來。孫簫吸了吸鼻子，熟練地抓起門上的獅子銅環，一回身進去了。他爹喘著氣，停在了門外，打量起了自己：不僅黑馬褂上的扣子裂著，手裡還吊著個水扁擔，這付模樣，讓岳父看見非得笑掉大牙不可。「唉——」孫簫爹歎了口氣，轉身朝家走去。

大門裡是孫簫的姥姥家，也就是有名的西燒館。酒香，都傳到了奉天[3]。滿鎮子的人，誰不朝西燒館咂嘴？說起來，鎮上的半條街都是西燒館的。而他呢，不過是個窮書生，小學校長，儘管快五十歲的人了，在岳父岳母大人面前，還是少不了思前想後的。

大兒子孫簫不爭氣，剛剛念了幾天國高就不知道北了，相好了一個女學生，這事兒傳揚出去，連他姥姥家的臉都丟盡了。儘管他這個當爹的也念過國高，可眼裡還是裝不下太驢性的事兒。所以，他給大兒子娶了個媳婦，尋思著這回能規規矩矩地過日子了。說起這媳婦，也是有錢有勢人家的小姐，鎮上的老太太、小媳婦，一見人家那雙小腳，都直眨巴眼睛，稀罕的要命。偏偏孫簫，一見這雙小腳就來氣，說人家走路「拐了拐了」的，媳婦睡炕頭，他就睡炕梢，媳婦睡

2　隅：角落。城角、牆角。
3　奉天：今瀋陽一帶舊稱。

炕梢，他就睡炕頭。人家也不怕閨女嫁不出去，信兒一捎過去，就來了人。孫簫呢，不由分說，研起墨水就寫了休書。不過，西燒館的人都說，這是命裡註定，因為兩個新人上轎那天，飛來了兩隻毛頭鷹，老二掏出匣子就打死了一隻，俗話說「打死毛頭鷹，婚事不旺興。」

這不，又相好了王家寡婦。王家窮得連件像樣的衣服都沒有，就這麼一件青面棉襖，寡婦出來，那大姑姐就得圍著一條麻花被[4]坐在炕上，連地兒都下不去。說起來，王家倒不算窮，就是這大姑姐，人不知鬼不覺地染上了大煙，後來呢，又打起了嗎啡，自己推自己打，癮大得出奇。王家就窮了。也是禍不單行，前些日子流行天花，鎮上死了百十來人，王家當家的也趕上了。

幸好有老二！一想到老二，孫校長的氣就順了。二兒子又懂事又聽話，長得也端正，穿得也講究，正在警察局做事。再說了，二兒媳婦也爭氣，還生下了一個兒子。孫校長想著，回到了家裡，放下水扁擔，繫上了馬褂扣子，又打了一盆乾淨井水，洗了臉。這時，太陽也升到了東牆上，該去學校轉轉了。

一推大門，和大兒子孫簫打了個照面。孫校長伸手又要打，後面有人吱聲了：「今天哪，咱爺倆嘮一嘮。」

原來，是岳父大人跟來了，說著，朝外孫子使了個眼色，孫簫趁勢躲進了自己的屋子，端起一本大書，讀了起來。

---

4 麻花被：用手工織出的白底藍花布料，作被子面的被子，中國東北人常叫麻花被。上個世紀七〇年代以前，這種布料很廉價。

「要我說呀，這不是壞事，王家寡婦勤快，還知道節省，就是窮，窮咋地？越窮越會過日子呀！不過嘛，就是……大腳板，」說到這兒，岳父大人壓低了聲音，「咱那孩子是中了邪啦，聽說，前頭他相好的那個女學生也是大腳板呢！唉，哪有十全十美呀，依我看，這婚事不賴，給那大姑姐幾塊大洋，喜事兒就成了。不像前頭那個，人家是三寸金蓮，咱們白花花地扔了多少銀子呀？」

青馬溝

孫校長買來王家寡婦的當天，就在青馬溝給孫簫劃出了二十坰地，算是分了家。青馬溝一共十幾戶人家，風水還算好：南溝子的水，成年累月地流著，別看冬天瘦成了一條脊樑骨，夏天呢，魚呀蝦呀都來了。趕上陰天下雨的，還能看見兩匹青馬，沿著溝沿兒來回跑，有人就去抓，抓也抓不住，青馬溝就這麼叫出了名。

再說孫簫，老是皺著眉頭不說話。人們都說是讀大書惹的禍，好端端的人，讀出了毛病。所以，一般人都不走那個歪門邪道，送孩子進學校識字念書。

「你叫什麼名字？」孫簫瞅著媳婦，兩道緊鎖的眉毛展開了。

「石王氏。」

「我是說呀，沒過門之前，你有自己的名字嗎？」

「我爹給我取名石桂芳。」

「還叫石桂芳吧，不必循老規矩叫什麼石孫氏石王氏的。以後嘛，也不用你做飯，我爹分給了咱們一個廚子。」孫簫說著，看了看身邊那個胖不搭的紮著白圍裙的半大小夥子。

孫簫染上了大煙

結婚四個月頭上，石桂芳就生下了一個丫頭。孫簫說：「就叫大丫吧。」顯然，這不是孫簫的骨肉，而是石桂芳前面男人的遺腹子。孫簫不僅不嫌棄，有人殺豬宰羊辦個喜事啥地，還少不了抱著大丫湊熱鬧。青馬溝的人就說：

「別看孫簫整天抽巴個臉，見了人家的孩子就樂了。」

「要不，他爹能把他趕出來？那是個正經傻麅子！」

……

青馬溝裡說啥的都有。孫簫呢，啥也不聽，只管我行我素。這不，又抽上了大煙。抽完大煙，還硬要廚子包飩餃子，餃子餡呢，一定要剁碎的瘦豬肉和白白淨淨的酸菜腦瓜；餃子皮呢，那是調樣做，兩天蕎麵，兩天白麵。

大煙，又把孫簫一家禍害窮了。再說了，孫簫他爹也沒他給他值錢的家底兒，他在他爹的心中，像是自個兒身上的疥瘡，越看越難受。

西炕子屯邢老大的兩鬥小米兒

孫簫開始買地了。自打他姥姥、姥爺去世，剩下舅舅姨姨們，也都自顧自地過起了日子，管不到孫簫這段兒了。

這時，孫簫的第二個孩子出生了。這一個嘛，實打實是他的骨肉，和他一樣，黃頭髮亮晶晶的，眼睛不大，雙眼皮，只是皮膚像石桂芳，奶一樣白淨。

「唉，又是個丫頭片子！」石桂芳歎了一口氣，「就叫她帶小吧，但願能帶來一個小子。」

「叫啥都不礙事。」孫簫好脾氣地笑了，接著就用毛巾給帶小蒙上臉，一口口噴大煙。

「噴了大煙，這孩子就好養了。」孫簫讚不絕口，「大煙是好東西呀，什麼病都治，頭疼腦熱感冒著涼啦，都管用。」

帶小長到六、七歲時，那個胖不搭的廚子就走了，這時，家裡只剩下了五畝地。孫簫就給人挑擔子、收豬毛。晚上讓媳婦孩子把豬毛癢子去掉，梳理好，第二天再賣出去。可這豬毛，沾得老婆孩子滿身都是腥味不說，還一陣陣發癢。一天，正梳著豬毛，帶小就吐了，石桂芳也哭了：「都怨我命不好呀，為啥我到誰家，誰家就窮呢？」說著，倒在了地上。孫簫趕緊找來了大夫，又是打針又是吃藥的，石桂芳就睜開眼睛坐了起來。有一回，大夫剛走，石桂芳又昏過去了。後來，大夫一來，帶小就抱住人家的大腿不放：「求求你，別走了，就住在我們家吧，你一走，我媽還得犯病，求求你了……」

「帶小一見大夫就親。」青馬溝裡都這麼說。

相比之下，孫簫弟弟的日子，那是越肥越添膘。自打孫校長兩口子過世，家底兒都交給了老二不說，人家自己還賺了不少。媳婦出門，都是穿金戴銀的，還有人說，連他家門前的樹下都埋著金條呢。

然而，一夜之間，光復了！孫簫成了貧農，而弟弟呢，成了大地主。接著，孫簫和幾個抽大煙的人都被抓了起來，關進鎮上西南門外的鐵籠子裡，想跑也跑不了，想死也死不掉，連皮帶都被沒收了。可孫簫熬過來了，也就是說，他終於忌了大煙，和普通人一樣，參加了青馬溝的互助組，開始了生產勞動。人家說，一寸地留一個玉米苗，剩下的，就和草一起鏟掉。孫簫呢，就把玉米苗都鏟掉了，留下的盡是草。媳婦就讓兩個丫頭幫他。可趁他不注意，大丫說：「帶小，我去茅坑，你幫爸爸幹活吧。」順著尿道，再也不見了。帶小可憐他，一會兒，就幹到了他的前面。可他見了帶小，一屁股坐到了壟臺上：「我渴了，回去讓你媽燒點開水吧！」帶小說，「人家都能『咕咚咕咚』地喝涼水，你咋就不能呢，我要是回去了，這剩下的活兒可咋整？」

「我說帶小子，還反了你了呢?!」孫簫一蹬腿站了起來，抽出皮帶就朝帶小甩去，帶小拔腿就跑。等帶小提著滾開的水到了地頭，社員們早開始了幹活，孫簫呢，就坐下來吹開水，他喝完了，人家的活也幹完了。

比孫簫更殘的是他的弟弟，被幾個貧雇農活活打死了。媳婦呢，硬是上了吊。留下來的只有那個兒子：濃眉大眼，端端正正的，就是一張口，著三不著四的。說是讓他爹打的。那天早晨，他睡得熟熟的，他爹卻叫他起來鏟地，他呢，乾答應不睜眼睛。那時，他爹被窮跑腿子們打了一夜，精神也不咋正常了，心裡正窩著氣，就抓起燒火棍，劈頭蓋臉地打起了他，等他醒過來時，就傻了。

「大爺，你咋不抽大煙呢，大煙是好東西呀，沒有大煙，能給你劃貧雇農嗎？」

孫簫舉手就想扇小侄兒一個嘴巴子，可看著這傻小子臉上露出了憨憨的笑窩，這手，又無力地放下了。孫簫轉身向鎮子走去，帶小呢，就悄悄地跟在後頭。孫簫心情好的時候，也就不吱聲了，接著往前走，到了館子，先買一個火燒，也就是燒餅，再夾上旁地肉，就是牛肘子肉，先給了帶小；而他自己只是吃火燒。心情不好的時候呢，孫簫會抽出皮帶，嚇呼帶小：「快回去幫你媽看孩子！回不回去？不回去我可抽你了！」說著，還真抽出了皮帶，帶小拔腿就往回跑，到了家，還真抱起了孩子。說來也巧，不，也是帶小這名字取得好，她給孫簫一家果真帶來了一個弟弟。

帶小八歲這年，村長姜子樹扛來了兩鬥小米：「孫簫啊，西炕子屯邢老大想娶你家的帶小做三兒媳婦，你看咋樣？」

孫簫不吭聲。

姜子樹就把小米往北炕上一墩：「人家可是成心成意呀。」

孫簫解開袋子，抓出一把小米，黃洋洋新鮮鮮的，就說話了：「行啊，我沒說的。」

婚事就這麼定下了。青馬溝的丫頭都是這麼定的親。大丫也是。大丫的親事定在了張國太屯的劉大麻子家。說起張國太，那是個頂頂有名的大地主，共產黨來之前，人人都叫他張大善人，要飯的，砍柴的，經過他家門前，總會得個玉米麵餅子啥的。不過，土改時，張大善人被那些窮跑腿子們活活打死了。後來，這屯子改叫了「行軍屯」。因為共產黨的大隊人馬，在某個夜裡經過了這裡。不過，人們叫慣了「張國太屯」，一時不易改口。

張大馬勺

「張大馬勺回來了，還帶著媳婦呢！」青馬溝的人傳開了。張大馬勺是孫簫的鄰居張家大兒子，早在參加共產黨軍隊之前，會做木頭勺子，所以，村裡村外的都這麼叫他，連兄弟姐妹，還有他媽，也這麼叫他呢。

張大馬勺娶的是個中俄混血女人。來信說，這女人漂亮得沒法說，不管在國民黨裡還是共產黨裡，都有相中她的。大馬勺的花花腸子也是擰了好幾個勁兒，才把這女人弄到了手。可是，青馬溝裡沒有一個人承認這女人漂亮，都說她長得四不像，不像姑娘，也不像個媳婦，不像男人，也不像個女人。鼻樑又高，眼睛往裡瞘著，閃著藍光，個頭還不矮，比她的男人高出半頭呢，說話的節奏，像機關槍似的，直「突突」，分不出個數。青馬溝裡的人都說：「這不是妖怪嗎，大馬勺准是中了邪！」接著，人們還發現了更為邪門兒的事：大馬勺那兩顆好端端的門牙，被換成了假的！這回，人們可不依不撓了，非要掏出個究竟。好在文化大革命開始了，組織上滿足了每個人的好奇心，甚至不惜花血本，派人外調，掘地三尺，弄出了大馬勺的隱私：原來，那兩顆門牙呀，是會這妖怪時，翻牆摔掉了。

當然了，文化大革命期間，人們還知道了不少邪門兒的事兒。就說張大馬勺的這個妖怪吧，原是一位國民黨軍官的太太！可她被共產黨做通了思想工作，不僅藥死了自己的男人，還藥死了其他不少國民黨裡的重要人物，連楊虎城將軍也是她藥死的呢！最讓共產黨豎大拇指的是，她藥死人的辦法並不複雜，只是打針，那一針下去，再硬朗的人也會成為一攤泥的。

當然了，這都是她後來自己交代的，誰也不知是真是假。不過，真正無疑的是，她嫁給了張大馬勺——一個共產黨軍官，並來到了青馬溝。現在，她的任務是建立人民衛生院。因為鎮子裡只有一家天主堂，大事小情，都少不了去天主堂，像小孩子吃魚紮了嗓子，也要抱到天主堂拔出來；火盆倒了燒了孩子的手，還要抱到天主堂上藥。共產黨是不信宗教的，人民衛生院必須取代天主堂。所以，這張大馬勺的妖怪，就開始了招收、訓練護士。她首先相中了大丫，就找到了孫簫，說：「你家的大閨女也不小了，應該做一點為人民服務的好事，比如當個護士……」

帶小跳井了

這一年，姜子樹又來找孫簫，說：「邢老大都預備好了，要娶帶小過去呢。」

「這麼大的閨女說嫁就嫁過去了？你也看見了，我家大丫硬是被張大馬勺的妖精帶到衛生院為人民服務去了，家裡就剩了帶小，鋤地做飯哄孩子，樣樣都少不了她。」孫籥沒好氣地數落著姜子樹。

「帶小都十七歲了，也不小了。再說，人家邢老大派來了一輛三匹馬拉的軲轆車，明媒正娶，有啥不好？」姜子樹說著站了起來。

孫籥不吱聲。

「這樣吧，我再和邢老大商量商量。」姜子樹說著走了。

第二天，太陽剛露個臉，姜子樹就甩給了孫籥七百元錢：「這回咋樣，同意不？」

「不同意！」帶小喊著，拔腿就往外跑，剛跑到青馬溝邊，氣還沒喘出一口，孫籥就追了上來：「你這黃毛丫頭，反了你了！」

說著，和姜子樹兩人，扯著兩條粗麻繩，硬是把又蹬又踢的帶小綁上了那輛三匹馬拉的軲轆車。太陽快要落山時，三匹馬「呼哧呼哧」地喘著氣，進了西炕子屯。

莊戶人家都點不起煤油燈，天一擦黑就躺下了。再說第二天是喜日，也該早點歇歇。帶小睡北炕，邢老大一家睡南炕。累了一天，呼嚕聲、鼻息聲，很快地從南炕那邊一陣陣傳來。

帶小翹起身子，悄悄朝門口望去：門，敞著！她下了地，摸索著，撿起兩隻鞋，到了門外。可是，哪個方向是家呢?帶小看著天空，月亮清冷的光芒，此刻毫不猶豫地映出了的兩道車轍。

「對，沿著車轍回去！」帶小想著，穿上鞋，跑了起來。

跑啊，跑啊，突然，身後響起了一陣「嗒嗒」的聲音，她身子一閃，鑽進了路邊的草科子裡。「嗒嗒」的聲音更大了，打在她的頭頂似的，她一動也不敢動。一，二，三，整整跑過去三匹馬。她再也不敢順著車轍跑了，就在草科子裡爬，草有一人多高，嚴嚴實實地淹沒了帶小十七歲的單薄身子。

天，又一次黑起來的時候，帶小到了大丫家。這時，大丫已成了內科大夫，按習俗，和張國太屯的劉大麻子家的大兒子劉延全結了婚。現在，延全在鎮公所當辦事員，兩人的小日子過得挺熱乎，還添了一個女兒，取名小玲子。帶小進來時，大丫正敞著懷，坐在炕沿邊給小玲子餵奶呢。見了帶小，大丫立時站了起來，把孩子交給了延全：「你跑到哪兒去了？咱爹說你昨天晚上就沒了，人家騎了三匹馬各處追你，還說姜子樹要湊咱爹呢！」

「帶小子來了沒有？」大丫話音未落，孫簫就開門進來了，一眼叨住了帶小，不由分說，拉過帶小的雙手，用皮帶纏到了一起。帶小和大丫一時間驚得話也說不出來了，小玲子嚇得「哇」地一聲哭開了。孫簫連看也不看看外孫女，像扛個麻袋似的，扛起帶小出了門，一邊還不停地嚷嚷著，「趕快給我回家，還反了你了呢！」

「爹，你咋能把帶小送進屎窩呢？出了事兒咋辦？」延全在後面喊著。

孫簫連頭也沒有回，「蹭蹭」地邁著大步。走了好一會兒，許是氣兒消得差不多了，這才開口，對著扛在肩上的帶小：「今天，老邢家又請姜子樹吃了飯，姜子樹說，邢老大替他兒子做了主，讓邢老三搬到青馬溝，住進咱家……」

那時候，姑爺子住到岳父岳母家可不是小事，叫招養老女婿，讓人家笑掉大牙。可是，這邢老大什麼都不怕了，就怕花在帶小身上那幾百元錢打水漂。

孫簫和帶小到家時，炕頭上已經多了兩口小櫃。孫簫一看，笑了，解開了帶小手上的皮帶：

「你看，人家邢老大說到哪兒就做到哪兒，家具都般來了……」孫簫話音未落，帶小就跑了出去，跑得飛快，誰也沒見帶小這麼跑過，連剛進院子的姜子樹都愣住了，眼看著帶小朝村頭那口吃水井奔去，一個跟斗，栽了進去。說時遲那時快，孫簫也連滾帶爬地到了井沿，抓住井繩，滑了進去。眨眼功夫，孫簫就舉著帶小，從井裡出來了。可是，帶小成了水人兒，連頭髮都在滴水。好在村裡人都到了，大家七手八腳地把帶小抬到了家裡。石桂芳就哭了起來：「帶小是命大呀，你們非要逼出人命咋地？」

的確帶小命大，因為她是大頭沖下栽進去的，太猛了，水立刻又把她翻到了柳罐桶上，有桶擋著，一時也下不去了，要是跳進去，就算沒救了。這時，孫簫到了，孫簫到得及時啊！

這天晚上，大丫兩口子回來了，領走了帶小。這以後，孫簫也豁出去了，鬥爭也好，姜子樹湊也好，再也不去找帶小了。再說，莊稼人認錢不認人，孫簫把那七百元湊上，這場熱鬧也就過去了。不過，青馬溝裡的人都說，帶小還算老邢家人。

離婚

「聽說，國家不允許包辦婚姻了！去法院問問吧，也許能判你離婚呢！」大丫掰著手指頭，「第一，說這是父母包辦；第二，說你是被綁去結婚的；第三，說你寧肯跳井，也不跟邢老大家的三兒子結婚……」

帶小就去了法院。書記員是個女的，兩條大粗辮子直到小腿根，大眼睛笑眯眯的，先問了帶小的名子，帶小猶豫了一下，說：「我叫孫靜宜。」因為這時，大丫已給自己取了新名：「孫靜嫻」，帶小是受了這個啟發，臨時給自己取了個名字。接著，審判長出現了，高個兒，不胖不瘦的臉上，既沒有笑容，也沒有怒容，挺威嚴的。

「我叫周承祥，」審判長說話了，聲音格外溫和，像春雨落在乾旱的土地上，「有什麼困難，說吧，我們盡力幫你。」

帶小，不，孫靜宜就一五一十地說了她和邢老大家三兒子的婚事。

「這好辦，根據中華人民共和國憲法第一百二十條，可以強行判決。不過，這幾天大家都忙著買年貨，你先回去，正月十五以後再來。」

正月十六這天，靜宜順順利利地離了婚。俗話說，有福不用忙，沒福跑斷腸。現在，靜宜時來運轉了。回家的路上，又碰上了靜嫻：「我是特意接你來了，供銷社那邊正在招人呢，大紅紙都貼出來了。」

「真有這事兒？」靜宜的嘴角都合不攏了。

「去試試吧。」靜嫻催促著。

一試就成了。經理分派了靜宜專賣鍋碗瓢盆，也就是日用雜品。

審判長害怕了

靜宜又看見了周承祥，其實，是周承祥一眼認出了靜宜，就從賣棉花的櫃檯，斜穿了過來：「什麼時候找到工作的？」

「半年多了。」

「半年多了？斜對個就是法院哪，咋不過去看看呢？去吧，明天中午就去……」

靜宜笑了：「想買點啥？」

「買幾兩棉花。這不嘛，冬天快到了，該做身棉衣服了，我還真不知道買多少呢？」

「不如讓你媳婦過來……」

「過世了，哎，一年多了……」周承祥說著低下了頭，回到了賣棉花的櫃檯。買了棉花後，又來到靜宜跟前，「說好了，明天去法院那邊看看，嗯，中午十二點，行不？」

靜宜點點頭。

第二天，靜宜一進周承祥的辦公室，就看見了兩盤水餃，兩雙筷子，兩個碟子，都在辦公桌上擺好了。見到靜宜，周承祥先夾了一個水餃放進了碟子裡，送到了靜宜跟前：「吃吧，趁熱，我剛從飯店買來的。」說著又給自己夾了一個，可是，沒吃，只是看著靜宜。那目光，既像父親看著女兒，又像哥哥看著妹妹……靜宜覺得自己一下子成了公主，不，是女皇，可以由著性子做她想做的一切。可是，她什麼也沒有做，只有兩滴淚水，甜蜜地流了出來。

這以後，靜宜還發現了另一個男人，起初，她確實沒有注意到，後來呢，男人總是到她這邊的櫃檯買東西，不是幾雙筷子，就是幾隻婉，有一次只買了一個鍋鏟。男人一頭濃髮，大眼睛，厚嘴唇，憨厚而有內蘊，個頭不高，可也不算矮，和靜宜站在一起，足足高出半頭呢。就是瘦筋嘎拉[5]的，隨時都會被風兒捲走似的。

只是靜宜的心，早已跟著周承祥轉悠了。再說，周承祥比她年齡大，結過婚，門當戶對，因為她自己也算結過婚的人，雖然一天也沒和人家住在一起。

由於常去法院那邊，有一次，靜宜回來晚了幾分鐘，經理就調她去賣布料了。而布料在當時是緊俏品，每人一年只能買二十四尺布，還要憑票。關鍵是進來的布匹又經常斷頭少尺的，直說了吧，賣布這差事，就是個陷阱，人不知鬼不覺就會被掉進去。事情就是這麼巧，偏偏靜宜賣的這批布少了幾尺。經理說，這是嚴重的貪污現象，比耗子偷吃公糧還邪乎[6]，明擺著挖社會主義牆角！於是，靜宜被開除了。

靜宜找到了周承祥。

「鎮上的人都知道了。」周承祥先說話了。

「這不是我的錯呀！」靜宜委屈得眼淚直在眼裡打轉兒。

5　瘦筋嘎拉：中國東北方言，指人長得很瘦。
6　邪乎：中國東北方言。指很嚴重，很厲害。

「你能拿出證據嗎？」

靜宜搖搖頭。

「沒有。可你們領導有你的真憑實據，就是說你賣的布匹少了幾尺。現在，人們都說你『挖了社會主義牆角』……」

「我給你丟人了？」靜宜擦了擦眼睛，吃驚地看著周承祥。

周承祥不吱聲。

「那……咱們拉倒[7]吧！」靜宜的倔脾氣又上來了，「你走你的陽光道，我走我的獨木橋！」

「我再考慮考慮。」周承祥在嗓子眼裡嗡嗡著。

「別考慮了，你這不是縮頭烏龜王八蛋嗎?!」靜宜一扭頭出來了。同時，眼淚「吧嗒吧嗒」地掉了下來。也不知走了多久，終於挨到了靜嫻家，一進門，就看見了孫簫。

「我說帶小子，明天是禮拜天，你回青馬溝一趟，那老婆子也想你了。」

「我媽又犯病了？」靜宜的眼淚又上來了。

「病倒是沒犯，頭疼腦熱的可也不斷，」看著女兒一對一雙地掉著眼淚，孫簫笑了，「一聽說你媽有病就受不了啦？」

---

7 拉倒：中國東北方言，指算了，結束的意思。

焦老大家的老羔子

靜宜一進門，就看見石桂芳笑呵呵地站在院子裡和一個膀大腰圓的小夥子說話呢。而孫簫正在屋裡忙乎著包餃子，還戴上了老花鏡。平時，只有看大書時，孫簫才會戴花鏡的。順便說一句，孫簫做飯可是稀罕事，不過，一旦動手，就是齊里咵嚓[8]，色香味聚全。

「一提你媽，我就知道你准能回來。」孫簫看著靜宜，臉上出現了少有的笑容，接著，瞟了一眼站在院子裡和石桂芳說話的小夥子，「他是波臘屯焦老大家的老羔子，別看他排行最小，可有手藝，會開拖拉機……」

靜宜不吱聲，胸口像有什麼東西堵著，喘不過氣了。

「我說帶小，你咋不和人家打個招呼呢？連句話也不會說啦？」石桂芳也進屋了，沒好氣兒地數落著。

靜宜還是不吱聲，站在門口一動不動，看也不看跟在石桂芳後面的小夥子。

「你這黃毛丫頭，還想進金鑾殿嫁給玉皇大帝呀?!」孫簫罵了起來，居然當著那小夥子的面，放下手中的餃子，抽出了皮帶，靜宜這回可沒有跑，仍然站著不動，等孫簫到了跟前，一把

8　齊里咵嚓：中國東北方言，指動作很快。麻利。

摘掉他那老花鏡，順著敞開的上簾窗，扔了出去。

又見楚大夫

「你也十八九歲了，老這麼給我看孩子也不是個事兒，還得找個工作。」

「鎮子上都說我挖了社會主義牆角，躲還來不及呢！」

「不是所有人都和周承祥一樣，再說了，不出去試試，咋就知道不行呢？這兩天，我們衛生院想辦個助產士班，正在招生呢……」

「那，我去試試？」

「吃了飯再說吧。」

「我這狗肚子裡裝不了二兩香油……」

「也好。到了衛生院，先找辦公室，報名在那裡……」

靜嫻跟在靜宜的後面囑咐著。

衛生院是由一排平房組成，一進門是個大廳，左邊是掛號處，右邊是收款處，再往裡是個大走廊，每個房間的門上都掛了個牌子：內科診室、外科診室、五官科診室、牙科診室……走廊兩邊，擺了一排木櫈，一個挨一個地坐滿了患者，吵吵嚷嚷的。靜宜走過那些患者，來到緊裡面，這才看到了「辦公室」的牌子。她輕輕地敲了敲門。

開門人一見靜宜，先說話了：「報名嗎？來得正是時候呀，還剩最後三個名額……」

順利報了名後，靜宜走出辦公室，經過外科診室時，門開了，一個穿著白大褂的男人沖著患者喊道：「下一個，下……」男人的聲音嘎然而止，凍結了似的。靜宜轉過臉，不由得「啊」了一聲。原來，此人正是常到公銷社——她的櫃檯買東西的那個大眼睛，厚嘴唇，一頭濃密黑髮的男人。

「我又去過幾次公銷社……都沒有見到你呀……」白大褂走了出來，走到靜宜跟前。

「我被開除了。」靜宜解釋了一句。

「為什麼？」白大褂睜圓了又黑又亮的眼睛。

靜宜就簡單地說了原因。

「這有什麼，換個工作就是了，我們這裡正在招收助產士呢，報個名吧。」

「剛剛報過名，週一上課。」

「楚大夫，楚大夫，下一個輪到我看病了吧？我的名字是……」

「您忙吧，我先走了。」靜宜說著，又邁開了步子。

「再見！好，好，是你，是你，你叫……」

靜宜走出挺遠了，還能聽到楚大夫濕潤的聲音，她感到脊背暖暖的，像有一輪太陽照耀著，她知道，那是他的目光。

楚大夫對著灶火爺磕了頭

「大姐，你們衛生院有個楚大夫嗎？」

「有哇，在外科。你怎麼知道的？」

「今天碰上的。不過，以前，他常去供銷社那邊買東西。」

「他這人老實巴交的，話不多，看病看得好哇。」

助產士班剛開課，就和衛校合併了，靜宜被選進了學校籃球隊。「五一」勞動節那幾天，還代表學校參加了與衛生院的籃球賽。幾乎每場比賽，都沒落下楚大夫。靜宜打前鋒，從這個場地跑到那個場地，楚大夫呢，就在外圍也跟著從這邊跑到那邊。

「楚大夫，以前沒見你有這個愛好呀，咱們男籃應該吸收你。」同事中有的就看出了門道。

楚大夫就笑，一會兒摸摸下頦，一會兒又摸摸烏黑的頭髮。

「楚大夫對你挺有意呀，」靜嫻笑瞇瞇地看著靜宜，「他今天找我，說，如果晚上有時間，想請你看個電影，電影票在這裡呢，他給的。」

電影叫《天涯歌女》。兩人一聲不響地看著，像誰都不認識誰似的。可是，送靜宜回家的路上，楚大夫的話就多了，講到大城市上海，講到《天涯歌女》裡的歌詞，偶爾還插了幾句唐詩宋詞。

靜宜只是聽，時不時地點點頭，到了靜嫻家門口時，靜宜才有機會插了一句：「你得好好想想，我是個挖過社會主義牆角的人……」

楚大夫結束了長篇大論，進入正題兒：「這倒沒啥好想的，就是怕你對我有想法，我……剛剛結婚。」

靜宜傻了，盯著楚大夫，所有的話都噎在了嗓子眼兒。

「是我媽相中了她，非讓我結婚，我去供銷社找了你十幾次，也不見人，我媽這邊又說，你們對著灶火爺磕個頭就行。不過，我一天也沒和她睡過覺，一會兒回去，就告訴我媽，堅決離婚。」

「你們登記了嗎？」

「沒有。我不是說了嗎，就對著灶火爺磕了三個頭。」

「那倒不用離婚了，因為你們也沒結婚。」靜宜說著，喘過一口氣。接著，告訴了楚大夫自己和西炕子屯邢老三的婚事，還說到了周承祥。

楚大夫低下了頭：「這些事都不算啥，不怕你笑話，我相中你也不是一天兩天了。」

靜宜給了姐夫一耳光

一進校門，靜宜就看見一群人，圍著山牆根那邊的一張白紙指指點點的，到了跟前才發現，那上面清清楚楚地寫著她的名字：「孫靜宜，你為啥霸占有婦之夫?!」

校長也來了，把靜宜叫到了辦公室，雙手拄著辦公桌，嚴肅地看著她：「今天，衛生院楚大夫，楚德的媽媽來了，說你破壞了人家的婚姻，搶佔了有婦之夫，讓學校採取措施，還說要告到衛生局呢。我們黨委也研究過了，認為你影響了學校的風氣，從今天開始，就不要再來上課了。」

這不明不白的屈辱，打得靜宜眼冒金花，不時地停下腳步。就這樣，總算挪到了靜嫻家。一開門，就看見靜嫻和楚大夫面對面地商量著什麼呢。

「靜宜，我，我對不起你呀！昨天，我一提出離婚，我媽就急歪了，硬是問出了你的名字。」

「楚大夫也被醫院處分了，」靜嫻看著靜宜瞬息之間眼裡噴出的怒火，立刻接過了話頭，「楚大夫已經被下放到托古鄉了，工資連降了兩級！」

「都是我媽幹的，她找到了衛生局局長和我們醫院的院長，說我喜新厭舊，拋棄老婆想當陳世美[9]。」

靜宜不吱聲。

「是我委屈了你，但願有一個補償的機會。我……我想，如果你不嫌棄，就跟我一起到托古鄉吧？」

靜宜仍然沉默著。

楚大夫走後，經常給靜宜捎來書信。隔三岔五的，還會寫首小詩：

9　陳世美：中國文化中負心男人的代名詞。

依稀記得初一日
與妹同歡共談時
今日托古坡前立
無限寒風透閣衣

但是，靜宜沒有回信。後來，楚大夫又捎來了一句話：「難道無限春風也吹不開恩妹的愁眉結？」

一天，靜嫻的男人突然回來了，告訴靜宜：「鎮婦聯那邊缺一個幫忙的，我是特意回來叫你的，去試試吧？」

「好吧。正好小玲子剛睡，你就坐在炕沿邊幫我看一會兒。」靜宜說著向門外走去。可是，姐夫拽住了靜宜的胳膊。

「你要幹啥？」靜宜警覺起來，說實話，她早就發現這個姐夫不太對勁了。

「你半夜三更的和人家出去看電影都沒啥，我摸摸你咋啦？」

「看電影是我樂意，我又沒偷雞摸狗！」靜宜一甩袖子，抖落了姐夫的大手。

「沒偷雞摸狗？那人家的老太太怎麼找到了衛校？那姓楚的怎麼認了連降兩級工資？別在我面前裝蒜了！」姐夫又一把拽過靜宜，靜宜一回手，狠狠地給了他一耳光。

馬車上

「駕馭——馭——，」車老闆抽了一個響鞭，停下了馬車，「姑娘呀，想不想捎個腳？」

「去托古鄉嗎？」

「去銀盤甲屯，路過托古鄉。托古鄉呀，現在改名了，叫托古公社。」

靜宜就上了車。她再也不想待在靜嫻家了，雖然她剛剛打了姐夫一耳光，可是，氣仍然沒有出盡，那屈辱，像個腫塊，淤積著她的胸膛。於是，她不自覺地向著托古鄉的方向走去。沒成想，碰上了這輛馬車。

「每個鄉啊，都成立了人民公社，整天喊著生產生產，可鄉里人哪，都吃不上飯了！昨天，我連襟兒從南邊的榆樹公社過來，說那邊都餓死人啦。」車老闆話癆，開個頭兒，就剎不住閘了。

靜宜不吱聲。

「姑娘呀，看見前面那排大楊樹沒有，楊樹後面哪，有個大坡子？」車老闆側身看了看靜宜。

「看見了。」靜宜終於張口了，想起了楚大夫的詩「今日托古坡前立，無限寒風透闔衣」。

「坡子下邊就是托古公社了。公社裡什麼都有哇，學校呀，供銷社呀，還有人民公社呢，一上坡就看見人民公社了，插一面紅旗。」

「那，衛生所呢？」

「挨著人民公社唄，兩間土坯房，兩個大夫！十里八村兒的人，有病有災的都去那裡。對了，有個大夫是新來的，說是從鎮衛生院下放的，休了自己的老婆，想當陳世美……依我看哪，這人不賴，看病看得好哇。」

楚大夫在鍋臺後站了一夜

靜宜和楚大夫商量完結婚大事後，太陽已經偏西了。楚大夫說：「今晚你就住在衛生所吧，我去找個宿。」

靜宜說：「不行，這可羞死人了，怎麼能住在你的辦公室呢？再說，這兒離青馬溝不遠，我也得回去跟爹媽說一聲。」

楚大夫就從兜裡掏出七十元錢，還有三十尺布票：「拿著，自己喜歡什麼就買點什麼吧。」

靜宜也收下了：「那，我走了？」

楚大夫猶豫著：「你一個人走我不放心，天要黑了，還是我陪你吧。」接著，就脫了白大褂，與靜宜一起上路了。

「你這死丫頭，壯壯實實的焦老大家的老羔子你不中意，卻相好了這麼個瘦猴子！」孫簫一見楚大夫，二話沒說就罵開了：「要是他活不長，你一個女人家可咋整？你以為守寡的日子好過呀？」

「她一個小孩子知道啥？能不能別咒她?!我說帶小，你也是，偏偏相中這麼個像得了癆病似的人，真要是有個三長兩短的，你往後的日子不是踢蹬[10]了嗎？」坐在炕頭正納著鞋底的石桂芳也吱聲了。

楚大夫二話沒說，轉身推開門出去了。靜宜上了北炕，拽起被子蒙上了頭，不管孫簫再說什麼，就是一聲不出。她在哭，她的眼前盡是楚大夫，楚大夫給她講電影，楚大夫上供銷社買那些沒有什麼大用處的東西，楚大夫還說她被開除不算啥事……她可不覺得他瘦，她覺得他不瘦不胖，正好。天下再也沒有像楚大夫這麼合適的人了。她還想到他寫的那些詩，她覺得他挺有文化，不單單有文化，還會看病，從小，她就喜歡大夫，也許，命運早就註定了，將來與她相依相伴的人是個大夫。

可是，楚大夫走了。她又想到了大丫的男人，她的身子骨氣得發抖，不過，她清楚，這事兒不能說出去，尤其不能告訴大丫，她會難過的。然而，又不能離婚，女人離了婚，就被這個世界拋棄了。所以，有些時候，就是男人提出離婚，女人也死活不吐口，寧願眼睜睜地看著自己的男人跟別的女人鬼混……唉，人家都說，離了婚的女人就是半個殘廢，因為她們的精神已被倫理、習俗擠對得變形了。

那麼，楚大夫是不是那種男人呢，就是像她的姐夫那種男人？不！她幾乎喊出了聲，她能拿准這一點，可是，她拿不准的是楚大夫會不會離開她？如果他受不了她爹媽的這頓窩囊氣怎麼

10 踢蹬：中國東北方言。指不行了，完了，失敗了。

辦？不管什麼結果，她都要找到他，給他賠禮道歉，就在明天，一大早就起來，去托古鄉，不，是托古公社！靜宜前後左右地想著、哭著，居然也睡了。雞叫時，靜宜一翻身起來了，推門就朝外走。

「靜宜！」

她回過頭，看見楚大夫正站在鍋臺後呢。

「你，站了一宿？」

楚大夫點點頭：「看你睡下了，沒捨得叫你。」

「走吧，咱們這就去登記。」靜宜說，「這輩子，我跟定了你，你好我跟著，你壞我也跟著。《天涯歌女》裡不是有句話嗎，『患難之交恩愛深，但願你我心永遠不變，但願你我長壽百年』。」

「兩位老人家說得也有道理，我是瘦。不過，我沒啥大病，不僅沒大病，也沒小病。小時候，爸爸怕我被紅鬍子[11]抓去，就把我關進了地窖裡，還讓我吃瀉藥，瀉得我面黃肌瘦，爸爸說，這回好了，就是共產黨見了你，也不會相中了。」

「那你，後來咋當了大夫？」靜宜好奇了。

「後來，爸爸讓我跟一位老醫生學習，還學了一點拉丁文和英文。再後來，衛生院又送我到哈爾濱醫學院進修了兩年。」

---

[11] 紅鬍子：指中國共產黨建立政權以前，中國東北一帶的土匪。

住在韓絕戶家

快到托古鄉的時候，飄起了雪花，開始還稀稀落落的，後來就大了，一片一片地漫天飛舞。到了鄉政府門前時，兩人的身上都落了一層厚雪，幾乎成了雪人兒。彼此掃掉了雪，又跺跺腳，這才進了辦公室。裡面的爐火正紅，辦公桌後面，一個梳著分頭的男人站了起來：「啊哈，楚大夫，什麼風把你吹來了？」

「我要登記結婚！」楚大夫斬釘截鐵，像在跟誰賭氣似的。而後，才轉過身，給靜宜介紹，「這是李秘書。」

靜宜笑了笑。

「好啊，大喜呀！」李秘書和靜宜握了握手。

「喜從何來？為這事，我又是降級她又是被開除的……」

「好事多磨，必有後福哇。」李秘書立刻拿出了公社大印。

兩人辦完了手續，回到衛生所，韓絕戶笑呵呵地跟了過來：「楚大夫，我家有鋪北炕，要是不嫌棄，就住過去吧？」

說起韓絕戶，村裡村外的，都知道他老婆一連氣兒生了三個丫頭蛋子，至今也沒個兒子，讓大家切恨[12]，取了這個外號。其實，他的大名叫韓寶財，還是衛生所的調劑師呢。

「那就不客氣啦，我正愁沒處落腳呢……」楚大夫嘴角都合不攏了。

「我這就去供銷社買雙被子吧，再買點米麵油……大叔，您家在哪兒呀？」靜宜問。

「從西頭數第六間土坯房，小木柵欄，一打聽韓家菜園子，沒有不知道的……」

「我說，米麵油我下了班去買，你就先買點自己需要的……」楚大夫對著靜宜的背影，囑咐著。

那時候，莊稼人都是南北炕，新婚大件就是一個幔帳。睡覺前，遮在炕前，白天呢，拉起，疊好，搭在晾毛巾的竹竿上。有點情趣的，要在幔帳上繡些花呀、葉呀；有點文化的，還要繡上幾個字。現在，韓家大嬸子就幫著靜宜在兩扇幔帳腰上繡起了字，一扇繡著「孔雀開屏」，另一扇繡著「白頭偕老」。

待楚大夫扛著小米[13]進屋時，撲哧一聲，笑了：「我說，是你繡的麼？」

「是韓大嬸子繡的，我只是提議橫批繡上『幸福長』。」

「不簡單，不簡單哪。」楚大夫不住地咂著嘴。

「這有啥，我們青馬溝以前的大地主徐大作的兒子結婚，還繡了『一對孩、一對錢，一對鳳凰鑽花籃』……」

12　切恨：中國東北方言，指抓到了別人的短處。
13　小米：小米指粟，禾本科植物的一種，在中國東北俗稱小米，也是上個世紀八、九〇年代以前，東北人的主食。

「咋沒預備預備呢？」靜宜的話沒等說完，李秘書和公社裡的幾個頭頭已經進來了，「公社那邊紅旗都插好了，要給你們慶賀慶賀呢……」

楚大夫搓起了手，乾咳了兩聲。靜宜轉身跑了出去，找到了正在餵豬的韓大嬸子：「我倆連根喜煙也沒預備呀，哪成想公社裡來了人！」

「不礙事，來得早不如來得巧！」恰好這時韓絕戶進來了，順手掏出了一盒「握手」牌香煙，遞給了靜宜。

「我說」

「你這輩子呀，也算沒白活，楚大夫知疼知熱的，哪像我，在老爺們[14]跟前大氣兒也不敢喘哪！」韓大嬸子一邊往灶坑裡添著包米桿子，燒火做飯，一邊跟靜宜嘮叨著，「唉，怨不得人家呀，都是我自個兒不爭氣，一連氣兒生了三個丫頭……」

「聽說，生男生女，咱女方說了不算。」靜宜放低了聲音，安慰著大嬸子。

「孩子都是娘身上掉下的肉，咱女方說了不算誰說了算？」大嬸子倒急歪了。

---

14 老爺們：對成年男子的統稱，也是女人對自己丈夫的指稱。這裡指韓絕戶（韓藥劑師）。

「老娘們家家，沒有你插嘴的份兒！」韓絕戶進屋了，後面跟著楚大夫，兩人都剛剛下班。

「今天，李秘書跟我說了，讓你去中心校教書，一個月二十元錢。」楚大夫拍拍靜宜的肩頭。

「我哪會教書呀？」靜宜的臉刷地紅了。

「就教一年級。」楚大夫放下了手，略微躬起身，低頭看著靜宜。

「我教不了。」靜宜不理會楚大夫，只看著自己的鞋尖。

「我先教你，然後，你教那些孩子，行不？」楚大夫溫溫和和的。

靜宜不吱聲。

「不想去就不去，明天回個信兒就是了。」楚大夫又拍了拍靜宜的肩頭。

「還是試試吧。」靜宜抬起了頭。

「你說了算，自個兒想好了，不急。先吃飯，我說，吃過香椿菜麼？」楚大夫說著掏出了一把鹵菜，放到了靜宜跟前。

不知是有意還是無意，每當楚大夫和靜宜說話之前，或者站在遠處喊靜宜時，都要以這兩個字開場——「我說」。誰也不知道這是啥意思，也許相當於『親愛的』，或者『甜蜜的』吧？也許比這兩個詞更強烈地表達了他對靜宜的情份吧？誰知道呢。

「沒吃過。」

「我這就給你做豬肉炒香椿，還有小米飯。」

「我來燒火。」

「不用你，我說，你回屋歇著吧。」

「我也不上班，不幹活，老歇著都膩了。」

「那就站在這裡陪我吧，反正不用你伸手。」楚大夫看著靜宜，嘴角都是笑。

跟著楚大夫回鎮上

日子過得好好的，鎮衛生院那邊又來了人，要調楚大夫回鎮上。靜宜呢，還不能跟楚大夫一起回去，一是正在教書，脫不開身子；二是跟楚大夫回去的話，也不能住在一塊兒，楚家就這麼一個兒子，不回爹媽跟前都得讓人笑掉大牙，而一塊過去的話，那楚老太太非得剝了靜宜的皮不可。靜宜就哭了起來，說啥也止不住了。

「辭了工作吧，咱們一塊回鎮裡，我說，不回去也不行，你呢，先住在大姐家，我做我媽工作，等她想通了，就接你回家。咱們已經結婚了，你又懷了孕，我媽早晚也得同意。不同意呢，我就搬出來，咱倆說啥也得在一塊兒。」

靜宜擦擦眼淚：「現在小玲子也大了，用不著我整天哄著，待在大姐家憋得難受，不如找個工作……」

「你正懷孕，能工作嗎？」

「還不到四個月呢，咋不能？」

「昨天李秘書還真說起鎮上東門外有個工業會計訓練班，公社這邊還想送人學習呢，就讓李秘書托人問問吧。」

玉霞接嫂子

當東門外的包米田到了穿纓兒的時候，靜宜從工業會計訓練班畢業了，並且分配到鎮糧庫當了會計。糧庫沒有宿舍，她不得不住到靜嫻家。又要和姐夫抬頭不見低頭見的，靜宜這心哪，像是被擰了幾個勁兒似的彆扭。

沒成想，靜宜前腳進了靜嫻家，後腳楚大夫就到了，還跟來了一個小姑娘。小姑娘的兩隻小辮子向上翹著，直往天上鑽呢。

「這不是鑽天柳嗎？」靜宜回身看見楚大夫，笑了。不過，沒跟他打招呼，而是摸著小姑娘那兩條辮梢不撒手。

「嫂子！」小姑娘並不回答靜宜，像早就認識似的，「媽讓我接你回家呢！」

「這是妹妹玉霞，家裡她最小，八歲了。」楚大夫介紹著。

靜宜看著玉霞，的確長得像楚大夫，大眼睛一閃一閃的，但薄嘴唇，瓜子臉，沒有楚大夫的福相。

「先吃飯吧，吃了飯再走。」靜嫻把玉霞抱到了桌邊。

「吃了飯再走吧。」靜嫻的男人笑嘻嘻地看著楚大夫。

楚大夫就看看靜宜。

「媽都把飯做好了，茄子炆土豆，還有小白菜沾大醬，大醬是媽自己做的，可香啦……」

「那就先回家吧。」不等玉霞說完，靜宜就決定了。

團圓

楚大夫一行剛推開大門，就跑出了三個大姑娘。楚大夫指了指最前頭的：「這是玉珍，大妹妹，和你年齡一樣，今年二十一歲了，也結了婚。妹夫在黑龍江大學讀書，月底就畢業啦。」玉珍太美了，高個兒，烏黑的濃髮齊到耳根，眼睫毛長長的，映得眼睛又亮又深。和楚大夫一樣，玉珍的嘴唇有一點厚，只是一點點，也就是說，厚得恰到好處，顯得更沉靜，更書卷氣。

「這是二妹妹玉環，今年也二十歲了。」楚大夫繼續介紹著。

玉環也美，和玉珍一樣，也是大眼睛，微厚的唇，潔白的牙齒，和玉珍站在一起，一看就是姐妹。可是，玉環梳著兩條粗粗的觸肩短辮子，有一種比玉珍更加誘人的東西，也許是那寬寬的光亮的前額和眼睛裡放射的光芒吧？那是一種無所畏懼的野性之美。

「這是三妹妹玉琴，也上初中二年級了，再有一年就考高中了。」

玉琴也美，長長的兩條辮子直到腰間，一笑兩個酒窩，和兩個姐姐一樣，濃眉大眼，和兩個姐姐不一樣的是，她的唇不厚也不薄，很安靜很文雅。三姐妹，加上玉霞，還有楚大夫，雖說相似之處挺多，但也明顯有別，真是應了那句俗語：一母生九子，九子各不同啊！

「媽，媽，」玉霞對著三間土坯房喊著，「我嫂子來了，都到了！」

老爺子、老太太都出來了。老太太不顯老，兩條辮子盤在腦後，罩著一個灰線網，深灰色斜對襟上衣，黑褲子，綁著黑色的腿帶，乾淨利落，尤其那雙眼睛，又大又黑，看上去很有精神，只是前額出現了兩三條「一」字形的皺紋，中分的頭縫裡，夾雜著幾縷白髮，五十有餘了吧。

「媽！」靜宜叫了一聲。

「這是你爸爸。」楚老太太並不答應，指了指老爺子，楚老爺子眼睛不大，兩腮飽滿，和善福態，穿著黑色對襟馬褂，黑色褲子，也綁了兩條腿帶，拖遝著一雙家做的敞口布鞋，

「爸！」靜宜又轉向了楚老爺子。

「快進屋吧，飯菜都預備好了。」楚老爺子說話了

「你們先吃，我帶靜宜看看後園。」楚大夫看了看父母，又拍了拍靜宜的肩頭，「我說，走吧！」

兩人繞過三間土坯房，就看見了後園。後園太大了，一條平滑的羊腸小路，從果樹中間穿過，一直伸延到後街。站在園子裡，可以清清楚楚聽得見後街的人說話，卻不見人，因為四周都被榆樹擋著，成了茂密的樹牆。

「我說，看見沒有，那邊是紅海棠，挨著紅海棠的是香檳果樹，靠東邊榆樹牆那一排，是李

子樹和櫻桃樹，那些矮的呢，是燈籠果[15]樹，還有房子西邊的那棵大樹，是我新嫁接的，一半蘋果一半沙果，可是，不管什麼樹，就是不咋結果子，爸爸都要急瘋了，媽就罵他，『你這老雞巴蹬，財迷心竅！』」

「你呀，一點也不像大姐說的……」

「大姐說啥了？」楚大夫又拍了拍靜宜的肩頭。

「她說，你哪樣都好，就是話少。」

「哈哈，哈哈……」楚大夫笑著，幸福得透不過氣了似的。

回到屋裡，靜宜也沒和楚大夫商量，順手從兜裡掏出了當月的工資，一分不差地遞給了楚老爺子：「爸，這是我的工資，往後呀，月月都交給您啦。」

「這──」楚老爺子看了看兒子，猶豫著。

「拿著吧爸爸，往後，我倆掙錢都要交給家裡。」不等楚大夫知聲，靜宜又說話了。

老爺子樂了，連白色的眉毛都在顫動：「快吃飯吧，都涼了。」

「西屋給你們預備好了，我和你爸還有這幾個姑娘住東屋。你爸爸還給你們打了兩口小櫃，刷了兩層紅油漆呢。要不，先去西屋看看？」楚老太太一眨不眨地看著兒子和兒媳。

15　燈籠果：初從美洲引進而來。多生長於中國南方，東北並不多見。屬於醋栗科茶藨屬多年生灌木，果實比拇指大一點，未成熟時味極酸，成熟後呈黃綠色，完全成熟後呈紫紅色，酸甜。

未婚先孕

「我說，你可不能豁出命地幹活呀，一旦閃了身子咋整？」楚大夫一看靜宜打水澆園子，就心疼了。

靜宜的肚子越來越大了，走路都一小步一小步地挪，可是，每天下了班，還是少不了澆園子。分工好了似的，老太太做飯，老爺子照顧後園和前園，而四個姑娘呢，從來都銑鎬不摸，不僅如此，連姑爺子也是銑鎬不摸的。

現在，大姑爺子已經畢業了，就待在家裡，等著分配通知一到，就帶著玉珍遠走高飛。大姑爺子在大學裡學的是俄語，受蘇俄文學影響，在後園搭起了一個與蘇聯木屋差不多的小茅屋，時常坐在裡面翻譯托爾斯泰的作品。偶爾也到前面的書房裡，與玉琴談古論今，比如蘇俄文學史啦，中蘇關係演變啦……

說起這書房，本是主宅前面那兩間不起眼的土坯房，平時裝些包米桿子啥的，現在也騰出來了，專門讓孩子們放書。楚老爺子還用他那業餘木工手藝，給孩子們打了一個高高大大的木頭書架和一個梯子，梯子就立在書架的橫樑上，方便孩子們上上下下取個書放個書啥的。面對姐夫的學識，玉琴毫不氣餒，她雖然也喜歡蘇俄文學，但對蘇聯政治一概否定；而大姑爺子呢，既承認蘇聯有問題，也承認中國有問題，總之，他不相信中國一家之言。

說起來，楚家的姑娘中，玉琴的學習成績最拔尖，非要考個名牌大學。對姐夫的黑龍江大學，心裡頭一百個瞧不上眼兒。

再說玉珍，從不參與這些討論，蘇聯也好，中國也好，和她都沒啥關係，她一心等著跟丈夫出發。被子呀，衣服呀，棉襖棉褲呀，都準備足足了。老二玉環不僅不參與政治話題，也不參與任何話題，家裡人甚至抓不住她的影兒。

「我說，你還不知道吧，玉環哪，已經有身孕了。」楚大夫悄悄地告訴了靜宜。

「她──還是個姑娘家呀！男的是誰？」靜宜瞪大了眼睛。

「前院老徐家大兒子徐文龍，和玉環是同學，玉環常去他家，老徐太太早就看好了玉環，變著法兒地留玉環住在她家，非讓生米煮成熟飯不可。」

「這不是明擺著欺服人嗎，玉環要長相有長相，要個頭有個頭，為啥不明媒正娶？我去找老徐太太說理去！」

「媽都找過了，老徐太太一個勁兒地賠禮道歉，還說，徐文龍剛好中專畢業，已經分配到了樺川縣，就要帶玉環走了，還替徐文龍擔保，一輩子好好待玉環。只是婚禮不能舉行了，因為玉環就要顯懷了，讓人看見不得笑話死呀？媽說，老徐太太一分錢不想給玉環，因為她也實在拿不出來，才想出這個餿主意。」

「這……」

「媽都認了。媽說，『這事張揚出去不好看，不僅玉環再見不得人，連那沒出生的孩子將來也得跟著遭罪。』唉，幸好徐文龍分配到了遠處，誰也不瞭解誰。」楚大夫說著，歎了一口氣。

坐著出生的吉

「是不是要生啦？」楚老太太一見靜宜蹣跚著進了院子，就跟了過來。

「肚子疼得受不了，媽，我不行了，哎呀……」靜宜蹲下了身子。

「玉霞呀，你沒聽見嗎？快去醫院叫你哥回來，就說你嫂子快生了！」

楚老太太扶著靜宜趔趔趄趄地進了屋裡，剛躺到炕上，楚大夫就氣喘噓噓地回來了，還披著一身薄雪，後面跟來了一個婆娘。

「咋回來這麼早呢？下雪了？快掃掃身上！」靜宜指了指炕梢那把用細糜子綁在一起的短把笤帚，這時，她的陣痛剛剛過去。

「我在醫院那邊坐不穩站不牢的，尋思著可能是你要生了，就請了假，找了一個助產士跟我一起回來了。」說著，楚大夫回身朝那婆娘笑了笑，「也巧，路上碰到了玉霞……這場雪來得晚，往年的話，一進十月就下雪了。今天多少號了？」

「玉霞，幫你哥看一眼黃曆！」楚老太太朝東屋喊著。

「媽，十一月三十日！」玉霞清亮亮地喊道。

「我讓你看農曆，你偏說陽曆，這孩子！」楚老太太埋怨著。

「農曆十月十二，媽，聽見了嗎？」玉霞的童聲又在東屋清亮亮地響了起來。

雪花瀟瀟灑灑地飄著，連窗前的杏樹都掛了一層厚厚的白。這時，靜宜的陣痛又開始了，一陣比一陣急，被子邊都被抓破了。楚大夫就緊緊地握起了靜宜的手：「我說，你想喊就喊吧！」

「這孩子咋生得這麼難呢？」楚老太太也犯嘀咕了，「雖說別人生孩子也不咋容易，可沒見過這麼遭罪的！」

「就是嘛，靜宜夠皮實[16]了，一天工作也沒耽誤，還不停地幹園子裡的活，應該生得快呀？」楚大夫也不是心思了，「我說，難受就拽我的手擰我的手吧，不怕。」

「哎呀，哎呀……我……受不住了……」

「媳婦呀，再挺一挺兒，用勁！再用勁！啊，孩子的屁股都出來了！」接生婆喊了起來。突然，一聲尖銳的哭聲，穿透了雪花紛揚的黃昏，落進了這個中國北方的普通人家。

「俗話說，立生官坐生鳳，這孩子是坐著生下來的，將來呀准是娘娘命！」接生婆娘說著，又猛地拍了一下孩子的屁股，「恭喜啦！」

孩子哭得更邪乎了，像承受不了這人世間大氣的重重擠壓。

「這是一點心思。」楚老太太說著，塞給了接生婆一個紅包。

接生婆走了，孩子還在哭，連玉珍都跑了進來。明天，玉珍就要和丈夫一起上路了，大姑爺子被分配到了綏芬河海關當了翻譯。其實，中蘇這兩個難兄難弟兒，早已經在邊境上槍對槍、炮對炮了，這個職位不過是個空架子。不過，玉珍可沒想這麼多，她只是高興，滿腦子裝的都是

16　皮實：中國東北方言，指堅強、結實，不怕磕碰。

憧憬。

藉著即將登程的興奮，玉珍對楚老太太說：「媽，這孩子是和瑞雪一起來的，我看挺吉利的，取名『吉』，咋樣？」

又是一年芳草綠

當吉開始注視這個世界時，天地一片熏香。櫻桃樹、燈籠果樹的葉瓣灑滿了後園的羊腸小道，而李子樹正在開花，香檳果樹也在開花，蘋果樹還在開花，她的眼前盡是花朵和落英。

靜宜哄孩子的時間不多，每天下班後主要是打水澆園子，不停地搖著軲轆，水就一桶桶地放進井旁的那口大鐵鍋裡，又沿著幾根水管子，流到每棵果樹下，也流到了楚老爺子種的田地裡。那些西紅柿、黃瓜、茄子、豆角、玉米、土豆，還有爬滿溝溝壟壟的香瓜，就飽滿起來了。西紅柿最惹人愛了，有紅色、黃色、還有綠色的呢！當然，這綠柿子可不是說沒有熟，是特別品種，是楚老爺子自己培育出來的。還有白柿子，更惹人愛！以前，鎮上的人從沒有見過白柿子，就把楚家的白柿子叫「饅頭柿子」。

「我說，都是你帶來的福呀！」楚大夫看著靜宜，「往年可沒有這麼好的收成。」

「要我看哪，咱們家應該養蜜蜂，後園的花兒就都利用起來了。我說，你去跟爸媽商量商量。」

不知從什麼時候起，靜宜也稱呼楚大夫「我說」了。

的確，像楚大夫說得那樣，自從靜宜進了門兒，楚家的果樹就結起了果子，尤其是香檳果和紅海棠，樹枝都被壓彎了，觸到了地面。可是，政府不讓出售，必須低價交到指定的收購站。「說白了，這就是國家對個體的搶劫呀！」楚老爺子背地裡，與楚老太太叨咕了好幾次，不過，也得認了，不認又能咋辦？開始，楚老爺子挑著擔子，顫微微地把水果送到了被指定的東門外水果收購站；後來呢，就推著手推車去了，因為，楚家大果園裡的水果，一年比一年多了。

再後來，國家又允許出售自家園子的瓜果梨桃了，楚老爺子就在鎮上租了個鋪位，擺出了自家的瓜果梨桃。不過，鎮上的人最喜歡的還是楚家的西紅柿，又大又飽滿，當然，大家也喜歡楚家的香檳果、蘋果；還有櫻桃，又紅又軟，一咬一股甜水；燈籠果呢，又酸又脆，咬起來「喫呀」直響，小孩子們最愛啦。

「買點楚老爺子的饅頭柿子吧？」

「是呀，饅頭柿子炒雞蛋，饞得人淌哈喇子[17]呀！」

即便如此，到了深秋，楚家的水果蔬菜還是剩了不少，吃也吃不完。楚老爺子就在窗前挖了兩個窖，一個窖專門放蔬菜，土豆呀、白菜呀，已經堆得滿滿了，還要放進西紅柿，越青越好。到了大冬天，青黃不結、大雪封門的時候，楚家還是天天有青菜吃。另一個窖呢，專門放水果，香檳果呀、沙果呀，應有盡有。其中，紫海棠最易存放了，到了大年三十，吃起來還是又脆又甜的，香

17 哈喇子：中國東北方言，指口水。

檳果就不行，不等過年，都開花了。楚老爺子就說：「吉，你看，香檳果看著你笑呢，吃吧。」

「我才不吃呢，又軟又綿的，讓我奶奶吃唄，我奶奶都掉了兩顆牙了。」

楚老爺子的嘴角也合不攏了。過年了，還要自己研墨，寫起對聯：「吉，你念念，爺爺寫得是啥呀？」

吉咬著食指，吃吃地笑。

「你這個小笨蛋呀，你爸像你這麼大都識好幾個字了，你瞧你，往後能出息人嗎？」楚老爺子說著，在大孫女的臉蛋上輕輕揪了一把。

「上聯：又是一年芳草綠。」吉大聲地嚷嚷開了。

「下聯呢？」楚老爺子一眨不眨地盯著大孫女。

「依然十里杏花紅，橫匹：吉星高照……」吉剎不住閘了。

楚老爺子的大錢匣

現在，鎮上的人沒有不知道楚家大果園子的，都說楚老爺子的錢匣子大得出奇，裡面不僅裝滿了錢，還有金疙瘩銀疙瘩呢！越傳越玄乎，人們見了楚老爺子都忍不住點頭哈腰地逗哏[18]：

18 逗哏：中國東北方言，指開玩笑，逗趣。

「老爺子，今天又掙了多少錢哪，兜子裡裝不下了吧？」

「都長毛了吧，拿出來曬曬吧！」

楚老爺子就笑，一句也不搭腔。可是，一推開大門，見了大孫女，話就多了：「我說吉呀，爺爺教你唱歌吧。」楚老爺子雙手一伸，就把吉抱進了懷裡，進了東屋，再騰出一隻手，拽過那個被汗膩磨得油光鋥亮的蕎麥皮枕頭，往炕頭一立，身子一抬，整個人都靠了上去，這時，楚老爺子就把吉放到他的雙腳上，兩手扶著吉的胳肢窩，唱了起來：

警察特務狗了狗娘養呀
養他一時亮堂堂
狗日他喪天良呀
狗日他喪天良呀

「你怎麼不唱呢，吉？」老爺子停了下來。

「你那腳趾蓋兒[19]硌著我的屁股呢！」吉噘嘴了。楚老爺子雙手舉起吉，往前挪了挪，直挪到他的膝蓋上。

19 腳趾蓋兒：中國東北方言，指腳趾甲。

火車到站換車頭
火車放氣曬牤牛
嗯唉依呀海喲

楚老爺子又唱了起來，一邊唱一邊看著大孫女，「咋還是不唱呢？你這個小笨蛋哪！」吉打了個哈欠：「我在尋思什麼是火車呀？」

「火車嗎，就是走起路來『咕咚咕咚』直響，腦袋瓜呢不住地冒白煙。」

「火車也長白頭髮，是白毛女？」

「你這個小笨蛋哪，爺爺越解釋你越懵。吉，你願不願意讓爺爺再給你唱個歌呀？」

「可願意了，爺爺，唱呀！」

蘇武牧羊北海邊
雪地又冰天
渴飲雪饑吞氈
……

「吉，你怎麼還不唱呀？」楚老爺子又停了下來。

「我……我想吃白柿子。」

「原來是這麼回事呀，等著吧，等著，就站在炕沿上，一動也別動，一動呀，柿子就飛了。」楚老爺子說著下了地，邋遢起一雙黑面舊布鞋，掏出了貼著肚臍的兩把鑰匙，鑰匙上還帶著那狗皮膏藥黏乎乎的熱氣呢。

楚老爺子一轉身，就打開了櫃子裡面的錢匣子，接著，兩隻胳膊劃了一個圈，放到了背後：「啊，柿子一個也沒有嘍，都飛嘍！」

「爺爺，我要自己摘柿子去！」吉說著，光腳下了地。

「柿子又回來嘍，沒有飛喲！」楚老爺子雙手從背後往前一伸，一手一個白淨淨的柿子。

楚老爺子仔細，每天都把掉在地上的青柿子拾起來，放進櫃子裡，如果是白柿子呢，還要放進錢匣子裡，幾天以後，柿子就熟了，又甜又鮮，比從秧上剛摘下來的還好吃呢。

「我要到井邊的鐵鍋裡洗洗，柿子上盡是你錢匣子裡的錢味。」

「別瞎說了，爺爺的錢匣子裡哪有錢哪?!」

「咋沒錢？我都看見了，裝得滿滿的呢！」

「你這不是把爺爺往火坑裡推嗎？那點錢，就夠咱家賣個油鹽醬醋的，你爺爺最怕的就是別人說他有錢！」楚老太太狠狠地瞪了吉一眼，「你是哪壺不開提那壺，再來個土改啥的，你爺爺非得讓你送進巴離子[20]不可，不僅錢被搶光，人也得活活給打死……」

20　巴離子：中國東北方言，指監獄。

「他一個小孩子懂啥，」楚老爺子說著，拽出了被汗膩浸得鋥亮的黑兜兜[21]一角，又從吉的手裡接過了柿子，「來，讓爺爺給你擦擦，一擦錢味就沒嘍！」

「爺爺，你怎麼像我二妹一樣，老是戴個兜兜呢？」

楚老爺子笑了起來：「我呀，老是肚子痛，戴個兜兜擋風寒，沒看爺爺晚上老是烤一貼狗皮膏藥嗎，那是治肚子痛的！你二妹的那個兜兜呀，是接哈喇子的，她還不到一歲嘛……」

拍花

爺爺不在的時候，吉就覺得時間長得沒法熬，就偷偷跑到大門外找那些「野孩子」玩。「野孩子」是楚老太太給那些不太被爹媽管叫的孩子們取的外號。

「你可不能跟那些『野孩子』玩呀，他們就是尋摸咱們家的沙果，沒有沙果，人家才不和你玩呢！」

也許奶奶說得對，吉每次出去，都要揣上一肚皮的沙果。就是把沙果放在背心的裡面，緊貼著肚皮的地方，怕奶奶發現她鼓起的肚子，還要彎著腰，溜出大門。那些「野孩子」見了她，一哄而上：

21　兜兜：中國東北方言，一般指圍在小孩子脖子下面，接口水的圍兜，大人是很少用的。

「吉，給我一個沙果！」

「我也要一個！」

「有沒有海棠果呀？我樂意吃你家的海棠果。」

「吉，聽說你爺爺的錢匣子可大了，這麼大！」一個孩子把兩臂伸開，又往外擴了擴胳膊。

「不，我爺爺的錢匣子可小了，這麼小。」吉伸出胳膊，往回縮了縮。

「野孩子」都直搖頭。

「是真的，我看見的，我爺爺天天數錢，數完錢，就放進去，再鎖上錢匣子，誰也打不開，連我奶奶也打不開……」

「吉！你胡說些什麼呢？趕緊給我回來！我說過多少回了，不讓你跟那些『野孩子』玩，可你就是揚得二正[22]地不往心裡去！」楚老太太就把吉拽進了院子，「咣當」一聲，關了大門，「我可告訴你，要是再出去，准得讓拍花的把你拍走！」

「拍到哪裡呀，奶奶？」

「拍到遠處唄，反正你再也回不來了。」

「遠處是什麼地方呀？」

「害人的地方唄！只要拍花的往你頭上一拍，你就看見兩邊都是水，中間一條小路……」

22 揚得二正：中國東北方言，指心裡不裝事，沒心沒肺。

「就像咱們家後園那樣的小路？」

「你這孩子，咋盡說隔路話[23]呢，能一樣嗎？你只看見前面有一個人，就得跟著那人走，走呀，走呀……」

「走到哪去了？」

「害人的地方唄，我不是說了嘛！」

「那我為什麼非要跟著拍花的走呢，不走不行嗎？」

「不行唄，因為拍花的手上抹了藥，往你頭上一拍，你就啥都不知道了。」

「就得跟著走？」

「這回你說對了！以後還聽不聽話了？」

吉不吱聲了。

「要是再不聽話呀，我就告訴你媽，我再也不看你們這些驢屄蝦界[24]了！」楚老太太說的「你們」，是指吉和她的二妹。現在，二妹就在楚老太太懷裡呢，啥也不懂，看著吉直發愣，五迷三道[25]的。不過，爸爸倒給她取了一個很響快的名字：丹。

23　隔路話：中國東北方言，指與眾不同的語言，為貶意。
24　驢屄蝦界：中國東北罵人土話。
25　五迷三道：中國東北方言，指頭腦不清晰。

後園

沒處可去時，吉就到後園，看小姑姑玉霞和幾個同學在一棵黃海棠樹下打乒乓球。只見偌大的綠色乒乓球案上，一個白色的小球，在深綠色的網上跳來跳去的。小姑姑的幾個同學都「一」字排開，跟著那個白色的小球，不停地轉動著腦袋瓜。玉霞的兩條小辮子還一甩一甩的，臉上盡是汗珠，連魂兒都被那個小小的白球勾走了。

吉站在一邊，看著看著，就膩歪了，就向爸爸嫁接的那棵蘋果樹走去，躺在了樹蔭裡的一個廢棄的蜜蜂箱上。箱子是方形的，不大不小，正夠吉的身長，這是爺爺特意給吉放在這兒的。爺爺說：「吉，你千萬別去李子樹那邊，那一排蜂箱裡呀，裝滿了蜂子，蟄著你就完了，疼得你呀得駒里暴跳[26]的。你要幫爺爺看天氣，要知道什麼時候下雨，什麼時候不下雨。」

「我咋能知道呢？」

「爺爺這就教你，你可別盡買呆兒[27]，跟爺爺學呀：『雲彩往北發大水，雲彩往南搖旱船，雲彩往東一場空，雲彩往西披蓑衣』……」

---

26 駒里暴跳：中國東北方言，指疼痛得受不了。

27 買呆兒：中國東北方言，指無所事事，這看看，那瞧瞧。

現在，吉仰頭與藍天相對，一朵又一朵白雲，正慢悠悠地在她那黑白分明的眼睛裡，一會兒聚到了一起，像一座大山沉沉地壓來，一會兒又散開了，像一片又一片棉絮輕飄飄地舒展……

「雲彩往北發大水，雲彩往南搖旱船……」吉大聲地叨咕著，其實，她根本不知道都是啥意思，只是越說越順，越順就越想說。

「吉，你過來，上三姑這兒來。」玉琴聽到吉的嚷嚷，就從後園的茅屋裡走了出來，手裡還拿著一個玻璃瓶。她騰出了一隻手，拉起吉的小手，直把吉拉到後面的榆樹牆根兒。

「你知道它的學名麼？」玉琴指著一片榆樹葉上的甲蟲。

「不知道。」吉直愣愣地看著這深褐色的胖乎乎的東西。

「金色飛賊。」玉琴小心翼翼地摘下那片老榆樹葉，順著瓶口放了進去。

「三姑，你為啥把這『飛賊』放進瓶子裡呀？」

「明天上生物課時要用。吉，你樂意上學嗎？」

「樂意。」

「那就好。將來，你要是上了學，考試分數高，三姑就送你一付本夾子。你知道本夾子是幹什麼的嗎？」

「不知道。」

「就是夾在本子的兩邊，防止本子弄髒，弄折呀。」

「三姑，什麼時候我才能上學呢？」

「上小學，怎麼說也得八歲，早了學校不收。不過，我想，到了七歲，你就應該試一試了。」

「你不是說學校不收嗎？」

「也說不定，如果老師考你，你都答上了，也說不定能收呢，試試唄。」

「為什麼我不是八歲上學呢？」

「早上小學就早上中學早上大學，能早念大學多好啊！」

「為什麼要念大學呢，三姑？我二姑和我大姑都念大學了嗎？」

「你大姑念了個大專，你二姑呢，只念了個初中，最沒出息了，這不，跟著你二姑夫早早結婚走了；你二姑夫也沒出息，就念了個中專，還有你媽，簡直什麼書也沒念過！吉，你長大了，可別像她們，要上大學呀……」

「你想上大學嗎，三姑？」

「想，連做夢都想啊！」玉琴說著，笑了，「明年，我就可以考大學了！吉，你猜猜，三姑能考到哪所大學呀？」

「我猜呀，你能考上最大最大的大學。」

「我可要給我大姪女拔蘿蔔嘍！」說著，玉琴放下玻璃瓶，雙手捧起了吉的下頦，吉的脖子被抻得長長的，兩隻腳離開了地面，跟著玉琴的身子轉了起來。「咯咯」「咯咯」吉笑個不停。

待在了姥姥家

吉最盼的就是星期天了。通常來說，這天早晨，靜宜會把一個小竹椅，架到自行車大樑的前面，又把丹抱上去，再讓吉踩著自行車腳蹬，挨著丹斜坐在大樑上。這時，靜宜的右腳用力一蹬地面，自行車就向前滑了起來，趁著慣性，靜宜的右腿一抬，就穩穩地坐到了自行車上。楚大夫呢，這時提著個大兜子緊跟兩步，一跳，就坐到了靜宜的身後，一家四口，向著衛生院後身的家屬宿舍飛奔而去。

進了靜嫻家，楚大夫就把那個大兜子往炕上一放，小玲子、小英子和劉瞎子立刻圍了上來。對了，現在，靜嫻又有了第二個孩子，取名小英子，比吉大一歲。而劉瞎子呢，是靜宜給她的姐夫——靜嫻的男人取的外號。因為他老是戴著一付厚眼鏡。

再說這大兜子裡，什麼都有：沙果呀、香檳果呀、西紅柿呀、黃瓜呀、土豆呀……只要楚家大果園裡有的，這裡都有。

「老太太給的？」靜嫻往兜子裡看看，笑了。

「就怕老太太看見呢。就是掉在地上爛了，老太太也不樂意讓我撿起來給咱們家人。都是他摘的。」靜宜說著，看了一眼楚大夫，「他摘什麼，他媽都不管，以為他要給醫院裡的同事呢。還有一個兜子，是給咱媽家的……」

靜嫻和靜宜兩人的話越說越多，而吉呢，趁這功夫，不停地吃，別看她在自己的家裡挑肥撿瘦的，到了大姨家，連剩飯剩菜都成了山珍海味。

「給你取個外號吧，就叫楚大吃！」劉瞎子搶過了吉手裡的沙果。

「這是我家的。」吉說。

「你媽已經給了我家！」小英子說。

「回你家吧，別待在我家不走！一來你就吃，吃了這個吃那個……」小玲子也說話了。每次都是這樣，吉一來，小英子和小玲子就趕她走，主要是因為她吃得太多。她自己也不明白，為啥到了大姨家，就不停地吃。

「這孩子就能賽臉[28]！」靜宜說著，狠狠地白了吉一眼。也許靜宜早就看出，靜嫻的孩子們啥不得讓吉吃東西，所以，每次靜宜都儘量帶得更多。可是，楚大夫永遠看不見這些小事，當然了，就是大事他也看不見，他的眼裡只有一個人，就是靜宜。

「我們一起回東屯吧？」靜宜看著靜嫻。

「不行呀，今晚我值班。」靜嫻說。

「那我們一家先去啦，自行車就放在你家。」靜宜說著站起了身子。

東屯就是青馬溝，由於在鎮子的東邊，所以，靜宜和靜嫻就都這麼叫著。去東屯是不能騎自行車的，因為盡在田壟裡走路。這是吉最喜歡的，她就跳著走，尤其是走進玉米田的時候，壟臺

---

28 賽臉：中國東北方言，指小孩出於頑皮而纏著大人耍鬧，不聽話的行為。

的兩邊，長滿了蓖麻，吉一邊走，一邊摘著蓖麻的葉子，弄得滿手都是又濕又潮的蓖麻味。

「吉，你可不能禍害人家的蓖麻呀，這是莊稼人特意種上的，到了冬天，就靠它搓繩子納鞋底，你現在穿的鞋，就是你姥姥用蓖麻給你納出來的。」

「那我摘豆角行嗎？」吉說著，不等靜宜同意，就鑽進田裡從纏著玉米梗的豆角秧上，摘了一個鼓溜溜的綠豆角。那時，每個玉米莖上都纏著兩三個豆角秧，而豆角多得簡直成了玉米梗上的流蘇。

「我可要揍你了，這不是明著心眼兒禍害人嗎?!莊稼人一年到頭就這點菜，夏天過去了，還不知道冬天咋熬呢?!」

是的，冬天的時候，吉每次到姥姥家，都是吃黏豆包，開始還挺新鮮，可是，上頓吃，下頓也吃，連個菜腥都沒有，吃得嗓子直發乾。莊稼人就是苦巴巴地守著這點田地，一旦遇上旱澇，人，說餓死就餓死了。

「爸，我累了！」一沒有事幹，吉就放賴了。

「你看，前面有一片高粱地，看見了嗎，都穿纓了，紫紅紫紅的，多好看哪，過了高粱地，就是糜子地，過了糜子地，就是一排大楊樹……」

「過了大楊樹，就到了我姥姥家，對嗎，爸爸？」

楚大夫沒吭聲，而是停了下來，把丹往上抱了抱。

「來，我抱一會兒丹，你也累了。」靜宜沖著楚大夫伸出了雙臂。

「我累啥，這孩子也不鬧人。」楚大夫抱著丹不放。

「媽媽，這回到我姥姥家了吧？」吉指著糜子地盡頭的幾間泥土房，那房頂的煙筒裡，正在一股股地飄出淺灰色的煙縷，吉吸了吸鼻子，聞到了燒包米桿子的青澀氣味。

「這才是三隊，你姥姥家是四隊，過了前面那排大楊樹才能到你姥姥家呢。」靜宜說著，加快了腳步。

「到了我姥姥家，我就不回來了，我要住在那兒，求求你了媽媽！」吉小跑著，趕上靜宜，拽了拽媽媽的衣襟。

「我可和你說好了，說啥你也不能住下來，我和你爸爸天天上班，沒有時間來接你回去，到時候，又得讓你姥爺送……我呀，天不怕地不怕，就怕你姥爺送你回咱們家。我說，你知不知道為啥？」靜宜說著，狠狠地白了楚大夫一眼。

楚大夫咧了咧嘴，沒吱聲。

吉也不吱聲了。

可是，到了孫籬跟前，吉就大聲地嚷嚷：「媽，我不跟你回去，我要待在我姥姥家！」

「路上我跟你說啥了？」

「反正我不回去！」

「你不回去？我看你回不回去！」靜宜說著就伸出了巴掌，可是，結結實實地打在了楚大夫的肩上。

「何苦呢，她樂意待就待在這兒唄，一個小孩子，別說打就打的，打皮了，就不好管了。」

楚大夫笑容滿臉地看著靜宜。

「一打這孩子你就護著，我看將來她不學好咋辦？」靜宜狠狠地瞪著楚大夫。

「我就不信，好好的孩子咋能不學好？待在她姥姥家咋了，姥姥家也不是外人！」坐在炕頭的石桂芳，也放下針線活說話了。

「你呀，從小就橫踢馬槽[29]的，當了媽媽還是沒個好樣！」孫簫看著靜宜，又皺起了雙眉。

「大外甥女啊，讓舅舅帶你去南溝子看看，水都一人多高了，還能看見魚呢。」靜宜的弟弟平安兩手一伸，托住了吉的腋下，接著，就把吉整個舉過了頭頂，吉伸開兩腿，騎上了舅舅的脖子，兩隻小手又像往常一樣，揪住了舅舅的耳朵，而平安呢，一換手，牢牢地拽住了吉的兩條小腿，向外走去。

「我不看水，我要看大橋。」吉的聲音從院子裡傳了進來。

「好好好，那就看大橋……」平安哄著大外甥女，就這樣，吉又待在了姥姥家。

大橋，就是南溝子上面的木頭橋，那是十分簡陋的，木板與木板之間，有著一兩指寬的縫隙，上面的行人，能清晰地看見橋下的水「嘩嘩」地流著。吉就覺得自己能順著腳下的縫隙掉下去，而後呢，無影無蹤了。越想越怕，越怕就越想，於是，每次她上了大橋，就忍不住扒著木頭縫往下看。當然，不看大橋，也確實沒別的可看，橋的兩邊，盡是鹽鹼地，寸草不生，單調而寂寞。

到了南溝子，這回，吉沒要求舅舅帶她到橋上，只是倚著舅舅坐在了溝沿兒，看著橋上偶爾經過的車輛。當然，多數都是拖拉機，還有馬車、牛車、驢車啥的，每當拖拉機「突突」著從遠

[29] 橫踢馬槽：中國東北方言，指倔強，不聽話。

處開來時，她就擔心橋會塌下來，一眨不眨是盯著，心「怦怦」地跳個沒完。

太陽不知不覺地落山了，吉眼看著傻大舅趕著羊群，慢吞吞地從那一岸走來，上了大橋。「咩咩」，羊群三三兩兩地叫著，越來越近了。

吉就站了起來，離開了平安舅舅，跑上了大橋，一下子抱住了傻大舅的一條腿：「大舅，我要吃蔥油餅！」吉不知不覺地省去了「傻」字，像是那個字，一下子被誰拐跑了，不屬於她了，抓都抓不回來了。

「就我大外甥女好，從來也沒說過我『傻』，不像小玲子小英子，一來就叫我『傻大舅』，還有你小平安，按輩分應該叫我大哥，可整天『羊倌』長『羊倌』短的……」傻大舅數落著走過來的平安舅舅，白了他一眼，把牧羊鞭往腳前一立，騰出一隻手，摸著吉的後腦勺。

「別瞎咧咧得了，趕緊回去給大外甥女烙餅吧！」平安舅舅嗆著傻大舅，又雙手一伸，把吉舉起來，抱在了懷裡，「回家嘍，吃蔥油餅嘍！」

說起來，這傻大舅就是孫簫的弟弟留下的那個兒子。自打他爹被窮跑腿子們打死，他媽上了吊以後，他就沒收沒管了。共產黨分給了他兩間草房，說起來，還是他家從前的馬房，他爹留下的其他財產都分給了貧雇農。接著，村長就讓他放羊了。那時，他才七八歲，這輩子，他一天書也沒念過。

「念書也是白搭，」村長說，「誰聽說過傻子還能識字？」

「羊倌」，屯裡屯外的都這麼叫他，沒有人記得他的真名實姓，更沒有人肯把閨女嫁給她，他這一輩子，盡打光棍了。

「大哥這人哪，就是仁義，見了女人，連眼皮都不抬一下。」靜宜常對楚大夫誇他。

「我不要你抱，我要我大舅抱。」吉張著小手，往羊倌那邊抓去，「大舅，我要畫你，要畫你嘛！」

「你要畫大舅的衣服嗎？這身衣服太埋汰[30]了，等大舅拿到南溝子洗洗再畫吧。」羊倌抬起右手，拍了拍前大襟上的灰塵。

「我要畫你的眉毛，還要畫你的眼睛，你的眼睛呀又黑又亮，都照見了我，大舅，你的眼睛是個鏡子！」

「大外甥女啊，咋盡說傻話呢，大舅這眼睛裡，除了羊羔子還能有啥？」羊倌說著，又把牧羊鞭往左胳膊窩裡夾了夾。

其實，吉最不樂意到別人家了，主要是不喜歡別人家的氣味。她對氣味是敏感的，覺得不管誰家都有一股味，有的是酸菜味，有的是大醬味，還有的是剩菜剩飯味，以及煙燻火燎燒包米桿子的氣味，聞著聞著，她就想吐。

但是，她喜歡羊倌家，不管怎麼聞，都聞不到任何氣味。雖然他的家和別的家一樣，一進門，就是一口大鍋臺，鍋臺後立了一個陶製的大水缸，挨著水缸的是一堆乾包米桿子，包米桿子旁邊是一個灶坑，灶坑的側面是一扇門，進了門，是一鋪大炕，炕上鋪了一個葦子編的炕席，炕席上面放了一個小木桌，吉立刻脫鞋上了炕，坐在了小木桌前，舔著嘴唇等著蔥油餅。

30　埋汰：中國東北方言，指髒，不乾淨。

羊倌呢，脫了上衣，甩開膀子，開始了和麵。那時，白麵是不多的，只有逢年過節、辦個喜事兒啥的才捨得吃一飩，而羊倌一個人的口糧，白麵就更少了。不過，只要吉一來，甚至小玲子和小英子來，他都會立刻烙起蔥油餅。

無論在奶奶家還是姥姥家，吉都沒吃過這麼好吃的蔥油餅。姥姥家就不用說了，窮得叮噹響，連初一、十五也吃不上一頓，而奶奶家呢，雖說滿鎮子的人都在嘀咕有錢，可每每烙餅，奶奶總要在油裡滲上水，只用鍋刷子往餅上象徵性地刷一下，雖說叫蔥油餅，可連油星也看不到。羊倌就不同了，那是實打實地放油，真槍真炮地幹活，烙出的油餅啊，黃洋洋的，別提多香多脆多有滋味了。

姥爺背上了吉

在姥姥家，每個人都盡可能地寵著吉，她想幹啥就幹啥，但她還是不滿足。

「姥姥，我要吃甜桿兒。」吉又耍橫了。

這時，石桂芳正坐在炕頭打著袼褙，就是用麵糊把碎布片黏在一起，晾乾後，做鞋面鞋底啥的。那時候，莊稼人都買不起鞋，還有衣服，也是自己裁剪後，一針一線縫起來的。

「我說小平安啊，去給我大外孫女劈幾根甜桿兒！」石桂芳摘下了老花鏡，沖著窗外喊了起來。這時，舅舅正在園子裡忙著鏟草呢。

「姥姥，我不吃甜桿兒，我想吃柿子，吃綠柿子。」

「綠柿子？看看你媽拿來的那個兜子裡還有沒有了？」

「沒有了，姥姥，」吉扯著石桂芳的衣襟，「我要吃綠柿子！我要吃綠柿子麼！」

「大外孫女呀，是想讓姥姥唱歌了吧？」石桂芳說著，就把麵糊和碎布條往炕稍一推，雙手拉著吉，唱了起來：

扯大鋸呀拉大鋸
姥姥家門口唱大戲
接姑娘，換媳婦
小外孫女也要去啊啊啊啊——

「姥姥，姥姥，你別唱了，我要吃綠柿子！」

「我看哪，你是想讓姥姥破悶兒[31]了，這就有了，這就有了，保管我大外孫女一猜就中：

從南來幫兵
哼哼呀呀不住聲

[31] 破悶兒：中國東北方言，指猜謎語。

槍刀劍戟全不怕

但怕西北老大風

吉不吱聲了。

「猜猜吧，就在這小腦袋瓜裡呢。」石桂芳輕輕點著吉那又嫩又亮的額頭。

「姥姥，還是你說吧。」

石桂芳笑了，指著吉的小手：「這是啥呀？」

「蚊子咬的包唄。」

「這就對了嘛。」

「啊，是蚊子，蚊子呀，姥姥，我猜對了吧?!」吉高興起來了，一時忘了鬧人，石桂芳就又戴上了老花鏡，拿起了針線活。

「姥姥，我要吃綠柿子！」吉又鬧了起來。

「這可讓姥姥上哪兒去摘呀？」石桂芳慢慢地抬起了頭，又摘下了老花鏡。

「姥姥，我還要吃白柿子子、沙果、蘋果，我要麼！」吉說著，一屁股坐在地上哭了起來。

「我看這孩子是想老楚家那大果園子了，我送她回去吧。走吧大外孫女，咱們這就去鎮上，回家嘍！」孫簫說著就背起了吉。

奶奶說，我有個大媽……

「你呀，一去青馬溝，你姥爺就來了機會……」楚老太太站在大門口，指著孫簫的背影，嘴角撇著，「你瞧，准又下館子去了！根不正苗不正，結個葫蘆歪歪腚。」

「啥叫結個葫蘆歪歪腚呀，奶奶？」吉仰著臉，一眨不眨地盯著楚老太太。

「就是說呀，你有兩個媽，在你媽沒來咱們家之前，你還有個媽，那是你大媽，叫王進榮，你爸爸跟她一起給灶火爺嗑了三個響頭，咱們家相鏡子裡還有她的照片呢，來，奶奶這就指給你。」老太太扯著吉的小手，先進了東屋，點著相鏡裡的一張一寸黑白照片，「她就是王進榮呀！」

女人歪著頭，一隻手拄著下頷，故意露出了腕上的一塊手錶。

「我看她有點顯擺[32]，不像我媽……」

「你這孩子就是隔路[33]，去吧，到後園自個兒賣呆兒去吧！」奶奶說著，向後園推了她一把，再也不理她了。

32　顯擺：中國東北方言，指浮躁，愛炫耀。
33　隔路：中國東北方言，與別人不一樣，古怪。

天下再大，媽只有一個！

「誰把你送回來的？」一看見吉，靜宜緊張得嘴唇都紫了。

「我姥爺唄。」吉一邊說著，一邊咬了一口手裡的綠柿子。

「你奶奶沒說別的？好好告訴媽媽，先別吃。」靜宜拿開了吉手裡的綠柿子。

「沒有呀，她盡罵我爺爺『老雞巴蹬』了……」吉說著，又去拿那個綠柿子了。

靜宜喘出一口長氣，嘴唇也漸漸紅潤了。

楚大夫就笑了：「你呀——」

「對了，我奶奶說，我有兩個媽，在你之先的那個，是我大媽，我爸爸還對著灶火爺跟她一起嗑了三個響頭呢。」吉說著，咬了一口綠柿子。

「你這不是空口說白話嗎，哪來的大媽小媽？媽就是一個！」靜宜搶過吉手裡的柿子放在了炕沿上，回身又拽住吉的胳膊，伸手就要打。

「奶奶呀，奶奶快救命呀——」吉嚎啕起來。

「打孩子？你逞什麼英雄！你咋來到這個家的不知道麼?!」楚老太太突然出現在了西屋門口，還用食指點著靜宜的鼻子。

「我咋來的，是結婚登記明媒正娶來的，是你姑娘把我接來的。」靜宜也毫不示弱。

「你不害臊，當時讓我這個八歲的孩子去接你，就是不歡迎你！你不懂嗎？」玉霞一個箭步從東屋跳了出來，也學著楚老太太，點著靜宜的鼻子。

「你不是我兒媳婦，是西炕子屯的活人妻呀，我那好兒媳婦王進榮硬讓你逼走了！」

「你們能不能別吵吵！」楚大夫說話了，嗓門挺高，既沒看楚老太太，也沒看靜宜。

「啥大不了的事兒，我說老婆子，趕緊做飯去。」楚老爺子也過來了。

「抽大煙打嗎啡，能生出什麼好種？」楚老太太說著離開了西屋，玉霞也跟著轉過了身子。

靜宜坐在西屋的炕沿上哭了起來，是不出聲的哭，眼淚一對一雙地往下掉。

「媽，別哭了。」吉咬著嘴唇站在了靜宜跟前。

「都是你惹的禍，不讓你住在你姥姥家，你偏要住，」靜宜說著，轉向了楚大夫，「我早就發現了，你媽瞧不起我家，只要我爸一來，准得出點事兒。」

「我說，別哭了。」楚大夫拿過毛巾，擦起了靜宜的眼淚，「明天哪，還有更難的事兒呢。」

「啥事兒？」靜宜接過毛巾，止住了眼淚。

「媽准不會給咱們看孩子了。」

「那咋整？」

「明天，你早早起來，幫媽做飯燒火，表現表現，老人嘛，一見軟的，也就沒脾氣了。就是苦了你，白天上了一天的班，晚上還要打水澆園子……」

「那倒沒啥。」靜宜破涕為笑了。

不能斷了根苗

很早的早晨，靜宜就幫楚老太太點著了灶火，又削起了土豆皮，做好了土豆醬和小米飯，又下窖裡取了一把蔥和幾根香菜洗好，切碎，放進菜裡調味，然後回到西屋給丹餵過奶，這才抱到了東屋。

「媽。」靜宜笑著。

「我不看這些驢屄蝦界！」老太太長著臉，擰過了身子。

靜宜站了一會兒，又訕訕地抱著丹回了西屋。楚大夫就接了過去，再次去了東屋。「媽——」他重重地叫了一句，楚老太太這才轉過身，接過了孩子，同時，故意提高了聲調，讓西屋的人聽個清楚：「都是些丫頭蛋子，有啥用，有本事都生兒子呀！」

「一聽說老二還是個姑娘，我都暈了。」玉霞加著綱。

楚老太太看了看玉霞，笑了：「連我老姑娘都跟著急了。」

「要是還生丫頭，就休了她吧，天下女人多得是嘛。」老爺子也發話了。

「你們知道個啥，生男生女也怨不著女的呀！」楚大夫的臉漲紅了。

「哎約歪，這麼說你是天生絕戶命？」老太太指著兒子，「老楚家可不能到了你這輩就斷了根苗，你不找我給你找，天下能生出兒子的女人多得是，哪個不比你老婆強？」

「你這不是逼我嗎？媽，跟你說了吧，除了靜宜，我誰也不要！」

找大衙門去

對於靜宜來說，婆婆公公，以及小姑子的話，還真不算狠，瞧瞧鎮子上的宣傳板吧，到處貼著靜宜的漫畫，脖子上被套了一雙掉了底的破鞋不說，一隻手還拉著周承祥，而另一隻手呢，拉著楚大夫，楚大夫的腳下是一個女子，女子的鼻子上寫著「王進榮」。

當然，這幅漫畫並不是最醒目的，宣傳版上還有更新鮮的事兒呢！現在，所有人的隱私都被曬在了群眾面前，有的人，因為工作調動，初來乍到，一時找不到隱私，還要派人外調，也就是到這個人原來工作和生活的地方，掘地三尺，也要挖出隱私，國家出錢、出力、出人。

所以，靜宜應該知足了，畢竟她沒有被真的套上破鞋，讓人推來搡去的，一會被揪住頭髮，一會兒被拳打腳踢，當街批鬥。再說，楚家似乎已經寬恕了她，沒有再提起她的過去。不過，她的心常常恐懼地跳著，坐不隱站不牢的。楚老爺子也跟著擔驚受怕的，每天都去宣傳板前，看那些宣傳畫，觀察形勢的變化。現在，一家人都圍坐在東屋，個個愁眉不展的。

「我們班同學都要去北京大串連，我也報了名，可人家說我沒有資格，說咱家這個大果園是走資本主義道路。」玉霞首先說話了。

「不讓去更好，真去了，我還啥不得呢。」楚老太太心疼地看了看玉霞。

「高考取消了，大學不再招生了。」玉琴說著，眼淚就流了出來。

「這些都是小事，主要是你哥哥，讓人家鬥來鬥去的，啥時候是個頭呀？」楚老爺子說話了。

「就得挺著。衛生院的大夫被批鬥的又不是我一個人。」楚大夫說著，抬頭看了看楚老爺子，「爸爸，再別到街上去看那些大字報了，都是些埋汰人的東西。」

其實，楚大夫本不想告訴家人，靜宜一個人知道已經夠了。可是楚老爺子在街上碰見了。當時，一群人推搡著楚大夫，雖然他依然穿著白大褂，但和往日不同，頭上被戴了一個紙糊的高帽，帽子上寫著幾個黑糊糊的大字：走資本主義道路！

「打倒楚德！」

「堅決捍衛毛主席的革命路線！」

「楚德的老婆是個大破鞋！」

「打倒陳世美！」

人群不停地高呼著口號，每個人都在懲治他人的時刻，充滿了熱情。

「唉，我最擔心的事兒已經發生了。」老爺子停了一會兒，說，「今天，街道來人了，說所有的土地都是國家財產，咱們的果園也是國家財產，往後，國家要收回了。」

「這是咱自己花錢買來的呀！」玉霞插嘴了。

「你呀，到底還是沒長大。」楚老爺子意味深長地看了看玉霞。

「這麼說，別人要瓜分咱們的果園了？」靜宜看著公公。

「就是嘛，要把房子蓋到咱們家了！」楚老太太接過了話頭。

的錢匣子鑰匙。

「這些果樹咋辦？」楚大夫看著楚老太太。

「挺著被砍唄。」楚老太太眼圈紅了。

「這不是硬從咱們手裡搶錢嗎？和強盜有啥差別？應該到北京說理去！」靜宜急了。

「對，要找就找個大衙門，我給你們出錢！」楚老爺子恨了恨，拽出了還帶著狗皮膏藥熱氣

雄黃帶來了兒子

在北京，楚大夫和靜宜一待就是四個月。不過，終於拿到了一張蓋著北京大衙門印章的文件。回家的路程實在太長了。火車上人擠人，連行李架上都坐滿了人，坐鋪下面也躺著人。楚大夫問了幾個，居然都是上訪的，當然不全是為了果園、財產；有的是孩子被人誣陷在廁所裡寫了反動標語，被關進監獄，判了重刑；有的是父母或者兄弟姐妹在兩派鬥爭中，被另一派打殘、打死……理由五花八門，結果都是一樣：冤！

終於挨到了鹼城，靜宜再也走不動了，腳腫得饅頭似的，小腿還一陣陣抽著筋地疼。

「一旦這孩子生到路上可咋整？就在鹼城住幾天吧。」楚大夫扶著靜宜。來到了火車站前的旅館。

鹼城也算是大個地方了，特別快車經過時，還要停上一兩分鐘呢；不僅如此，每隔一周，還

有一輛國際列車經過，時間是週四的下午。當然了，國際列車是從來不停的，直奔蘇聯而去。人們就站在天橋上往下看，使勁盯著那一閃而過的窗子，都想透過那層白沙簾，看看蘇修，到底是不是也長著一個鼻子兩隻眼睛。

在鹼城，靜宜生下了兒子。這可能和她天天帶著雄黃有關，自從第二胎又是個女兒後，靜宜就急了，說實話，比楚老太太楚老爺子還著急，到處打聽生兒子的偏方。有個過來人告訴她：「就帶上雄黃吧，用布捲起來，貼著肚臍，時間長了，准能生兒子。」靜宜整整帶了兩年，還真靈。她抱著哭個不停的兒子，有氣無力地看著楚大夫：「這回呀，我啥也不怕了，就是死也不怕了。不管咋說，也給你留下了一個根苗。」

楚大夫就笑了：「盡他媽的胡說，我啥時候嫌丫頭多了？」

住不下去了

下了汽車，剛走到西街，兩人就愣住了：好端端的果園已經不見了，連四周的榆樹牆都被連根拔了。圍繞著楚家那個老土坯房的，是一排排正在新建的紅磚房，把楚家的三間土坯房襯得可憐巴巴的。

楚老太太先跑了出來：「家裡就盼著你們呢，咋樣，一路還順利吧？沒出啥事兒吧？咋去了這麼長時間？可把你爸爸惦記壞了……」

「是兒子？」楚老爺子也過來了，一眼看見了靜宜懷裡的孩子，就雙手接了過去。

「是呀，您有孫子了，爸爸。」靜宜提高了嗓門。

老爺子立刻笑了：「這下子咱啥也不怕了！」

「咋樣，大衙門發話沒有？」楚老太太看著楚大夫。

楚大夫就把那張蓋有大衙門印章的文件拿了出來：「這上面寫著土地雖然是國家財產，可是，樹木是個人的，就是說，誰砍倒了咱們的果樹，誰得給咱們賠錢。」

第二天，楚老太太數了數被砍倒的果樹，就掐著那張蓋有大衙門印章的文件，去了街道。那個曾經到楚家通知說土地應歸國家所有的辦事員，聽了楚老太太的話，又看了看那張紙，說：「這個嗎，你得去找派出所。」

楚老太太就來到了派出所，可派出所說：「這個嗎，你得去跟法院說。」

楚老太太又到了法院，法院說：「這個文件上，並沒有明確說出一棵果樹值多少錢，你們自己商量解決吧。」

楚老太太就一家挨一家地找那些在楚家後園蓋起房子的人。有的說：「這個嗎，只憑你一個人說不好使，誰知道這個印章真的還是假的？再說了，我們得到這塊地號時，也沒有人說砍果樹要賠錢呀！」

還有的人說：「那時候，房產管理科拿出好幾塊地號讓我們選，選了你老太太這塊園子，算是給你賞個臉，給錢，沒門！你到哪兒告都行，我奉陪了！」

更有人說：「你們楚家這麼有錢，還缺這幾棵果樹的錢嗎？說白了，這是敲詐呀！」

總之，楚老太太一分錢也沒收回來。

「媽，咱們就認了吧，去北京這一趟，我是看明白了，這世道呀，只有權，沒有理。我和你兒子這一路上見了多少冤屈事兒呀，都出人命了，最後咋樣，到了北京連個接待的人都見不到。咱們這點委屈算啥?!我都打聽了，在咱們後園蓋房子的，有電業局局長，房產科科長，還有電信局副局長，反正都是些有權有勢的，沒權沒勢的，人家也不會批給他們地號呀。」

「我和你爸一輩子沒黑天沒白天地幹活，就攢下這麼個果園，說沒就沒了，能不心疼嗎？我就不信說不出這個理！政府咋地，就該欺服咱們老百姓嗎?!」楚老太太說著，眼圈紅了。

「媽，咱們一家團團圓圓的比啥都強，別想那麼多生氣的事兒了。人家都說，跟誰講理也別跟政府講理，那是找不自在！」靜宜繼續勸著楚老太太。

「我可不能看著自己的果園子被人家糟蹋，像沒事兒一樣！」楚老太太到底耐不住了，刺了靜宜一句。

靜宜不吱聲了。

楚老太太就又去了法院。法院說：「這事還得你們自己協商解決，頭一兩次，要允許人家不自在嘛，誰願意無緣無故地往出掏錢哪。」

「無緣無故？這果樹也是我們一家人辛苦養大的，他們隨隨便便說砍就砍了，說住進來就住進來了……」

「你這老太太不講理，我不能跟你說了，我這兒還有一大堆工作等著處理呢。」

這以後，楚家的門上經常被抹上屎呀尿呀，早晨一開大門，又騷又臭的，楚大夫和靜宜觀察了幾次，也沒抓著人。

「這個鎮子，咱們是待不下去了。」靜宜看著婆婆和公公。

「自打我買下這塊地，在這兒住了四十四年，四十四年哪，從宣統皇帝到滿州國，都沒遇到過這麼不講理的事兒。要我說呀，我不樂意挪動，西門外就是我爹媽的墳塋地，初一、十五，上個墳，燒個紙，也方便，咱這財產是沒了，可不能窮了陰間的老人。」楚老爺子又歎了一口長氣，「不過，咱這仇人也太多了，抓都抓不住。咱們在明處，人家在暗處。我這心哪，總是繫著一個疙瘩，也實在住不下去了。」

「這樣吧，我和靜宜想辦法調到鹼城，那地方比咱這個鎮子大，還有火車站呢。」說到這兒，楚大夫笑了，「靜宜就是在那裡生下的兒子，也算是有緣份。」

不能做損

靜宜最先調到了鹼城，還看好了一處房子，也在西街。

「有園子嗎？」楚老爺子瞪大了眼睛。

「你個老雞巴蹬，還沒記性？因為園子，孩子們哪個沒受連累？惹了多少氣？」楚老太太數落著老爺子。

「有是有，不過，照咱們家現在的園子比小多了，房子也不大，矮得跟個窩棚似的，不過，大門對著馬路，陰天下雨的，不必走泥濘小胡同，上下班方便。」靜宜說。

「房子小怕啥？就在園子裡蓋個新房子嘛，能蓋下三間房不？」老爺子問。

「能，兩個三間房也能蓋下呢！」靜宜十拿九穩地應著。

「咱們要蓋房子呀，說啥也得蓋在自己的園子裡，不能做損占人家的地盤。」楚老太太也動心了。

於是，楚老爺子就打開了錢匣子，給靜宜數出了買房的錢。

靜宜就在鹼城買下了西街那座小趴趴房，接下來，又把楚大夫調到了縣醫院外科。很快地，楚老爺子和老太太也搬了過來。可是，房子的確太小了，快要被一家人擠炸了。

「趁玉霞和玉琴還沒調動過來，這就把房子蓋起來吧。」老太太建議道。

「是個好主意。」老爺子附合著，又看了看一個勁兒點頭的楚大夫和靜宜。

這時，玉琴正在農村插隊，玉霞呢，運氣好，七二年高中畢業，正趕上全體分配工作，在機床廠當了工人。俗說話，人往高處走，水往低處流，鹼城是個大地方，說啥也得把兩姐妹調過來，否則，楚老太太也得想瘋了。所以，蓋房子是個正經事兒，將來兩個姑娘調回來也有住處了。就這樣，三間磚臉土坯房，說蓋也就蓋起來了。老太太老爺子還是住東屋，楚大夫靜宜兩口子帶著三個孩子住西屋。

楚老爺子心滿意足了：「這回呀，咱們就安安生生地過日子吧。」

「孫子也有了，兒媳婦又孝順，咱們倆個老棺材瓤子就享清福吧！」老太太雖說是跟老爺子說話，卻向靜宜走去，伸出了雙手，「來，把大孫子給我哄吧，你上了一天的班，也累了。」

「不礙事兒，媽，你也歇歇吧。」靜宜嘴裡說著，還是扭不過楚老太太，把兒子遞了過去。

「對了，靜宜呀，有機會，你得想法把玉霞調過來，她一個姑娘家，留在外邊，我這心哪，七上八下的，還有玉琴，聽說一個月也吃不上一頓白麵。」老太太看著靜宜，滿臉都是笑。

「玉霞好說，我再去找找那邊的勞動局局長，他是我大姐的一個患者，我調轉工作那會兒，也是他幫了忙。我都想好了，這週末一下班，就回去找我大姐，讓她再想想法子……可是，玉琴那邊有點難，正在插隊……」靜宜看著婆婆。

「你就掂量著辦吧，這兩個妹妹說啥也交給你了。」楚老太太說著，雙手還不住地悠著大孫子。

楚老太太服了

週末這天，一大早就下起了雨，是那種濛濛細雨，沒完沒了的。不過，靜宜還是乘公共汽車趕回了故地。那時，整個小鎮子，除了一條板油路，其他大小巷子都是泥土路，一下雨，不要說騎自行車，就是走路都直打滑兒。細雨中，靜宜一步步挪到了衛生院後面，眼看到了靜嫻家門前，可是，路越發泥濘了。儘管她貼著牆根兒小心地走著，還是踩上了一塊稀泥，身子一歪，倒了過去。而下面正是一個水坑。

「大姐！大姐！」靜宜本能地喊著。可是，靜嫻那邊一點動靜都沒有，其實，靜宜也明白，縱使嗓子喊破了，靜嫻也未必能聽得到，因為雨天，家家戶戶都關窗關門的。

靜宜雙手在岸邊摸索著，想穩住身子，終於，抓住了一把濕草，剛一用勁，草被連根拔了起來，全身往下一沉，還沒等喊出聲，水已沒了腰，幸好，腳下被一塊石頭卡住了，她打著抖又摸到了岸上的草葉，這回，再也不敢抓了，而是雙手按在草上，而後，用勁撐起整個身子，再用力一抬腿，踩到了岸上！可是，爬上來時，整個身子都沾滿了又臭又黏的黑泥巴。

就這樣，為了幫助玉霞調動工作，靜宜不僅遭了不少的活罪，還給鹼城這邊的勞動局局長送了二百個雞蛋，才算把玉霞調到了鹼城的玻璃廠當了工人。

「玉琴可咋辦呢？」楚老太太還是坐不穩站不牢的。

「給玉琴找個對象吧，一是解決了終身大事，二是兩地分居，說不定國家能照顧照顧。」靜宜左思右想著。

「玉琴二十六歲了，原來一心想考個好大學，沒成想，國家政策變了，大學不招生了，玉琴的婚姻也給耽誤了，現在，哪個男人能要這麼大的姑娘呀？」一提起玉琴的婚事，楚老太太就愁上眉稍了。

靜宜就笑了：「玉琴長相好，找對象不難。我們單位就有個小夥子，要長相有長相，要人品有人品，不少大姑娘都圍著他打轉呢。」

「人家能相中咱們玉琴嗎？」

「試試唄，要我看哪，那些姑娘沒有一個能趕上玉琴的。」

「那就給玉琴捎個信，讓她回來見個面？」

「我也這麼想呢。」

「小夥子叫啥呀？」

「景文。」

「我說靜宜呀，這個家全仗著你了，我那兒子呀，這輩子就做對了一件事兒，娶了你。」

老太太說得也在理兒，不知從什麼時候起，靜宜變成了能人。家裡的大事小情，都由靜宜接了過去；在單位裡，還年年當先進工作者，不僅是縣裡的，還是區裡的、省裡的呢！家裡用的床單呀，枕套呀，都是獎品，個個新鮮鮮的。

團圓的果實

楚家終於團圓了，只有玉珍和玉環還在外地，俗話說，嫁出去的姑娘，潑出去的水。用楚老太太的話說：「人家早有人惦記了，還用我麼？我就是放不下玉琴和玉霞呀。」

現在，玉琴是雙喜臨門了，第一，被靜宜調回了鹼城，安排到軍工廠當了出納；第二，和景文訂了婚；玉霞呢，也不賴，有了男朋友，小夥子也在玻璃廠工作，兩人都是工人，一起上班下班的，已經難分難啥了。小夥子一走，玉霞就愁眉不展的。楚老太太就說：「玉霞呀，吃飯吧？」

「我不吃！」玉霞坐在炕對面的小木桌旁，連頭也不抬一下。

「要麼，媽給你端到小桌上吃？」楚老太太不眨眼地看著玉霞。

玉霞不知聲。老太太就把飯呀，湯呀，端了過去。可是，一旦靜宜吃完了飯，回了西屋，玉霞就不由分說，端著飯碗上了桌子，在爹媽面前，有說有笑的。常了，靜宜也就明白了。

「玉霞，你嫂子有什麼地方對不起你了，你整天給我甩小臉子？」

「你不是我嫂子，王進榮才是我嫂子！」玉霞把筷子往桌子上一甩，叉著腰站了起來，早就有準備似的，「操你個媽，你有什麼資格問我？」

「玉霞，你可不能沒良心，為了給你調轉工作，我差點掉進水坑淹死啊！」靜宜的眼圈紅了。

「你沒白白地給玉霞調工作，我給你看孩子了！這些驢屄蝦界都是誰哄大的，是我這個老婆子！」楚老太太也湊了過來。

「你哄的是你孫子、孫女，也沒哄別人！再說了，我們倆口子掙錢一分不落地交給家，逢年過節，我連買瓶雪花膏的錢都沒有，哪有錢雇人看孩子呀？」說著，靜宜轉向了玉霞，「你是找茬讓我們給你倒地方吧？」

「臭不要臉，這個家本來就不是你的！」玉霞指著靜宜的鼻子。

「這個家也不是你的，是你哥的！」靜宜毫不鬆勁兒地盯著玉霞。

「操你個媽，你一個名不正言不順的婊子，跑到我們老楚家，還反了呢?!」玉霞回身抄起擀麵杖就朝靜宜打來。

楚大夫一伸手，接住了：「你們這是幹啥?好好過日子不行嗎？我說，你趕緊回西屋，和她們吵個啥勁呀！」

楚大夫說著，就推靜宜回西屋，靜宜拽著門框子不放：「小玉霞，你不是要打我嗎？都打呀?!」

「你不是會尋死跳井嗎，你都跳呀，你咋不去死呢？」玉霞一步又一步地往前逼著。

「打你咋的？你就該打！」玉琴也幫腔了。

「怎麼都這麼不懂事呢！」楚大夫轉身看著靜宜，「別和她們一樣的，孩子都嚇著了。」靜宜看了看吉，吉就坐在飯桌前，雙手捂住了眼睛，小聲地哭了起來。還有丹，也在哭，鼻涕都過了河，而小兒子簡直嚇傻了，眼珠都不動了。靜宜就抱起了兒子，看了看楚大夫，「你把她們也都抱過來吧！」

楚大夫就抱起丹，跟著靜宜回了西屋。

「要哭就回西屋哭去，別在這兒哭，這不是你的家！」玉霞看著吉。吉就悄悄地下了地，自己回了西屋。

「都是我發善心給她們調了回來，沒有她們，這仗能打起來嗎？」

「別生氣了，」楚大夫站在靜宜面前，「你看，兒子看著你笑呢。」

「你要是厲害一點，她們敢這麼欺服我嗎?!你為啥不說說她們？」靜宜並不看兒子，只是往緊抱了抱。

「我咋說呀？」

「你咋不能說？就說這個家是老人和咱們的，姑娘家家的，能待就好好待，不能待就走人，幹啥天天沒事找事呀？」

楚大夫不吱聲。

「你到底說不說呀？」

「我不說。」

「你不說，小玉霞和這老太太就得沒完沒了地欺負我，這不，玉琴也加了進來，將來，還有我的好日子呀？」

楚大夫不吱聲。

「你說你，整天在爹媽妹妹面前熊熊的，我受了委屈，你跟沒事兒人一樣，這日子還能過麼？」靜宜停了一會兒，「我說楚德，咱們離婚吧！」

楚大夫就笑了：「盡他媽的胡說。這鎮裡鎮外的，哪家不是婆婆小姑子跟兒媳婦嫂子打仗，不打就怪了……」

靜宜抽過去了

第二天早晨，老太太特意端上了一碗蒸熟的海帶絲，香噴噴的味道彌漫了屋裡屋外。「玉霞，快吃吧，這是媽為你做的，專治粗脖子，吃了這個呀，咱們就不怕生氣了。」

玉霞就吃了，還「吱嘎吱嘎」地嚼出了聲。

「走吧，咱們也去吃飯。」楚大夫看著靜宜。

「你們倆口子還不吃飯呀，都涼了。」楚老爺子朝西屋喊著。

靜宜和楚大夫就到了東屋，剛要上桌子，楚老太太急眼了：「這是我做的飯，想吃自己做去！」

「我們倆口子掙錢都交給了家裡，用什麼做飯？」靜宜接茬了。

「咋地，你還想敲詐呀？你清身來，就該清身出去！」玉霞放下了筷子。

「覺得委屈就搬出去，你們倆口子掙的錢再多，家裡也不要！」楚老太太瞪著靜宜。

「走呀，你不要賴在這個家不走，這個家不歡迎你，從來都不歡迎你！」玉琴也說話了。

「你們能不能不說話？」楚大夫看著玉琴，終於吱聲了。

「咋地，你老婆罵我們你不管，我們連說話也不行了？」老太太一手叉起了腰，一手指著大門，「你要是護著她，就和她一起搬出去，我不留你！」

「你可就這麼一個兒子！」靜宜看著老太太。

「咋地，兒子不養活我，還有姑娘呢？我老姑娘養活我！你到底搬不搬，你不搬我就找你單位去！」老太太上前一步，站在了靜宜的對面。

「找哪兒都行，我就是不搬！家裡的財產是我和你兒子掙下的，這是我們的家！」靜宜毫不示弱。

「你不搬？我看你搬不搬！」玉霞說時遲那時快，抄起了擀麵杖，一下子打在了靜宜的頭上，靜宜立時倒下了。

「靜宜！」楚大夫大聲地叫著，「你們這是幹啥，打壞了她咋辦？」

「我就是要打死她，誰讓她賴在咱們家不走了？她一天不搬，我就讓她一天不得好！」玉霞仍然提著擀麵杖，隨時都在準備再下手呢。

「靜宜？靜宜？」楚大夫回身跪在靜宜身邊，一邊叫著，一邊用大拇指捺著靜宜鼻子下面的人中穴，靜宜一點反應都沒有，嘴裡不住地吐著白沫子。「靜宜？靜宜！」楚大夫又用勁地捺下去，那鼻子下面，立刻出現了一道紫痕，靜宜睜開了眼睛，楚大夫立刻抱起靜宜，回了西屋。

「我說，這日子過不下去了，咱們離婚吧。」靜宜從嗓子眼裡細細地擠出了一句話。

楚大夫不吱聲。

「我實在受不了啦，這回說啥也得和你離婚。」

「靜宜，告訴我，你真想離婚嗎？」

靜宜點點頭。

「我聽你的。」

靜宜的眼淚就「嘩嘩」地流了下來，流著流著眼睛就閉上了，嘴唇也越來越紫，淤了一層血似的，顫動著又吐起了白沫子。楚大夫就又捺靜宜鼻子下面的人中穴，現在，那裡已經捺破了，正在一點點滲出鮮紅鮮紅的血，不過，靜宜終於睜開了眼睛。

「靜宜，既然你想離婚，咱們就好好地分開，幹啥還要生氣呢，氣壞了身子，將來還不是你自己遭罪嗎？」

靜宜的眼淚又「嘩嘩」地流著，枕頭裡的蕎麥皮都濕透了，弄得她那亮亮的黃頭髮一綹一綹的。

「靜宜呀，你不是真的要離婚吧？不，我不能離開你，咱們到一起多不容易，你放心吧，不管她們說啥……」

「她們是在打我呀！你為什麼不把玉霞手裡的擀麵杖搶下來？為什麼不說說她們、不教訓她們幾句？你呀，整天熊熊的，人家能不欺負我嗎?!」

「要我說，咱們還是搬出去吧，昨天爸爸也找過我了，說，她們已經找你單位好幾次了，再不搬哪，還不知發生什麼呢？再說了，咱們一家五口在一起，不是也挺好麼？爸爸是有些錢，那又咋樣？咱們剛結婚那會兒，就七十塊錢，日子過得多心盛呀！」

「我是見錢眼開的人嗎？是慪氣呀！這不是明擺著拉完磨殺驢嗎？再說，這個月的工資咱們剛剛給了老爺子，搬出去，連雙筷子也買不起呀！」

「我去和醫院說說，先借點錢……」

「先去我單位吧，我和領導商量商量，說不定他們能出面找醫院，給咱們一間家屬房，另外，搬家的話，也得有個馬車牛車……」

楚大夫就把衣服遞給了靜宜。靜宜趔趔趄趄地走了兩步，眼前直冒金星，楚大夫就扶住了靜宜：「今天就別騎自行車了，一旦出點啥事兒，這三個孩子可咋辦哪？」

分家

「早就應該搬出來，那老太太能讓你過上消停日子嗎？」副廠長直性子，一看靜宜進來，一股腦地把心裡話都倒了出來。

「她來了多少趟？」靜宜問。

「一天就來了三趟！坐到工會那邊就不走，跺著腳罵你。要不是我們幾個領導瞭解你，今後哇，別說當先進，就是在這兒工作下去也難哪！這樣吧，我們出面跟縣人民醫院交涉一下，看看能不能給你們解決一個住房。」廠長也說話了。

「有房子也沒有生活費呀。」靜宜說。

「這好辦，你先從工會借二十元錢，下月開支扣除得了。」副廠長發話了。

「如果搬家的話，我想……」靜宜猶豫著。

「廠裡的馬車這功夫不在，就剩下了一頭驢，正在吃料呢。」不等靜宜說完，廠長就接過了話。

「驢車也行呀，我沒有太多的東西。」靜宜終於喘過了一口氣。

北風早早地刮了起來，路邊溝裡的雨水也結了一層冰茬。驢車沿著兩條車轍慢條斯理地走著。車上是楚老爺子給他們打的那兩口小櫃，暗紅色的油漆已掉好幾塊了，斑斑駁駁的；倚著這兩口小櫃的，是三個坐在棉被裡的孩子。此刻，月亮格外地大，又大又圓，照得天地一片銀色。

「媽，常娥和玉兔真的在月亮裡嗎？」吉仰頭看著天空。

靜宜不吱聲，跟著驢車默默地走著。

楚大夫也不吱聲，在驢車的另一邊，看了一眼靜宜。

「媽，我姥姥說，要是小孩子不撒謊的話，到了正月十五，就能看見月亮裡的常娥，還有玉兔，他們都在一棵樹下，被大樹守著，對嗎？」

靜宜還是不吱聲。

「樹下哪有常娥和玉兔呀，那不是吉和丹，還有你小弟嗎，對了，你媽正抱著你小弟呢。」楚大夫說話了。

「那你在哪裡呢，爸爸？」吉又問。

「是呀，你在哪裡呢，你想拋下我們娘幾個呀?!」靜宜吱聲了。

「我說，你再細看那月亮，」楚大夫看著靜宜，笑了，「那顆大樹就是我呀！」

第二章　中國（下）

臭肉不可往外扔

家屬宿舍，是指醫院辦公樓後身兒那些土坯房，一排又一排的，簡直數不過來。楚大夫得了一間半，就是三間房從中間隔開，兩家分住。那時候，每家每戶都是這樣擠擠巴巴的。一進門，一口大鍋占去了半間中的一大半兒地方，鍋臺後立了個廚櫃，燒火做飯洗碗啥地，都在這裡，文縐縐的說法是「廚房」，但東北人都叫「外屋」。灶坑側面是一扇門，打開就是正屋，也就是起居室、臥室、餐室、客廳合用的一間屋子，東北人叫「裡屋」。裡屋除了一鋪大炕，剩下的僅夠放個衣櫃，講究一點的人家，還要放個「一頭沉」，就是一邊帶抽屜的寫字臺，不過，很少有人坐在那裡寫字，只是擺設。

家家都窮得叮噹響。因為富人都被打倒了，田地分光了，新的暴發戶還沒有產生。幾千年來，中國社會就是這樣周而復始地在一場又一場均貧富中，改朝換代的。雖然沒攢下什麼財富，但傳統啥地還是留了下來。比如打光棍的，總是要被人斜著眼睛的；未婚先孕的，總是要被指脊樑骨的；呆傻癡茶的，總是要被人跺著腳譏笑的……

當然了，這些都和靜宜的小日子扯不上。現在，楚大夫掙的錢一分不落地全交給靜宜，而靜宜自己也掙錢，兩人的工資加在一起，足夠一家五口吃香的喝辣的。靜宜還買了一隻小山羊，每天早晨都給三個孩子熬上一碗鮮奶，吉還沒睜開眼睛，那小山羊奶甜絲絲的香味就鑽進了鼻孔。

宜靜還把靜嫻調到了楚大夫工作的醫院，當了內科大夫，也得了一間半房子，就在靜宜房子的後身。說起來，也算不幸，早在幾年前，靜嫻的男人劉瞎子買了幾隻綿羊，鎮上寸金寸土的，就寄養在了張國太屯（行軍屯）的劉大麻子家。隔三岔五的，劉瞎子也過去看看。沒成想，時間不長，劉瞎子全身都不自在起來，主要是乏力，盜汗，沒有一處關節不疼痛的，弄得他整天疵牙咧嘴的。醫生說，這是從羊身上傳染來的，叫布病，全稱：布魯氏桿菌病。這麼一個洋不洋中不中的名字，沒人記得住。不過，人們記得住的是，好端端一個人，說死就死了。好在小英子小玲子也大了，現在，靜嫻又和靜宜住得不遠，也算有了依靠。

「早就該搬出來，自己掙錢自己花，多好！」靜嫻倒是為靜宜鬆了一口氣兒。

「死心眼唄，直到人家攆得雞飛蛋打才搬出來。」靜宜叨咕著。不過，她是刀子嘴豆腐心，有個大事小情的，一旦玉霞、玉琴覥著臉找上門，靜宜還是少不了一應百應的。

現在，最高興的就算吉了，整天跟著小英子和小玲子的屁股後轉悠。她發現表姐們穿的小褂比她的好看，走路的姿勢也比她帶勁兒，連她們的腳丫都長得比她的美。媽媽常說：「二拇腳趾短，長大了孝順。」而表姐們的二拇腳趾都比大拇腳趾短出不少，讓吉越看越愛看。

她模仿表姐們的一顰一笑，連大表姐小玲子走路時，兩隻腳尖有點往外撇，邁著八字步的樣子，她也學。「吉，你咋不好好走路呢，這不成了小腳老太太了？」同學們直納悶。

不過，有一點，是吉咋也學不來的，就是表姐們從不惹禍。而她，一出門十有八九得打架。但這能怨她嗎?!每想到這裡，吉就委屈得眼淚都上來了：「是他們賊摸鼠眼地瞟著我呀，見頭見影就喊：『畜牲！畜牲！』」

有一次，正當一個男孩子沖著她喊「畜牲」時，她發瘋地跑過去，揪住了那男孩子頭髮就往牆上撞。

為什麼他們要喊她「畜牲」呢？因為她姓楚，他們就採了這個諧音。如果姓王，他們就會喊「王八蛋」，如果姓張，他們就喊「蟑螂」……有時，她恨自己這個姓，她羨慕表姐姓劉，那些野孩子們幾乎找不到機會編排「劉」姓的罵人話。

那天，靜宜和楚大夫一下班，那男孩子的媽媽就拉著那男孩子來了，一口咬定，是吉先罵了人：「哎喲歪，你家的大姑娘又發飆了，不管三七二十一，見了我養老兒就罵『畜牲』，還揪著我養老兒的頭髮往牆上撞，看看，這鼻子都給撞出血啦！」

吉站在一邊，氣得直翻白眼兒。接著，她就讓靜宜掐了大腿裡子，一邊掐一邊問她：「你說，還敢不敢出去惹禍了？你看你玲姐英姐，多讓大人省心啊！」

其實，她已暗暗發過幾次誓了：不再出去打架。可那些野孩子一撩騷，她就忘了一切，沒命地撲過去。當然了，她也有害怕的時候。比如每天放學回家，走到那個由兩排低矮的平房夾出的一個長長的胡同時，她總是拔腿就跑。既便如此，裡面還會不依不繞地射出彈弓球，雨點般地打在她的腳後跟。她從來也沒有見過那些孩子，不過，有人見過，說他們偶爾還會一窩蜂地跑出來，圍上一個孤單單的過路小孩，搜書包、翻衣兜，搶錢和糖果什麼的，如果你是個窮光蛋，啥都沒有的話，還會給你一頓拳打腳踢。因此，只要經過那裡，遠遠地，她的心就撲騰撲騰地跳個沒完。

那時，劫道的孩子太多了，說不到念不到，就會從某個犄角旮旯冒出來。她很是羨慕有哥哥姐姐的小孩，受了欺負，就有人給報仇。而她，只是楚家的老大，身下的小妹和小弟，不僅幫不了她，還總給她惹禍呢。不過，現在好了，有了表姐們，她的腰桿子硬了。經常地，放學後顧不上回家放下書包，她就去了表姐家。然而，十有八九，表姐家的大門是反插著的。吉就敲門，怎麼也敲不開，於是就順著門縫往裡看，清清楚楚地看得見英姐和玲姐有說有笑的，偶爾，還看得見倆人在吃好東西呢，香瓜呀、蘋果呀。

她就不理解，為啥表姐們不歡迎她？為啥她那麼歡迎表姐們？她總是把所有好吃的都拿出來，有時自己都捨不得吃，也留給她們。靜宜呢，逢年過節的，還要給外甥女們做上一套新衣服呢。

那時，每家每戶到了晚上都是黑漆漆的。因為二十五度以上的燈泡是不許用的。還常有電業局的人出其不意地查電呢，用高度燈泡的話，是要被罰款的。不過，大年三十兒，電業局也放假了，於是靜宜就拿出了早早準備好的一個一百度燈泡。明亮的燈光之下，吉看著表姐倆，抿著嘴穿上新衣服的樣子，越看越愛看：「玲姐英姐，今晚就住在我家吧，別走了！」

可是，表姐們為什麼就不歡迎她去她們的家呢？不過，吉並不計較。媽媽常說：「她們早早就沒了爹，你大姨一個人掙錢不容易，所以，見啥都是好的。劉瞎子活著時，千不好萬不好，也算有個大樑，現在，這日子都塌了。女人一旦守了寡，連孩子都被人瞧不起……」所以，每到大年三十兒，靜宜除了給外甥女們做一套新衣服以外，還要拿出一打新鮮的壓歲錢，塞給小英子和小玲子。

吉也寵著表姐們。有幾次，她還掩護小英子，把家裡的掛面從下屋[34]偷了出去。小英子的偷法有點傻了巴嘰的，就是把掛面往自己的衣服底下一塞，像懷孕了似的。靜宜一眼就看出了門

34 下屋：中國東北方言，指儲藏室、倉房。

道：「這小英子的衣服裡怎麼鼓溜溜的，你們倆在搗什麼鬼？」

「沒搗啥鬼，她鬧肚子了。」吉說。

靜宜就笑了，睜一隻眼閉一隻眼的，沒再吱聲。

有一次，小英子告訴她：「我最愛吃兩分五厘錢一根的冰棍了，軟軟的，直起沙，一點也不冰嘴。」

吉轉身就跑回家，拽著楚大夫的衣角說：「爸爸，我要買書。」楚大夫順手掏出了一把錢。吉接過去，拔腿就跑到了後院的鄰居家，借了一個冰棍壺，一下子買了一桶兩分五厘一根的冰棍。那天，老遠地，小英子就把門打開了，站在門口等著她，一見她提著冰棍壺跑來，就笑了，露出了兩個小虎牙。接著，就對她指指下屋，兩人就躲進了裡面，小英子坐在了一個裝小米的麻袋上，吉坐在了一個裝土豆的大筐裡，反鎖上了門，兩人最後吃得全身直發抖，出來時舌頭都不好使了。

「你你你千萬別別對你爸說啊。」小英子囑咐著。

「我我我才不說呢，就說說說買了書。我爸，他他他沒心沒肺的，也不會會查看的。」吉說。

但是，這樣的時候畢竟不多，表姐家的大門，常常對著她關得嚴嚴實實的。無奈，她只得去找別的孩子玩。如果半路碰上有的小孩子無緣無故地罵她，她就會不顧一切地撲過去，大多數的時候，對方都會立刻跑掉的，偶爾跑得慢的話，她會追上去，跟著撕打起來。

「打八家子，打八家子！」有一次，她發現小英子的同學，也對著她這麼喊。她就問了：

「英姐，是不是你對同學說、說我好打架？」

「她才沒說呢，你再不好，咱們也是親戚，臭肉不可往外扔！」大表姐小玲子接過了話茬。

張歪嘴子的老婆

樂意跟吉一起玩的小孩子也不少。都一幫一夥地站在她家的大門外，翹著腳，扯著嗓門喊：「吉！吉！吉！」

「來了！來了！」吉就跑了出去。當然，吉到別人家也是這麼喊的。那時候，還不時興敲門。常跟吉一起玩的小孩子有小娥子、小睇、爛嘴丫子等等。說起爛嘴丫子，人家本來有個好聽的大名：俊兒，可因為嘴角兩邊老是有點紅腫，像長了瘡似的，孩子們就幸災樂禍地送了這個外號。

放學後，如果進不去表姐家，吉就會跑到小娥子家，她家和表姐家在一趟房，不過表姐家在中間，小娥子家在緊東頭。

放學後，小娥子得先給她爹媽煮大楂子粥。大楂子就是輾碎的乾包米，要熬一兩個小時，還得悶一陣子才能吃到嘴裡。所以，等大人下了班以後再做，就太晚了。雖說那時，一般人家的晚飯都是大楂子粥，不過，吉的家裡是很少吃的，一是靜宜從不支使孩子們幹活兒，二是她家的細糧比一般的人家多，晚飯常用高壓鍋烙白麵餅，又省事兒又省時。

吉就閒得沒著沒落[35]到處亂跑。每次找小娥子時，只要趕上人家正在掏米做飯，她就坐在小娥子家門外那根筆直的圓木上等，順便和其他的孩子們像小睇呀爛嘴丫子呀，一起下五道棋、踢毽子、跳皮筋。吉最怕的就是自己坐在這根圓木上了，那會全身都起雞皮疙瘩的。因為這根圓木是小娥子的爸爸給小娥子的爺爺準備的一口棺材料子，儘管小娥子的爺爺還活得好好的，沒病沒災的，這叫孝順。

棺材嗎，裝上死人以後，還要埋在一個風水好的地方。說起來，吉就看不出哪裡風水好，幾乎所有的墳圈子都挺嚇人的。早年去姥姥家時，在一片包米地的頭兒上，她就看到過一些土包，老遠地，汗毛都會立起來。舅舅平安曾跟她說過，這墳圈子一到了晚上，就有磷火飛來飛去的。

「為什麼會有磷火呢？」吉問。

「是死人的頭髮在起火呀。」舅舅平安解釋著。

吉聽得心怦怦直跳。

再後來，吉長大了，上了小學，每當老師領著他們到郊外勞動，比如撿胡蘿蔔或者土豆啥地，都要經過一些墳場，比去姥姥家看到的那個墳圈子還嚇人，有的土包都塌下去了，露出了裡面硃紅色的棺材。有的棺材都糟爛了，木板掉了下去，看得見裡面的屍骨。吉總是擔心，一旦踩到了糟爛的棺材上，掉進去，就和那些屍骨黏在了一起，再也出不來了。人死了以後，為什麼這麼嚇人呢？尤其是墳圈子的周圍，常常見到一些野狗跑來跑去的，讓人頭皮發麻。

---

35 沒著沒落：中國東北方言，指寂寞無聊，閒得難受，不知該做什麼。

不過，吉的屁股下面這口棺材料子是好好的，因為孩子們坐在上面時，總是推來搡去的，把樹皮都蹭沒了，光亮亮的。但是，她還是怕，樂意有個伴兒。

小娥子家的前面，大約三五百米遠的牆角，是個公共廁所，夏天的時候，還算乾淨，有人掏糞，但還是老遠就能聞到臭味，冬天就不用說了，糞便堆得滿滿的，大小便直流到外面，凍了一層又一層，也沒人管理，她最怕的就是上廁所了。

再說這公共廁所的前面，座落著兩間土坯房，前後左右都長滿了一人多高的野草。那其實是張歪嘴子家。說起張歪嘴子，就不能不說他的老婆，那是遠近皆知的老瘋子。聽說，她原本不是瘋子，還是醫院圖書館的館理員呢，只是借工作之便，讀了很多的毒草，在文化大革命時，被火眼金睛的積極分子們揪了出來，五花大綁，讓群眾往她的臉上一個勁兒地吐痰，於是，她就不醒人事了。後來，整天披頭散髮的，手不離菜刀。醫院領導就決定蓋了這兩間土坯房，讓他們夫婦搬出家屬宿舍。說起來，張歪嘴子原本是個藥劑藥，嘴也不歪，只是自打他老婆瘋了，他也神不知鬼不覺地，嘴就歪了。大家也漸漸地改了口，由「張藥劑」改成了「張歪嘴子」。

張歪嘴子瘦筋嘎啦的，和楚大夫差不多。自打他老婆瘋了，就不咋說話了。「半響也擠不出個屁，咋能當藥劑師呢？看大門去吧！」院長「花爪子」發話了。為什麼大家都叫院長「花爪子」呢？因為他當造反派頭頭那些年，得了白癜風，兩隻手的皮膚老是深一塊淺一塊的，小孩子們一看「花爪子」走來，都跑得遠遠的。再說張歪嘴子，打那兒以後，就成了打更人，每天下午三四點鐘上班，第二天早晨才下班。

吉從來也沒有見過張歪嘴子的老婆，其他的孩子也沒有見過。所以，大家都想把那老瘋子逗出來。這就是吉為什麼老是到小娥子家的原因。坐在小娥子爺爺的那口棺材料子上，可以看到張歪嘴子家的大門。當然，那大門是永遠關著的。不過，院牆不算高，可以看到裡面有腦袋瓜在晃動，張歪嘴子的腦袋瓜是油光鋥亮的，圍著稀稀落落的幾根灰髮，而他老婆的腦袋瓜黑漆漆的。在吉的想像中，她長著濃密的長髮，大眼睛、雙眼皮兒，一笑兩酒窩，總之，跟仙女差不多。越是這樣想像，她就越想逗那老瘋子出來。好在張歪嘴子的上班時間，正好和她們放學的時間差不離。

吉就坐在小娥子爺爺的那口棺材料子上，不管幹什麼，下五道棋也好，踢毽子跳皮筋也好，眼睛嘛，始終瞟著張歪嘴子家的大門。每天，張歪嘴子上班時，都要用一把將軍不下馬的鎖頭，從外面把大門鎖得嚴嚴實實的，裡面的人出不來，外面的人也進不去。當然，這是張歪嘴子保護他老婆的一個損招了，否則，那老瘋子一出來，大家准會呼啦啦地圍上，非得把她吃了不可。

不過，小孩子們總是要賽臉的，一旦張歪嘴子鎖上大門，走得無影無蹤時，她們就一窩蜂地跑去逗那老瘋子。有的敲門，有的踢牆，有的往院子裡撇石子兒。

「老瘋子出來了！」有人喊了起來。於是，她們撒腿就跑，一邊跑一邊回頭。

「老瘋子回去啦！」有人停下了腳步。這時，大家又調頭往回走，再次敲張歪嘴子家的大門和後山牆：「通通」、「當當」……

「汪汪！」裡面的狗叫了起來。

「死鬼妖精，天打五雷轟！」緊接著，只見太陽下一道寒光，老瘋子真的被逗了出來，還舉著菜刀呢！孩子們一轟而散。

當一切歸於寂靜時，吉偶爾會拿出鉛筆，畫那個孤零零的兩間土房的圍牆裡，一個披著濃髮，高舉著閃亮菜刀的女人。可是，她畫不清她的臉，因為，她從來也沒有看到她真正的面容。

「你又去逗老瘋子啦？人家招你惹你了，嗯？打著燈籠也找不到你這麼缺德的！你看我掐不掐你的大腿裡子⁈」有一次，靜宜看見吉的畫，就生氣了。真的把吉的大腿裡子都掐青了。可吉的心裡就是不服氣，為啥小娥子的爹媽看著她們逗老瘋子，不僅不管，還要笑呢？

傻尿子飛起來了

吉還常和小娥子她們到醫院的住院處那邊玩。本來那裡是不准閒散雜人進入的，但是，看大門的張歪嘴子對這些職工的孩子們，也不得不睜一隻眼閉一隻眼，得罪不起呀。吉早就熟悉了醫院裡的每個角落，閉著眼睛也能摸到門診、外科、內科，以及骨科大樓。不過，她最喜歡的還是「前小樓」，當然這是楚大夫的叫法，其實，那是院長辦公室。據說，是一個很有錢的白俄蓋的，共產黨一來，那白俄就跑了，結果，共產黨理直氣壯地住了進去，再後來，又成了院長辦公室。

通往「前小樓」的路太美了：石頭鋪成，兩邊長滿了密密碼碼的丁香，到了春天，所有的丁香都開了，那個香啊，別提了！小娥子她們就搶著把開滿了丁香的枝枝條條折斷，抱回家，放到水瓶子裡。吉也伸出了手，拽彎了枝條，掂起腳尖，前傾著身子，湊上了鼻子：濃郁的丁香，芬芳著她所有的感官：「為啥要折斷呢，這麼長著不好嗎？」

她鬆開了手。自己往「前小樓」走去。在「前小樓」的前面，有一片被大人們叫「苗圃」的地方，四周都被老榆樹圍著，中間開墾著許許多多通長的田壟，不過，生長的不是莊稼，而是各種各樣的樹苗，高高矮矮，一片嫩綠，比這邊花枝招展的丁香更好看。但那裡不屬於醫院管轄，孩子們也很少去的，吉常常站在「前小樓」這邊，向那裡遠望，遠望了還要遠望。

再走回來時，如果小娥子她們還在折丁香，她就畫畫，不過，不是用筆，而是撿起一根木棍，在地上畫。她畫那片嫩綠嫩綠的苗圃，畫苗圃四周的老榆樹。不過，她最愛畫的還是那種可以入藥的植物，到今天她也不知道叫什麼名字，只記得果實是球狀的，長著許多刺兒，刺兒的頂端還要回捲一下，像一個個小勾子，很容易就勾住了另一個果實，眾多的果實勾在一起，就形成了一個團兒。有幾次，她們還把這些團兒，悄悄地仍到了王大夫的床上！

說起王大夫，要個頭兒有個頭兒，要長相有長相，看見她們這些小孩子，嚴肅得連眼皮都不瞭一下。不過，和他的女朋友，那個上海知青在一起時，就不一樣了：兩人並肩走著，有說有笑的，偶爾還要拉拉手呢，太能得瑟了！她們是非要禍害一下他不可的。恰好，王大夫宿舍的窗子，正沖著醫院住院處這邊，她們就彎著腰，貓在王大夫的宿舍窗下。恰好，王大夫有個習慣，一下班就打開窗子，她們就抓住這個機會，齊刷刷地把那個帶勾子的毛絨絨的植物團兒，順著窗子扔到王大夫的床上。「喂，喂喂喂，是誰幹的？」王大夫立刻站在了窗前，前後左右地張望著，可是，就沒想到朝窗下看看，真是個傻癟子！

一天，她們從「前小樓」那邊採完了丁香，也禍害夠了王大夫，就你追我趕地往家裡跑去。晚霞正在燃燒，天空一片火紅，大地也變得和平而充滿了善意。正是下班時間，大夫們陸續走出診室，三三兩兩地向後院的家屬宿舍走去。突然，傳來了一陣轟笑。吉打起手罩，看到前面拐彎處，也就是折向西北方向的骨科大樓前面，圍了一群人。有的患者，還從樓上的窗子裡探出了腦袋瓜，咧開了嘴角。

「走，看看去！」小娥子向她們丟了個眼色，幾個女孩子加快了腳步。

原來，大家裡三層外三層地圍了個又乾又瘦的小夥子。這人一看就不咋對勁兒，長著一隻酒糟鼻子不說，大熱天的，還穿了一條棉褲，褲襠口兩邊都是尿漬，看上去硬綁綁的，變成了褐癍，吉站在外圍，都聞到了一股騷臭。

「傻尿子，唱支歌吧！」有個患者挑頭了。

「唱吧，快唱呀！」大家異口同聲。

「唱《南飛的大雁》吧！」有人建議。

「唱了歌兒，我就給你這個……」有個長著一副豬肚子臉的患者，拿出了鮮紅的蘋果，朝傻尿子晃了晃。

傻尿子看著蘋果，伸出舌頭，舔了一圈嘴唇，咽下一口吐沫，還真的唱了起來：

南飛的大雁
請你快快飛
捎個信兒到遠方
獻給我敬愛的毛主席……

傻尿子一邊唱還一邊伸出了雙臂，像雁子展開翅膀，上下擺動著，腳跟兒也翹了起來，彷彿真的變成了一隻大雁，飛翔了。然而，只聽「撲通」一聲，傻尿子結結實實地摔在了道牙子上。

「哎呀，我的蘋果……」傻尿子打了一個滾，立刻坐直了身子，前後左右地尋找著。轟笑一陣接一陣的，連抱在懷裡的小孩子也跟著「咯咯」地笑呢。那張豬肚子臉，這時也咧開了嘴，不過，只聽「嘎吱」一聲，把蘋果突然放進了自己的嘴裡。

傻尿子的眼珠子長了，嘴角一撇，淚珠一對一雙地掉了下來。後來，吉又在「大車店」那邊見過幾次傻尿子。說起這「大車店」，就是專供車老闆兒進城住宿的旅店，還有一個很大的專給牛呀馬呀餵料的院子，前面開了一個飯館，大門正沖著吉每天上學放學必經的小路。遠遠地，吉就能聞到油炸麻花或者紅燒豬肉的香味。正是在這「大車店」的飯館門前，吉眼看著大家圍著傻尿子轉悠，有的人拿著麻花、有的人拿著饅頭在他的眼前比劃著，但是吉沒有再上前，這種千篇一律的把戲，她看膩了。

不過，這能怨誰呢？中國人基本沒有娛樂，空閒時間又多，某個與大家不一樣的人一出現，自然就會被圍上，尤其是這個不會傷害任何人的殘疾，不逗弄一下，不踩上一腳，都是造孽。

後來，吉知道了傻尿子還有個弟弟叫小乾巴，都十五、六歲的年齡了，看上去還跟個七、八歲似的。聽說，就因為小乾巴的出生，傻尿子的家，被罰得夠嗆，他爸爸急火攻心，死了，他媽媽成了半瘋，自然也照顧不到傻尿子了。因此，傻尿子的笑話層出不窮。一天放學，經過太平間時，小娥子突然想起了什麼，用胳膊肘子碰了碰吉：「聽我媽媽說，傻尿子昨天夜裡去了太平間兒！」

「他不怕死人？」吉停下了腳步。

「他就是去找死人的。」小娥子說著，放低了聲音，「他把一具女屍背回了家，一邊背一邊唱，『飛呀飛呀，南飛的大雁，請你快快飛，捎個信兒到遠方，獻給我敬愛的毛主席』……」

往水缸裡尿尿的男孩

現在，吉每天上學比吃飯還勤快，早早就到了學校。這當然與焦原有關。焦原是她的同班同學，男生，整天提著二胡上學，因為放學後，他還要去音樂老師那裡學習二胡。

吉喜歡一切有手感的東西，比如純皮，純棉、純麻、純絹、純綢……她時常有種衝動，想撫摸一下焦原的那個二胡盒子，不過，她忍住了。因為男女生是不能說話的，否則，就給同學們製造了一次娛樂。別的不說，放了學，大家看見吉准會喊焦原的名字，而看見焦原又要喊吉的名字了。

所以，吉是不能摸那個二胡盒子的。但她的視線可以自由地追隨著焦原，她盯著他那古銅色的純棉夾克，盯著他那個深灰色的休閒褲，還有雪白的灰力鞋，看也看不夠。後來，她也給自己買了一雙灰力鞋，並且，洗得雪白，還要打上鞋粉。鄰居們就說：「楚大夫家的大姑娘，老是打扮得立立正正的，真是女大十八變哪。」

其實，她根本沒到十八歲呢，頂多也就十四、五歲吧。放學後，她還要在學校逗溜一會兒。恰好她的朋友爛嘴丫子是學校的運動員，她就跟著爛嘴丫子在操場上轉悠。當爛嘴丫子和那些運動員開始訓練，比如跑步啥地，她就一個人在操場的雙槓上玩。她的兩隻手往兩個鐵槓上一放，就能懸起整個身子，再把兩條腿往前一抬，就搭在了兩條鐵槓上。有時，她在雙槓上玩膩了，就會挪到旁邊高一些的單槓上，兩手一伸，身子往上一跳，就握住了單槓，接著一翻身，就在單槓上旋轉了三百六十度，她甚至可以連著旋轉許多個三百六十度呢。不過，每次旋轉到高處時，她的眼睛都緊盯著音樂老師的辦公室，她知道，這時的焦原，正在音樂老師那裡學二胡呢。

那時的吉，甚至不好好走路，常常一邊走一邊翻跟斗，就是雙手往地上一拄，整個身子倒立起來，兩條腿再往後一支，就踩到了地面，整個身子都翻了過去，形成一個拱形；就這樣，她可以一個跟斗接著一個跟斗地翻，一直翻到家裡。她的身子輕盈而柔軟，每當上體育課時，就像吃餡餅一樣，輕鬆地達到了老師的要求。可焦原就不行，一上體育課就請假，不是頭疼，就是屁股疼的，其實，他哪兒都不疼。有人說：「焦原的心臟不好，所以，他怕鍛鍊，沒看他的嘴唇有點紫嗎，像豬肝戶兒似的？」

這話兒，吉最不愛聽了。她覺得，別人的紅潤嘴唇，像吃了死孩子似的，更難看。總之，吉看著焦原，整個一王八看綠豆，越看越順眼。每當輪到吉值日時，她總是把焦原的書桌擦了又擦，他踩過的地面，掃了又掃。

現在，老師又把吉和焦原排到了一起，這可不是在學校裡，而是在縣城的那個最大的禮堂。這時，全縣的大中小學生、各行各業的職工，包括楚大夫醫院的大夫們、靜宜工廠的工人們都來了，擠進了這座縣城唯一的大禮堂。講臺的上面，白紙黑字，掛著一個橫幅：「巴桑講家史」，兩邊的標語是：「不忘階級苦，牢記血淚仇！」

巴桑是個西藏的農奴。老師在上周就介紹過了：「下週一我們要參加一個萬人『憶苦思甜』大會，這次給我們講家史的和以往不同，是個西藏人，西藏，你們知道是哪裡嗎？」

學生們都搖頭。

「西藏自古以來就是我們中國的一部分，不過，那裡的人民還生活在農奴制，農奴們過著牛馬不如的生活，那裡是最落後、最黑暗、最殘酷、最野蠻的地方……下週一，你們聽聽巴桑的家史吧，苦哇，非常非常苦……」

「為什麼解放軍叔叔不早點解放他們呢？」有個學生好奇地問。

「我們已經解放了他們呀！要麼，巴桑怎麼能跑出來講家史呢？現在，西藏人民和我們一樣過上了幸福生活。」

同學們都鬆了一口氣兒。

「這次，『憶苦思甜』的時間要比往常長一些，如果需要上廁所的話，跟我舉手就行了……」老師最後提醒了一句。

那時，縣上經常召開「憶苦思念」大會，時不時地，還要嘗嘗舊社會的苦飯。那是把水和穀糠攪拌在一起，像豬食一樣的東西，遠遠地，就能聞到發黴的氣味，沒等吃就想吐了。所以，「憶苦思甜」中間，常有人要上廁所，估計是吐憶苦飯去了。

現在，雖說大禮堂黑壓壓的一片，卻靜得出奇，連偶爾的咳嗽聲，也顯得小心翼翼的。吉已不記得大會是怎麼開始的了，反正她聽到了巴桑在哭，還有人配合著拿出了農奴主剝下的人皮和剔下的人骨，真的是慘極了！漸漸地，人群中也出現了抽泣，連站在一邊的班主任也開始了擦眼睛。可是，吉哭不出來，因為挨著她的焦原，不停是擺弄著一個小小的彈弓，那是男孩子們常常用來打麻雀的。不過，焦原看上去是不想打麻雀的，因為大禮堂裡沒有麻雀，連個蝴蝶也沒有，除了人還是人。吉眼看著焦原把一個小泥球放在那皮筋中間的兜裡，向主席臺瞄準了，吉的手心都急出了汗。還好，大家都沒有注意到焦原，都在擦眼淚呢。而焦原也適時地放下了手，不過，他接著又朝老師舉起了手，舉了一會兒，擦著眼淚的老師也沒有注意到，他就放下了，過了一會兒，他又舉起了手。還好，這次老師注意到了，朝他點點頭。

第二天，焦原沒來上課。吉是第一個發現的，但是吉沒有吱聲，不過，焦原的同桌向老師報告了：「焦原曠課了！」

「不，不是曠課，他被學校開除了！」老師緊繃著臉。

「為啥？」大家異口同聲。

「因為他往攪拌『憶苦飯』的水缸裡尿尿！」

「哈哈，哈哈……」大家笑了起來。

老師緊繃的臉也放下了：「我就是不明白，焦原為啥專門往水缸裡尿尿呢？這不是明著心眼禍害人嗎？開除他，也算活該！」

後來，老師又講了些什麼，吉都沒聽進去。下午放學回到家裡，她沒有去小娥子家那邊逗老瘋子。楚大夫看著女兒不吱聲，先說話了：「昨天的憶苦思甜大會開得咋樣呀？」

吉還是不吱聲。

「你知道西藏在哪裡嗎？」楚大夫問女兒。

吉搖搖頭。

「我說，聽我們單位的人說，西藏人把達賴喇嘛的糞便都做成藥丸吃了，這是真的嗎？」靜宜接過了話頭。

「盡他媽的胡說，人家是把達賴喇嘛的遺物放在『小絲袋裡』掛在脖子上，作為避邪的聖物，人家西藏人都是有信仰的，不像我們……」

「我說，你是咋知道的？」靜宜小聲地問楚大夫。

「我到圖書館找了英文版的原作，我們中國人就是他媽的壞，偏要歪說人家……」楚大夫氣哼哼的，用食指抹了抹流出來的鼻涕。

「爸爸，西藏的領主咋那麼狠呢？為啥要剝人皮剔人骨啊？」吉終於說話了。

「你看到了嗎？」楚大夫問著女兒。

「聽說，佛就是和一般人不一樣。」靜宜接過了話，「我們單位有個人的親戚在政協工作，見過班禪喇嘛，說是喇嘛的個子可高了，遠遠地一過來，身上都在放光……」

「媽媽，班禪喇嘛是誰呀？」吉看著靜宜。

「去去去，小孩子家家的，別啥都打聽！」靜宜狠狠地白了吉一眼。

初戀

那是寒假剛剛開始的一個午後。楚大夫和靜宜都去上班了，丹去了奶奶家，小弟在幼兒園。難得吉一個人在家。於是，她在「一頭沉」的寫字臺前坐了下來，打開練習本，拿起鉛筆。畫什麼呢？她猶豫起來：就畫傻尿子吧，畫他背著女屍首飛跑的樣子……不不，多嚇人啊，還是畫我家原來的那個果園吧，畫那些櫻桃樹、燈籠果樹、海棠果樹，畫那個羊腸小路……

吉越想越多，簡直不知從哪兒畫起了，就瞎畫起來，一會兒是樹，一會兒是小路，亂七八糟的。突然，傳來了「嗵嗵」敲窗的聲音，吉就站了起來，看了看前面的窗子，連個人影也沒有呀，許是我的耳朵出毛病了？想著，吉又坐下來接著畫，可那聲音又響了。這次，她聽得清楚，的確是敲窗的聲音，她毫不猶豫地走到院子裡，還是連個人影也不見！於是，她朝大門走去，打開，往兩邊看了又看，仍然沒有人影，是出鬼了？

她回到屋裡坐下時，有點心不再焉了，雖然又拿起了鉛筆，卻沒有畫下去。其實，一般的大事小情，都打擾不了她畫畫的，有時上課她也畫，畫得老師都跟著鬧心，常沒收她的畫。

「嗵嗵，嗵嗵」又響起了敲窗的聲音。這次，非常清楚，是來自後窗！「誰他媽的吃飽了撐的！」她的驢脾氣又上來了，發瘋地向後院跑去，一邊跑一邊貓腰撿起了一個磚頭。然而，後窗下，連個人影也沒有。

「你出來一下。」突然，正對著她家後窗的胡同，冒出了楊大嘴，還有他的幾個狐朋狗友。

說起來，楊大嘴的真名叫楊林，是她的同班同學，男生。也住在醫院的家屬宿舍裡。楊林的爸爸和媽媽都是大夫，他像他爸爸一樣高個兒，像他媽媽一樣大嘴。有一次，老師點名，點到楊林的同桌時，楊林搭茬了：「沒來。」

「沒來最好，楊大嘴一個人坐著還嫌擠呢！」他的狐朋狗友們開牙了。意思是，楊大嘴胖得夠嗆。不過，楊大嘴的兩條腿特長，總是騎著自行車上學，停下來時，一隻腳先著地，而另一隻腳，還要搭在自行車的腳蹬上一會兒，那動作，真是帥極了。

「出來就出來，我還怕你不成？」吉尋思著，大搖大擺地走了過去。但是，楊大嘴和他的狐朋狗友們，看她走過去，反而邁開了步子，往後牆根兒走去，不過，很慢，故意讓她趕上。到了一棵老榆樹下，楊大嘴停了下來，轉過身子，吉也停下了，與他們對峙著。

「誰欺負你了？」楊大嘴先說話了。

「沒人欺負我呀？」吉直愣愣地看看楊大嘴，又看看他那幾個狐朋狗友。

「以後有人欺負你的話，別忘了告訴我。」楊大嘴又說。

吉沒點頭，可也沒搖頭。此刻，她才稍微明白了，他們不是來跟她找茬的。接著，楊大嘴就和他的狐朋狗友們，像出現時一樣突然消失了，吉甚至沒有來得及說聲謝謝。

第二天，放學的路上，吉和小娥子、爛嘴丫子等幾個女孩子「嘻嘻哈哈」地往家走時，剛到大車店門前，小娥子說要尿尿，憋不住了，就和爛嘴丫子一起跑進了大車店，因為她們早就知道了，在那個餵騾馬的院子裡，有個公共廁所。吉就站在道牙子上等。這時，楊大嘴騎著自行車過來了，先放慢了速度，接著一隻腳離開車蹬，踩到了地面，身子略微向右傾斜著，但沒有從自行車上下來：「今天，霍春野跟你鬧彆扭了，對嗎？」

「她不跟我說話了。」吉說。

楊大嘴點點頭，二話沒說，左腳一用勁兒，踩上車蹬，走了。

第二天，學校組織學生們觀看《周總理接見外賓》。當時，周總理剛死，人們的心情都很沉痛，早就準備好了手帕啥的。待電影院的燈關掉，片頭新聞開始時，突然，一個女生喊了起來：「我的天哪，有人打我！」接下來，便是嚎啕。大家藉著銀幕的微光，向聲音尋去，發現是霍春野。老師站了起來，走近她：「到底出了啥事兒，快說呀？」

「有、有、有流氓往我的鼻子上打了一拳。」

「可不是唄，都出血了！」挨著霍春野的同學也在一邊加著綱。

「快去抓人！」老師喊著，立刻跑出幾個男生，當然，都是楊大嘴的狐朋狗友們。一會兒，都空空如也地回來了。吉的心跳，這才均勻起來，不過，手心仍然都是汗。

「還有沒有人欺負你了？」電影散場以後，回家的路上，楊大嘴又騎著自行車趕上了吉。那天是吉自己回來的，她故意躲開了小娥子和爛嘴丫子等。

她搖搖頭。

「以後，再有人欺負你就告訴我。」說著，不等她答話，楊大嘴就騎上自行車走了，他的脊背挺得筆直筆直的。

驀然之然，吉有了一座山。這是她從表姐小玲子和小英子那裡早就渴望又從來也沒有得到的依靠。現在，她走到了那些劫道的孩子們常出沒的胡同，故意放慢了腳步，心想，要是有人劫我，我就告訴楊大嘴。

那時，全醫院家屬宿舍這邊，只有一眼小井。每家每戶都派孩子出去挑水。楚大夫和靜宜始終不懂教育孩子，從沒有指使過吉，雖然她的確到了該挑水的年齡。她的同學小娥子、爛嘴丫子等，早就替父母挑水了。所以，吉偶爾也會主動去挑水，湊熱鬧唄。她家的水桶是白鐵皮製的委得羅，比一般的水桶小一點，她挑起來時，雖然兩手還得把著扁擔兩邊的鐵鉤子才能保住平衡，但不覺得太費勁兒。

一天，她正挑著水往回走，楊大嘴迎面而來，立刻把自己的扁擔往地上一扔，二話沒說，就向吉伸出了手，吉也不由分說，把扁擔讓給了他。眼看著楊大嘴一隻手接過扁擔，略微蹲了蹲身子，再往起一站，就穩穩地把兩桶水擔了起來，還雙手抄起袖子，根本不用把著那扁擔兩邊的鐵鉤子，像是肩上什麼也沒有似的，輕鬆地向她的家走去，直到門口，才停下來。

「要是挑不動，下次就等著我。」楊大嘴囑咐著。

吉沒吱聲。不過，打那以後，她更加頻繁地挑水了。靜宜就跟楚大夫叨咕：「孩子大了，自己就懂事兒了，你看吉，現在也不驢性了，還知道幫咱們挑水呢。」

然而，一個無風無雨的早晨，班主任笑嘻嘻地進了教室，宣布道：「今天，我要告訴大家一個好消息，咱們班的楊林同學就要參軍了！我用班費，給他買了一個筆記本，希望同學們都寫上幾句心裡話，留個紀念。」老師說著，自己先在第一頁上寫下一行字：「問余何日喜相逢，笑指沙場火正紅」。

接下來，同學們一一地寫下了一些祝願。輪到吉時，她只畫了一幅畫：楊大嘴雙手抄著袖，挑著兩桶水，邁著大步，一條腿在前，一條腿在後，朝她家的大門走去。

被折斷的翅膀

要說吉的運氣，也算不錯，趕上了恢復高考。靜宜就跟楚大夫合計：「不如讓吉報考政治系、中文系，說不定今後能提個一官半職。這年頭，沒權沒勢活著都難哪。」

「還是讓她學醫吧。」楚大夫尋思著。

「嗯，像你一樣，一輩子有個技術，啥時候都不愁吃喝。當年，還是你爹有眼光，讓你學了醫……」靜宜如今，張口閉口的就是公公，把楚老爺子的話都當成了金科玉律：「我家那老爺子都說了，前三十年看父敬子，後三十年看子敬父。」「我家那老爺子都說了，落配的鳳凰不如雞。」「我家那老爺子都說了，人這一生呀，就是三十年河東、三十年河西……」

楚老爺子為了長壽，早早忌了葷腥，晚年的時候，還學會了打太極拳，風雨不誤。但是，六十六歲頭上就去世了。而楚老太太呢，天生吃素，逢年過節，打兩個雞蛋，算是破齋了。後來她為玉霞哄大了三個孩子。去世時，已是九十二歲高齡。玉霞的男人死在了楚老太太的前邊，說是得了心臟病。玉琴後來也和景文離了婚，總之，那邊的日子不算太好，一旦有個大事小情的，靜宜這邊還是能幫一把就幫一把。不過，背後少不了跟楚大夫嘮叨：「我這心哪，咋這麼善呢，不知道記仇……」

「這咋丁巴[36]磨嘰呢，有沒有完了？」楚大夫就急歪了。

「一說你家不好就不高興，說我家不好，你咋不吱聲呢？你這人哪，心眼歪。」說著，靜宜自個兒笑了。

可是，在吉考學的問題上，楚大夫和靜宜兩人倒沒咋犯口舌[37]，因為，吉既不聽爸爸的，也不聽媽媽的：「我早就想好了，考美術學院！」

「美術學院？這不是當二流子嗎？等著餓死吧！」靜宜繃起了臉。

「你這孩子，這不是要氣死你媽媽嗎？」楚大夫也說話了。

可吉就是認死理兒。最後，靜宜也服了：「女兒大了，就是潑出去的水。將來，嫁個好女婿，一輩子也照樣吃香的喝辣的。」

「你呀，天不怕地不怕，沒成想，怕了你大女兒。」楚大夫就在一邊合不攏嘴地調侃著靜宜。

接到美術學院通知時，吉的高興勁兒就別提了。原因是，她可以離開這個擁擠的家了。說實話，這些年來，她的想法總是跟爹媽擰個勁兒，而丹和小弟，不僅學習成績不咋的，還不聽她的話，這也是讓她受不了的地方。這個家，她早就待夠了，她要飛出去，但不是像傻尿子那樣虛幻地飛，她要真的飛起來，飛得高高的。而這張錄取通知書，就是一雙翅膀。

36　丁巴：中國東北方言，指重複地、不停地說同一件事。
37　犯口舌：中國東北方言，指在背後說別人的壞話，或吵架。

這時，她已經十九歲了。一頭濃密的深咖啡色長髮，總是散開著，飄到腰際。她的身材不胖不瘦，走起路來，兩條纖細的腿，彈性十足。這可能跟她過去喜歡翻跟頭打把式，不停地運動有點關係。她常穿一條深紅色的亞麻長裙，一件藏藍色平領棉布上衣，背著一個雙帶翻毛軟皮背包。說實話，在穿著上，她是十分挑剔的，從不穿那些時髦的花裡胡哨的化纖品。

總之，過去的野氣，像表姐在背後說她「打八家子」的那股天不怕地不怕的勁兒，已在不知不覺中，被溫煦的青春蕩滌得一乾二淨了。她的全身都洋溢著少女的恬靜和優雅。

她是油畫系僅有的三位女生之一。另外兩位，一位叫華岩，另一位叫李平，也都美得不行。華岩的美，是一種朝氣蓬勃之美，兩隻辮子高高地翹著，一笑兩個小酒窩，一點脾氣都沒有。李平的美，是那種文靜之美，大眼睛，雙眼皮，水靈靈的，就是個頭有點矮，不過，小巧玲瓏，說話悄聲細語的，很是善解人意。三個女生總是形影不離，無論到食堂吃飯還是逛商店，都要在一起，話題嘛，當然離不開少男少女那點糾結。

華岩告訴吉和李平，她在中學時，有位很要好的同學叫王鋒，考上了師大歷史系，她準備「五一」節放假去看望他。

「這麼說，王鋒是你的男朋友了？」李平問。

「我倆都沒說出來，不過，他爸跟我媽提過，我媽也覺得王鋒將來有出息。你們倆呢，有男朋友嗎？」

吉就說起了和楊林的事兒，把華岩和李平笑岔了氣。末了，李平說，她也有個男朋友，是她哥哥的同學，自打她考上大學以來，他給她寫了不少的信，不過，並沒有談個人情感。

「前幾天，咱們班的包宏，居然給我寫了一個紙條，約我散步！」華岩說著，抿著嘴笑了。

「真的？」吉和李平異口同聲。

「真的。」華岩一本正經地點點頭。

「可是，他也給我寫了紙條啊！」吉說。

「他這人就是這樣，老是癩蛤蟆想吃天鵝肉。在中學那會兒，就給我們班女生遞過紙條。」李平悄悄說了包宏那些餿事兒。因為她和包宏是中學同學。本來吉就對包宏沒啥好感，滿臉青春疙瘩不說，走起路來，跟個武大郎似的，兩邊晃，還不停地給女生寫紙條，這不是大邪門嗎？

那時，吉每天早晨起來都到操場跑步，雖然早晨的天空盡是煙霧，有時嗆得她嗓子眼兒直癢癢，可她還是堅持跑。現在，包宏也來跑步了，她就立刻停了下來。就是平時走路，只要包宏迎面而來，吉也會立刻拐彎兒。偏偏華岩不計較，李平也不計較，雖說兩人背地裡都比吉更邪乎地說過包宏，可是包宏一來，都像啥事兒也沒發生似的，甚至，華岩還邀請包宏參加她的生日聚會呢。於是，吉就決定不參加了。

「瞧你，犯得上得罪包宏嗎，多個朋友多條路嘛呀。」華岩是真心跟吉做朋友的，每當兩人走在一起時，華岩的話都特別多，還一個勁兒地向迎面而來的其他系的朋友介紹：「這是楚吉，我們系這屆考生中分數最高的！」有一次，華岩還要出錢買吉的畫呢，說是送給她媽媽作生日禮物。不過，吉乾脆送給了她。所以，吉拒絕參加華岩的生日聚會，讓華岩很傷心。但吉就是不鬆口，最後，華岩搬出了李平。

「說實話，看你畫畫，那是賊精六怪的，沒想到，做人方面，還沒入門呀。」李平說。

「你的意思是……我應當參加？」吉反問。

「你自己還惦量不出來？」李平用食指點了點書桌。

「是呀，如果我不去就得罪了華岩，自己孤立了自己不說，還錯過了一頓豐盛的飯菜，雞飛蛋打……」

「你這不是挺明白嗎，咋盡明著心眼兒害自己呢？」李平打斷了吉。

「我的心老是別個勁兒……」

「你啊，個性太強了。」李平突然站了起來，一轉身，走了。

吉並不吃驚。她對李平，已有所瞭解。說實話，那件事，如果放在別人的眼裡，根本不算什麼，不過，吉就是敏感，太敏感了。說起來，是因為肖明，他拿著《中外美術史》走近了李平，似乎是跟她請教塞尚對藝術的貢獻，結果，李平支吾了半天：「這個，這個嗎，是這樣的……」最後，還是什麼也沒說出來。

「不知道就說不知道唄，為啥要裝呢？」吉尋思著。

這一點，華岩比李平強，不會就說不會。不過嘛，在別的方面，兩人倒是像孿生姐妹。比如，都在背後不停地說這個那個壞話，可是，當面，像剛開鍋的饅頭，熱乎得不行。吉就不明白，為啥要當面一套背後一套呢？多窩心哪?!

接下來，吉不僅得罪了包宏、華岩、李平，還得罪了班裡幾乎所有對她有點那個意思的男生。而華岩呢，把班裡所有對她有點那個意思的男生，都哄得團團轉。因此，期末選三好學生的時候，華岩的票最多，李平第二，而吉的票呢，全班倒數第一。儘管這時，吉的繪畫都拿到了省裡展出。

「你呀，老是狗肚子裝不了二兩香油，心裡想的事兒，非得一股腦子都倒出來。前段時間王福貴得了闌尾炎，你那麼熱心幫人家，最後咋樣，人家不僅沒說你好話，還在背地裡不停地『呸』你呢！」華岩坐在了吉的床邊。

說起王福貴，吉恨得牙根直癢癢。她本來沒有注意過這個男生，可是，他偏偏得了急性闌尾炎，疼得滿地打滾，大家都束手無策，吉就給楚大夫打了電話，楚大夫說：「立刻把你的同學送來！」於是，幾個男生扶著王福貴，吉也一路小跑，火速到了車站，乘上了特快列車。兩個小時後，楚大夫親自為他做了手術。

「來得正是時候，晚一點就穿孔了。」後來楚大夫告訴吉。

可是，王福貴病好了回到學校後，居然約吉出去看電影，不過，沒有直說，而是先借了吉的課堂筆記，歸還時，裡面夾了一張電影票！於是，吉走近了王福貴：「你是癩蛤蟆想吃天鵝肉，對不？」

王福貴滿臉通紅：「是你自己想歪了！」

吉就拿出了電影票：「這是什麼？」

「我不過是想表示一下感謝？」王福貴狡辯著。

「為啥不大大方方地表示？」吉直視著王福貴。

打那兒以後，王福貴老是在背後說吉的壞話，說她追求他，說自己如何如何拒絕，說得有鼻子有眼睛的。

聽了華岩的話，吉不吱聲。其實，自打吉拒絕參加她的生日聚會後，兩人就很少往來了，包括去食堂吃飯，都是華岩和李平一起進一起出的，吉甚至可以觸摸到，這周圍的敵意。那麼，為啥今天華岩又跟她近乎起來了？有道是黃鼠狼給雞拜年沒安好心：唆使她質問王福貴。而王福貴呢，同學們早就取了個外號：「白臉狼」。所以，一旦吉去找王福貴，反而模糊了人們的分辨率，最後，自己禍害了自己。

看吉不吱聲，華岩也就訕不搭地離開了。其實，吉不去找王福貴打架，還有一個原因：沒時間。現在，她把所有的精力都用在了繪畫上。雖然她的人緣一天不如一天，可她的繪畫，一天比一天被專家們認可。她是有著跟誰都不太一樣的繪畫視野的，比如，她畫那瞎了雙眼的算命老人，畫那受著虐待的狗……

至於說繪畫技巧，吉還沒突破什麼。不過，她學得很上手。像三大構成，即平面構成、色彩構成、立體構成，對她來說，領悟得總要比一般的學生迅速，雖然她過去沒有受過任何專業訓練，只是由著性子，畫自己喜歡的東西。然而，學院教育，並沒有使她感到束縛，相反，她對基礎課、素描、解胞、色彩等學科都很著迷。

不過，人們是現實的，往往看重的並不是一個學生的學習能力，而是社會能力。因為美院畢業的學生，能夠堅持繪畫一生的，總是鳳毛麟角，真正有出息的，又是鳳毛麟角中的鳳毛麟角。大多數畢業生最後都改行了，所以，能不能混出個樣兒，關鍵還是社會能力。現在，是驢是馬，也都溜得差不多了。像吉這種直腸子，註定了今後在社會上是個栽跟頭者。

漸漸地，華岩和李平一見到吉，就拐到了別的路上，如同她當初對包宏的躲避，這可真是一報還一報。後來，她又發現，班裡的其他同學，也都漸漸地躲著她了，許是牆倒眾人推吧？誰知道呢！

聽說華岩還在背地裡告訴那些被吉拒絕過的男生：「楚吉就是那個樣子，小時候，就開始處對象，還唆使班裡的男生打女生……」

「楚吉這個人，好孬不知。」李平也說。

當然，這一切都是班長劉偉告訴她的。通常同學們只叫他「老班」。他高高的個兒，有著一幅好嗓子，逢年過節，都要給同學們唱一兩首流行曲。人緣嘛，與華岩不相上下，連續當了好幾屆三好學生了。不過，人不知鬼不覺地，相中了吉。每當晚自習後，他總是主動送吉回宿舍。吉沒有拒絕他。他們並肩走著，他時常哼著一些流行歌曲。有的，吉挺喜歡，就說：「再唱啊。」他就再唱。

後來，他約吉到校外的楊樹林裡散步，吉也同意了。說實話，走在老班的身邊，她感到有底氣，像是被野孩子欺負時，突然出現的哥哥。雖然現在已沒有野孩子了，但是，同學們見了她，那個不冷不熱的勁兒，真比當初那些野孩子還讓她怕。

一天，華岩和李平正和幾個男生有說有笑的，看到吉走進教室，就都不吱聲了。顯然，這些人在議論她呢。她知道，這種議論，總是由華岩或李平挑起，又像瘟疫一樣到處擴散。現在，連別的系的同學，主要是她的老鄉們，見到她都躲得遠遠的，以前寒暑假到來時，他們都是主動找她結伴回家的。唉……

看著同學們都不再吱聲，吉轉身走了出來，剛到走廊，就碰上了老班。「陪我出去走走好嗎？」她求他。

「好的。」他總是有求必應。

「華岩和李平總是變著法地孤立我……」

「大學四年轉眼就會過去，畢了業，各奔東西，誰也咋的不了誰，一切都是暫時的。」老班安慰著。

「話雖這麼說，日子難熬啊！」吉的眼圈紅了。

「有我在，她們就孤立不了你，如果你不反對，我樂意一生保護你，我的一切都屬於你，而你的一切，也屬於我，好嗎？」老班說著，停下了腳步。

吉也站住了。月光下，她看著老班的嘴唇顫著，深深地盯著她。她把手貼在他的胸前，感到了他的心像一隻悶鼓，在「怦怦」地起伏，連她的手也跟著顫了起來。

突然，老班伸出雙臂，緊緊地摟住了她，她也伸出雙手，環擁著他。命中第一次，如此貼近異性，甚至可以聞到他的氣味，那是一種淡淡的男性的氣味，伴隨著汗膩濕氣，讓她不敢呼吸，於是，她鬆開了手，並告訴了老班，她剛剛收到楊林從部隊寄來的信，並回憶起了她與楊林之間的一些往事。

「那麼，你到底選擇誰？」老班盯著吉。

「你們倆各有千秋。」吉不加思索地。

第二天，老班說他媽媽病了，請假回家了。說實話，她一看到老班的空座位，心也空蕩蕩起來。他是她在這所大學裡唯一的伴兒。還好，老班很快就回來了。並立刻約她到校外的楊樹林散步，她也同意了。

「你媽媽的病咋樣？」吉問道。

「我媽沒病，那只是我請假的理由。我主要是去找楊林的父母。」老班單刀直入。

「你？」

「我跟他們說，吉是我的女朋友，請他們的兒子自重，一個炮灰，怎麼配得上一個女大學生呢？」

「你！」吉不由分說，就給了老班一巴掌，接著，扭頭回了宿舍。

沒成想，老班又跟到了宿舍，在吉的面前，眼淚一對一雙地掉了下來：「原諒我好嗎？你不知道，在我的心中，你比我自己的生命還重要。其實，對我好的女生不是沒有，但這一生，除了你，別的女生，我連看都不想看……」

但是，吉把老班趕走了。

晚上，華岩和李平回到宿舍後，一起坐在李平的床上，嘀咕著什麼，一口一個「老班」，偶爾還看看吉，並不避諱。

「老班怎麼了？」吉果然插了話。這時，她已和這兩位女同學很久都沒有說話了。

「以前看老班還挺溫文爾雅的，沒想到，如此撒野！雖然他打了肖明兩耳光，可肖明也給了老班兩拳頭，推得老班直打趔趄。」華岩看著吉。

「老班喝醉了，在耍酒瘋呢，把自己的眼鏡都摔碎了！」李平說著，看了一眼吉。

第二天上課時，吉看到老班的胳膊上青一塊紫一塊的。到了中午開飯時，老班還是沒動，像一灘泥一樣，完全沒有了知覺。吉就走到了老班的身邊，「為什麼要糟蹋自己呢？」

老班的眼淚就下來了，但沒有吱聲。

接下來的幾天，老班又喝醉了，打了另外幾個人，也被人家打了。後來，老班一回宿舍，大家就都陸續出來了，有的去教室，有的上街，有的去操場鍛練，猶如吉在女生宿舍的情形。

吉決定與老班和好。就像老班說的那樣，你是我的，我也是你的。於是，給楊林寫了信。好在楊林也沒說啥，只是總結性地回了一句：「這一天，我早就料到了，但願你的未來遇到比劉偉更好的人。」

當然，吉是不會聽楊林的話的。如今，老班停止了喝酒，像從前一樣，每次走在她的身邊時，都要哼那些她喜歡的歌。當他們到效外的楊樹林散步時，他還會大聲地為她唱出來，比如《牡丹之歌》，吉只喜歡這句話：「有人說你嬌美，哪知道你曾歷盡貧寒」，老班就反覆地唱，直到吉讓他停下來。

後來，他們的關係又吹了幾次，和好了幾次，而每次分手時，老班都要喝醉，把自己弄得人不人鬼不鬼的。結果，老班成了全校的笑柄，連別的系的人，只要見到吉都會好心地感慨：「你的班長，追你追得發瘋啊！」

而背地裡，大家都在議論吉「是個作風不咋地的人」、「從小就處對象，唆使男生打女生，考上學後，又背叛原來的對象，與老班不三不四的……」

兔子不拉屎的地方

大學畢業那天，吉的眉心凝成了一個疙瘩。華岩和李平的行李，早就被男生們七手八腳地扛到了兩人的新宿舍，也就是說，兩人都留校了。工作嘛，也將從輔導員、助教、講師、副教授、教授直線上升。而吉的行李，被孤零零地丟在原來的學生宿舍，沒人理睬。最後，還是老班，一手提著自己的行李，另一手扛起她的行李，趔趔趄趄地到了火車站。那也是她生命中，最後一次與老班分手，從此，人海兩茫茫。

吉的前途，應該說，是全班最沒譜的，比老班還沒譜。老班被發配到了黑龍江省伊春地區鉛鋅礦子弟中學，當了一名美術教師。而她呢，被發配到了靺鞨古國，那是牡丹江流域，一個最不起眼的地方，離小鎮東京城還有三公里開外的路程，前不著村兒後不著店兒的。不過，早在一千多年前，這裡可熱鬧了，管轄著中國東北部、朝鮮半島北部，以及今俄羅斯東南濱海地區，是靺鞨古國的首都：上京龍泉府。

提起靺鞨古國，就不能不說朝鮮半島。遠在公元七世紀之時，有百濟、新羅、高句麗三國鼎立。後來，新羅聯合唐，滅了百濟，再後來，又與唐聯合，滅了高句麗，統一了朝鮮半島。唐朝和新羅兩國以大同江為界，南屬新羅，北屬唐，包括今嫩江和松花江一線。不過高句麗遺民一直不願被唐殖民，多次反唐，復興高句麗。

那是公元六九六年，契丹人、突厥人、高句麗人等，紛紛開始反唐，並佔領營州（今中國遼寧朝陽一帶），斬殺了營州都督。當時居住在營州的原高句麗將軍靺鞨人乞乞仲象、乞四比羽也組織起高句麗的剩餘部隊，建立高句麗復興政權，即「後高句麗國」，擊敗武則天的軍隊，還運用埋伏，使其全軍覆滅。後來，武則天打敗了契丹人，但企圖對乞乞仲象和乞四比羽進行招撫，封乞四比羽為「許國公」，封乞乞仲象為「震國公」。但是，乞四比羽拒絕受封，被唐軍追擊殺死，剩下乞乞仲象率餘部繼續與唐軍作戰，在向東轉移途中病故。乞乞仲象之子大祚榮接替父親，率領高句麗軍隊，在天門嶺大敗唐軍，並在靺鞨與高句麗故地，今日牡丹江流域的東京城附近，建立國家，史稱靺鞨國，但中國人慣稱渤海國，因為公元八世紀初，唐玄宗稱其君主為「渤海郡王」，溫庭筠有《送渤海王子歸國》一詩：「疆理雖重海，車書本一家。盛勛歸舊國，佳句在中華。」

靺鞨古國與唐、日本、新羅等，都有著頻繁的外交關係。今韓國人認為，靺鞨古國實為韓國歷史的一部分，是高句麗文化的繼續。後人稱乞乞仲象為烈王，大祚榮為高王，大祚榮之子大武藝為武王，接下來是文王大欽茂，成王大華璵，康王大嵩璘，定王大元瑜，僖王大言義，簡王大明忠，宣王大仁秀等等。可能有人要問了，為什麼乞乞仲象之後代，最後都改稱「大」了呢？殊不知，在靺鞨語中，「乞乞」，就是「大」之意。

靺鞨古國延續了二百多年，於九二六年，被契丹人所滅。

繁華的上京龍泉府，瞬息之間，煙花落盡。而今天，剩下的僅僅是一片廢墟。不過近年來，在此設立了一座博物館，吉，就是被分配到這個博物館工作的。

靜宜聽了吉的分配結果，簡直嚇傻了：「那是個兔子不拉屎的地方啊！」

「你們學校也太欺負人了，不是說你的學習成績在班裡把頭子嗎，你的畫都拿到省裡展出了？」楚大夫直愣愣地看著吉。

「往後，你要是都窩在那裡可咋整？咱家沒權沒勢的，我和你爸哪有本事把你調回來呀？」靜宜說著，眼圈紅了起來

吉倒沒說啥。她想，一個人在窮鄉僻壤，說不定可以專心畫畫擺脫大學時代的陰影呢。說實話，整個大學四年，她基本上都是寂寞的。現在，她最怕的就是人了，能夠遠離人群，多好啊！

靺鞨古國

轉眼，吉已來到靺鞨古國博物館不少日子了。她的工作是設計展覽。然而，一年半載的也沒有那麼一次。主要是遊人太少了，雖說中國人看著韓國電影《大祚榮》，氣就不打一處來，認為挑戰了中國的主權，可自己又似乎沒拿這段歷史當盤菜。

話說這上京龍泉府，早已荒草淒淒。當年，這裡分為外城、內城和宮城的，大殿之間迂迴著錦鏞回廊，別提多繁華了。如今，看得見摸得著的，也只有一些殘存的石刻，石燈、石龜啥的。離博物館不算太遠的地方，還殘留著幾座靺鞨古國的墓葬、窯、橋等，只有那個興隆寺，說是女真在靺鞨古寺的原址修建起來的，還算沒有倒塌。閒暇之餘，吉是常常進去轉悠一圈的。

不過，時間還是打發不完。吉就在辦公室支起了畫架，幹起了私活，也就是說，由著性子畫了起來。同事們大抵也覺得新鮮，都圍著吉的畫轉悠。偶爾，還要翹起拇指。說起來，博物館的工作人員也不少，有十幾位呢。但是，大學生只有吉這麼一個。

「我是來看吉畫畫的，」館長也進來了，他是這裡的坐地戶，朝鮮族，外號「面瓜」。「我都跟我老伴說了，咱博物館新分來個美院大學生，畫得可好了，跟照片似的。」

「我說館長，您這是表揚還是批評啊？要是畫得跟照片似的，還要畫家幹啥，直接當攝影家唄？」小張接過了話頭。他是省藝校畢業分來的中專生，比吉早兩年，不過，在吉面前，一點也沒有老前輩的架子，連說話都輕言細語的，唯恐嚇著吉。殊不知，吉是經過大風大浪的。不過，在別人面前，尤其跟那些小商小販打交道時，小張的聲音就會高出八丈，能把人家的價格殺了又殺。所以，館長安排他改行管了後勤，也算英雄有了用武之地。

「吉，我老伴都說了，這個週末請你去家裡吃頓飯，女孩子家家的，出門在外的不容易。」館長沒跟小張扯下去，轉了話題。

「跟館長說，你就想吃鏡泊湖的鼇花，讓他老伴做，不做就不去。」同事老王插了話。老王這輩子，最愛的就是釣魚，還必須到鏡泊湖去釣，每次去之前，都吹得天花亂墜的，說回來也讓大家嘗嘗鮮兒，結果呢，釣上來的都是些鯰魚球子。老王這人哪，就是對自己沒個估摸，在女人的問題上也是如此，本來跟老婆過得挺好，結果，甩了老婆跟小姨子過上了，可沒幾天，又被小姨子甩了，讓大家不住嘴地指著他的脊樑骨。

「又瞎掰了不是？你咋不釣上幾條鼇花給館長送過去呢？」小張數落著老王，當然不只是小張，大家都是看人下菜碟的。

「聽說，市面上的鼇花都六十多元一斤了！」館長搖搖頭，「這年頭，別的不見長，就是價格，打個飽嗝功夫就漲出了一人多高。」

「好啊，這個週末，我去鏡泊湖釣魚，真能釣上鼇花呀，就給你們送盤涼拌魚過去。」老王說著，舔了舔嘴唇。

「吃你那盤涼拌魚呀，黃瓜菜都得涼了。」館長也數落起了老王，接著，又轉向吉，「想吃點啥呀，告訴我？」

「乾白菜大醬湯，這是我的最愛。」吉說，「我像我奶奶，吃不了葷腥。」

「這是我們鮮族的特色呀，要是放上辣椒就更好吃了，可一般的漢人吃不了辣……」

「我最能吃辣了，越辣越好。」吉打斷了館長。

「這飯，不能讓吉白吃了，得讓她給你家大嬸子畫張素描，畫出大嬸子的善良……」小張見機給館長留須拍馬起來。

「要說鼻子眼睛能畫出來，善良還能畫出來？你這大白天說話不怕閃了舌頭？」館長一點也不領小張的情。

大家就笑，都認為館長說得對，小張是瞎咧咧。當然小張是不服的，背地裡少不了跟吉叨咕：「這兒的人哪，好是好，就是沒文化，時間長了，你就膩歪了。」

日子就這樣一天天地在吉的繪畫中，很單純地過去了。小張的預言，到頭兒來，還真不咋准。因為吉不僅沒有膩歪，還高高興興地熟悉了這博物館周圍方圓百十里的山山水水，比如張廣才嶺、老爺嶺……現在，她閉著眼睛都能畫出那山坡上泛黃的榛林、五味子、柞樹、山裡紅，還有那些被雷雨劈倒的雲杉；她尤其熟悉了幾十公里開外的鏡泊湖，儘管大家都說那裡很美，是的，她也承認，水很清，清得都能看見湖鯽在淡綠的水中游來蕩去的；還有小孤山、大孤山，真是很俊俏，但除了這些以外，鏡泊湖還有一種說不清的苦澀。

吉到鏡泊湖漁場去了幾次，本來是想寫生的，結果，什麼也沒幹，只和幾位漁民交了朋友。從他們的嘴裡，她知道了那裡沒有像樣的學校，也沒有像樣的商店，只是旅館還不錯，且永遠都在爆滿。「為了賺遊人的錢，那些當官的，眼睛都紅了，可賺到的錢都哪裡去了？」漁民們一再這麼問。顯然，低層漁民的生活是暗無天日的，他們中又多為朝鮮族，孩子很少有考上大學的，先輩是漁民，晚輩也將是漁民。

她無法想像一千多年前大祚榮時代，這些朝鮮人的先祖是怎樣馳騁於疆場的，沒准有的還是將軍，載滿了榮耀呢！應該說，大祚榮父子了不起，不懼大唐的淫威，讓武則天也不得不為之折腰。另外，選擇這裡為都城，也是好眼力，這裡易守易攻，且有山有水，尤其不遠處的吊水樓瀑布，也就是牡丹江的源頭，真正的仙風道骨啊！遠遠地，在幾公里開外的松林之間，就能聽到水的轟鳴，到了近處，那飛濺的水花，那光滑的千瘡百孔的黑色玄武岩石，那色彩斑斕的水氣，美得讓人顫抖，可是，在那些黑龍江畫家的筆下，吊水樓瀑布卻變成了一個輕賤的胡同女。唉，說啥好呢。不管說啥，如今，這裡已是一片寥落了，連博物館這邊，每每深呼吸，都能聞到鏡泊湖畔那淡淡的漁腥和苦澀。

就這樣，時間一分一秒地走著，靺鞨古國的青草枯了又長，長了又枯。現在，吉在休息之餘，又讀了不少的書。包括《西方美術史》，雖說在大學時就讀過了，但是，從老師那裡得到的知識，到底有個隔離層，再說，老師說的也不一定是對的，也可能帶著他自己的誤解……

現在，她自己從《西方美術史》中，領悟世界名畫時，很強烈地產生了一種欣賞真品的渴望。說到底，繪畫是個技術活兒，好比一個木工，不看樣品是做不出好家具的。而樣品如果是贗品的話，那精妙之處，就看不出來。作為一個畫家，通過書或畫冊領略那些偉大的作品，就如同看贗品一樣，無法做到色彩還原。然而，真品在哪裡？不要說這小小的韃鞨古國，就是到了北京，也沒啥可看的呀！

「真正的原作都在國外。」小張提醒著她，「不僅在法國的盧浮宮，美國的大都會，連那些國外的普通小城，甚至小鎮子，都收藏了不少真品啊。」

「你這不是望梅止渴嗎？我們畢境身在中國……」吉很是無奈。

「身在中國咋了，就不能出國啦？」小張說著，放輕了聲音，「吉，說實在的，你是我看到的最有才氣的畫家，只要條件成熟，你就會像穿天楊一樣，拔得高高的，誰都無法與你相比。」

「你說你，東一鈀子西一掃帚的，到底要說啥？」吉沒好氣地瞪了小張一眼。

「吉，說真的，你的英語咋樣？」每次小張聽了吉的數落後，都像得了獎賞一樣，眉開眼笑的，不過，今天倒嚴肅起來了。

「不咋樣。不過，在大學那會兒，我倒是學完了全套徐國璋英語。對了，你問這兒幹啥？」

「聽說，加拿大正在招考技術移民，包括美術……」

「別異想天開了，就我這點英語，一瓶子不滿半瓶子咣當……」

「吉，別說這些喪氣話，試試再說唄？吉，我不是開玩笑，老是蹲在這個窮山溝，能有啥出息？就算最後當上了館長，還不是整天吃乾白菜大醬湯，你還愛吃，我早就膩歪了。」

「別說，我就是吃不夠乾白菜大醬湯……」

「吉，你就試試吧，真的，一旦考成了，別忘了把我帶出去。」

「喲，八下沒一撇，你就指上了，咋帶你？」

「咱倆也時髦一把，辦個假結婚……」

「為啥要假結婚？真的就坑你害你啦？」

「我……我，配配配不上你呀……」小張突然結巴起來了，不過，看吉沒再吱聲，又接著說了下去，「吉，我我我知道，你的心裝的都是藝術，從來也沒包括我……」

吉瞪著他，喉嚨堵塞。

「這一生，只要能在你身邊，我就心滿意足了。吉，說實話，要不是你在這裡，我早就辭職遠走高飛下海了。我是一天也不想待在這兒……如果我們真的能到國外，別的不行，我一輩子就為你打工掙錢，養活你，讓你不愁吃穿，只管畫畫。」

「人家畫畫都掙錢，為啥我畫畫就非得窮？」

「你要是趕時髦，當然不會窮，可是，你不懂隨波逐流，真真是卓爾不群啊！」

吉盯著小張看了好一會兒，沒吱聲。

「吉，說真的，北京有個東方外語學院，專門教人通過雅思考試……不如試試，嗯？出了國，你的藝術前途就無量了！」

「我，能行嗎？」

「咋不行？我早就看出來了。吉，真的，不如去北京試試，我在這裡幫你堵槍眼，糊弄[38]館長……吉，真的，還是離開中國吧，這裡不是你待的地方，太俗了，土包子開花……」

38　糊弄：中國東北方言，指做事不認真或欺騙。

第三章　圖伯特（上）

錯過的火車

離開靺鞨古國的導火線是靜宜的信，說是病重，想看看吉。吉立刻請了假，這一生，媽媽還從沒有這麼軟弱地需要過她。

媽媽的病肯定不輕！吉想著，眼淚就來了。小張圍著她身前身後地轉悠，還托人幫她賣了連程車票。囑咐她先從東京城坐汽車到牡丹江市，再換乘去哈爾濱的火車，到了哈爾濱，得在站臺裡等上三十幾分鐘，才會有一輛開往加格達奇的特快列車進站，經過她的家鄉時，會停上兩分鐘。

「從咱博物館到東京城這三里路，不用擔心，再大的行李，也用不著你扛……」

其實，吉來博物館報到時，已經走過這條路了，不陌生。但小張就是不放心，沒完沒了地磨嘰。臨上路時，小張不僅扛起了吉那個笨重的旅行袋，還把吉的手提包也背在了自己的身上，一直陪著吉到了東京城客運站，眼巴巴地看著吉乘坐的公共汽車開動了，還跟著跑了起來，但汽車一扭屁股，把小張甩得無影無蹤。

「如果今生非要嫁一個人的話，只有小張！」看著小張消逝的身影，吉發著誓，「我會儘快回來的！」

這一刻，離別的憂傷，甚至超過了對母親的惦記。彷彿前面等著她的不是家鄉，而這裡，這荒草淒淒的靺鞨古國，才是她的家，而小張就是她的主心骨。

在牡丹江市火車站，吉順利地換乘了直達哈爾濱的火車。經過一夜的折騰，早晨八九點鐘的時候，火車放慢了速度，窗外出現了成排低矮的民房，還有遠處高高的咄咄逼人的樓群。這時，一直唱著流行歌兒的廣播，停了下來，傳出了播音員的聲音，報告了火車晚點兩個多小時。

怎麼辦？吉早就囑咐小張往家裡拍了電報，通知她到家的時間，現在，爸媽說不定有多著急呢。火車停下後，吉第一個跳了下去，一問站臺服務員，那趟開往加格達奇的特快早就過去了，而下一趟火車，還得等上三個多小時。於是，吉扛著沉重的旅行袋出了月臺，找到了一個公用電話。

是丹接的。丹一聽她的聲音就笑了：「大姐，不用惦心，爸媽也想到了，可能是火車晚點。」

「媽的身體咋樣？」吉追問道。

「大姐，實話實說吧，媽一點病都沒有，是怕你不回來才這麼說的。其實，媽是想給你介紹對象，男方他爹是咱們縣委的宣傳部部長，媽說了，一旦你結婚成了家，就有理由調出那個兔子不拉屎的地方了……」

吉再回到月臺時，正有一輛去北京的列車進站，眼看車長抱著膀，走來走去無所事事的樣子，吉就搭了話：「還有座位嗎。」

「不要說座位，就是臥鋪也有哇……」車長看著吉，停下了腳步。

「真的？」吉瞪大了眼睛。

「你這姑娘，不信嗎？」車長笑了。

吉不由分說上了車，補了一張臥鋪。第二天早晨，順利到了北京。一出站臺，她就打聽到了東方外語學院的地址，正好有專門的雅思班，吉立刻報了名，交了錢，這才往家裡打電話。

「我這心哪，都要跟你操碎了！我和你爸，昨夜連眼睛也沒眨一下，小丹也跟著上火，熬了大半夜，不過媽支持你出國，這是好事兒。真能考上雅思，去了加拿大，也算給自己掙了一口氣！我說，你同意不？把你分配到那個窮山溝，你爸也一直窩著火，這不，你爸也點頭了。媽這就給你寄些錢過去……」

接下來，吉又給小張打了電話，

「你猜我在哪裡？」一聽到小張的聲音，吉就賣乖了。

「家裡唄。肯定是媽媽的身體沒啥大礙，要麼，你才不會這麼快就發善心給我打電話呢。」

「不是的，我在北京！」

「北京，媽媽的身體還好麼？」

「媽媽啥病都沒有，就是為了給我介紹對象，才騙我回去的……」

「見到你的『對象』了嗎？」小張不鹹不淡地緊跟了一句。

「別提了，我一聽就來氣了，根本沒回家，順著哈爾濱來了北京，已經在東方外語學院的雅思班報了名。下一步就是學習英語、準備出國考試。你不是說讓我去加拿大嗎？」

「呵呵，你這動作真快！我的話發酵了吧？吉，我就知道你准行，肯定能考過雅思的。放心，館長這邊，請假弄景的，我都擔待了，不會有閃失的，你就可著勁兒地學吧。可是，吉……」

「咋啦？」

「看不見你，我，我像是沒有魂了……」

「我就從來也沒見你有過魂兒……」

「瞧你說的，我可不是行屍走肉，我這心哪，裝的都是你，你的笑聲，你的氣味……」

「又信口開河了！」

「真的，你的氣味太好聞了，淡淡的，像是邊半蓮的清香……」

雍和宮和西黃寺

在北京準備通過雅思考試期間，吉沒有忘記去美術館。儘管她早有準備，但也沒有想到如此單一、冷清，居然都是現實主義那套東西：太窄了，並且一味地歌頌。當然，也不是沒有好作品，像早年羅中立的《父親》就挺震撼的，不過，現在再畫那一類，反而假了。

顯然，中國的審美教育還是糊塗的，莫名其妙的。小張說得對，好作品、真品都在國外。是的，就憑這一點，值得出去走一走，看看不同的作品。據說國外分類是十分精細的，每種風格、流派、主義，都有自己的地盤……

不過，北京的書店不少，對吉這個從中國的犄角旮旯趕來的藝術家是個機會。她常跑書店，格外注意那些介紹西方藝術的書藉。完全是無意中，她看見了一個不起眼的出版社出版的《西藏瑰寶》，有幾十個單行小冊子。從西藏舊石器時代到二十世紀五〇年代「和平解放」以前，幾千年漫長的歷史中，西藏藝術的發展都囊括了：唐卡、壁畫、造像、擦擦、瑪尼石、印章、酒具、煙具、茶具、面具、佛教法器……雖然解釋得粗製濫造，還帶著帝國的霸氣，但是，她跳過那些傻逼文字，只是看圖。

老師曾說，西藏是「最黑暗」「最落後」「最野蠻」「最殘酷」的地方，可是，為什麼會產生如此寓意深奧的作品？她看著壁畫中，那供養女焚香時提起小小的香爐，鼓起兩腮，用力吹氣使芬芳四溢的情景；看著上身為人下身為蛇的「魯女」；看著裸露著乳房和生殖器的瑜伽母；看著日月星晨的運行圖；看著高高的須彌山，山頂的三十三天，四周的大海，大海裡車形的南部贍洲、圓形的牛貨洲、方形的俱盧洲、扇形的勝身洲……如果說，中國人的思維在行走，那麼，藏人的思維就是在飛翔！

她毫不猶豫地賣下了這一套卷中的幾十個畫本。這還不算完，從此，她整天走火入魔地想像著西藏，還利用課餘時間，去了雍和宮和西黃寺。說到雍和宮，那是康熙皇帝為其四子雍和親王建造的府邸。後來，雍和親王繼位稱雍正帝，遷入紫禁城，原雍王府更名為雍和宮。當時的大清帝國，為了籠絡周邊國家，包括西藏，就把雍和宮辟為藏傳佛教高僧大德的駐錫地，像章嘉呼圖克圖就曾居住於此。到了乾隆時期，雍和宮中路和東路，又正式改為藏傳佛教寺院，將主要殿宇改為佛殿，名為「噶丹敬恰林」。

吉走近雍和宮時，首先被穿著紅色袈裟的僧人吸引了。他們與中國僧人的打扮多麼不一樣啊，連走路的姿勢，頭的形狀，都不一樣！吉好奇地尋問其中的一位僧人：「您出生在哪裡？」

「安木多。」

「安木多？我沒有聽說過呀？」

「當然您不會聽說了，現在已更名為青海。安木多是我們自己的語言。」

「您的意思是，青海原來屬於……屬於西藏？」

僧人沒吱聲。

「那您為什麼要來雍和宮出家？」

「不，我是在塔爾寺出家的。」

「塔爾寺？」

「今天的青海省湟中縣，那裡是圖伯特格魯傳承的祖師宗喀巴大師的出生地。」

什麼「格魯傳承」，什麼「宗喀巴大師」，什麼「圖伯特」，這不是說天書嗎？她越聽越糊塗，完全超越了以往的知識體系。直覺告訴她，就是這位僧人解釋，她也不會懂的。她索性就不問了，又接著看起了那些佛像，都非常精緻，完全不同於中國的佛。單說彌勒佛吧，在中國，是個肚皮鼓起，半張著嘴，樂哈哈的樣子。但在這裡，身材均勻，雙眼低垂，透著一種非人間的莊嚴；尤其那鼻翼兩端延伸的曲線，使微閉的雙唇，呈現一種有形的高貴和寧靜。

她看啊看啊，捨不得離去。她喜歡這裡，包括那淡淡的焚香的氣味，有點像丁香和紫檀木的混合氣味，她深深地呼吸著。後來，回到學校，她還忍不住和同學們談起了雍和宮。

「如果你真的對藏傳佛教有興趣，也應該去西黃寺看看。」一位出生在北京的同學提醒著。

「西黃寺與西藏有什麼關係？」她打聽起來。

「說起來，北京還有個東黃寺，與西黃寺遙相呼應，」那位北京同學打開了話匣子，「我們北京人常說，『東黃寺的殿，西黃寺的塔』，都是順治時期，為迎請五世達賴喇嘛而特別修建的。不過，八國聯軍時，東黃寺遭到毀壞，到了一九五八年，被澈底消失了，如今只剩下了西黃寺。在蒙古語中，稱黃寺為夏惹蘇米，在藏語中，稱黃寺為拉康色波。」

「啊，我一定要去！」吉興奮地喊著。

「不過，那裡也沒剩下什麼，可能只有清淨化城塔了，已改成了『藏語系高級佛學院』。」

「真的？」

「真的。」

費了九牛二虎之力，換了好幾次公共汽車，吉終於看見了西黃寺，也就地今天的「藏語系高級佛學院」的大門。沒成想，剛進去，就被看大門的叫住了。

「站住！站住！不許隨便進入！」

「看看也不行嗎？」吉停下了腳步，看著滿臉橫肉的門衛。

「有國務院通行證嗎？」

國務院？那麼大的衙門，她連大門也不知沖哪兒開呀！她搖了搖頭，試著往前挪了一步，想解釋解釋，她是從遙遠的中國北方來到這裡的，不容易。可是，那看大門的「嘭」地一聲，關上了門衛室的門。

「又不是監獄，幹麻這麼戒備森嚴？」吉在心裡狠狠地罵著那門衛，「瞧這德性，狗仗人勢！」

罵歸罵，還是不得不轉身離開。然而，這時她才發現，迎面而來的人，多半都穿著軍服呢。她的心不由得「咯噔」一下，放慢了腳步，仔細觀察起前後左右的建築。來時匆匆，沒顧得上細看，現在，她發現了，這周圍盡是軍事機關和軍隊啊！

準備穿越羌塘草原

現在，回頭看自己在靺鞨古國博物館工作的那段時間，就像一個蜜罐，不管她創作了什麼，大家都會伸出大拇指的。這一味的誇獎，用文縐縐的話說，就是局限了她的視野。本來嘛，看不見更偉大的作品，漸漸地，也就畫地為牢了，所有的才氣，都會不知不覺地被黏住、萎縮……是的，小張說得對，再待下去，終會埋葬她的藝術的。她要走出來，去西藏，不，是去圖伯特，見識見識另一種美。

那麼，怎麼和館長請假呢？怎麼和爸媽解釋呢？他們會同意嗎？不同意，我也要去，我的腦袋長在我自己的肩上，別人管不著。她悶聲悶氣地叨咕著，像是真的有人阻攔似的。不過，她還是很實際地堅持考完了雅思。接著，就給小張掛了電話。

「能過關不？感覺咋樣？」小張一聽她的聲音，就迫不及待地追問起來。

「口試時，還真聽懂了不少，就是不知人家聽沒聽懂我的回答。」

「別想那麼多了，快回來吧，沒有你，這兒就像一灘死水，大家天天叨咕你呢。」

「我想……想先去西藏看看，你不是老讓我看真品嗎，那邊盡是真品，而北京，真品也被禍害得跟贗品似的。」

「要說出國，吉，我一百個同意。可是，去西藏，我這心裡就不是滋味，那裡的藝術再好，還能趕上西方呀？」

「兩回事兒，西藏跟哪兒都不一樣。真的，西藏在這個俗世以外。再說我現在從北京走，省了不少的路程。館長那邊，你再幫我堵堵槍眼好嗎？」

「吉，館長都好心給了你六個月的假了，咋好意思再張口呀？」

「那，那，那你就給我辦停薪留職吧。反正今生不看一眼西藏，我這顆心就踏實不了。」

「好吧，好吧，我再跟館長嚕嘰嚕嘰。對了，錢夠嗎？不夠我這就給你寄去。」

「你從哪兒騙的錢？」

「攢的唄。上月媽讓我借錢給我大哥買房子，我說，不，我女朋友還在北京，備不住也需要錢呢……」

「你還真知道遠近親厚，告訴你吧，我媽寄來的錢我還沒花完呢，媽爸都十分同意我出國喲！」

電話那頭兒傳來的盡是「嘻嘻」的傻笑。

掛斷電話後，吉又給靜宜打了電話。出乎意料的是，靜宜還挺支持她去西藏的：「一想到你還要回那個窩棚似的小地方，媽這心就堵得慌，人往高處走，水往低出流，任何一個地方都比你那個鞑鞨國強。只要你的領導不找茬，就是到天邊媽也不管。缺錢就吱聲，這幾年，不瞞你說，媽也做了些買賣，掙了不少錢，你就是坐飛機去西藏媽也供得起……」

但是，吉不打算坐飛機。她要先從北京坐火車去西寧，再從西寧坐汽車去塔爾寺。那位雍和宮的僧人不是說了嗎，那裡原來就是圖伯特的安木多，不，事實上，那位僧人啥也沒說，不過，比說出來，還讓她更強烈地感受到了……

「我要慢慢地進藏，不，是進圖伯特。我要從西寧坐火車到格爾木，再從格爾木坐汽車去拉薩，橫穿羌塘草原……慢慢看，仔細看，好好看……」吉在心裡合計著。

曼巴箚倉的晉美群佩

走在西寧的大街上，風捲著黃沙迎面撲來。吉伸手遮擋著，臉上的皮膚，這時也像正在風乾的大地，繃得緊緊的，就要開裂了似的，連嗓子眼也是乾的，她試著用舌尖舔一下上牙膛，結果，被黏住了。五月的天氣，在東京城那邊，正是空氣濕潤，達子香張開古銅色葉子的時候，有些葉子之間，還會含起一個個粉紅色的花骨朵呢！可這裡，不要說生機，迎面而來的人們臉上都沒個笑容，冷漠得像一塊塊鐵疙瘩，還都是漢人，這一點，一打眼兒就明白了。這哪是她朝朝暮暮的西藏，或者圖伯特啊，與中國那些隨處可見的城鎮有啥區別?!她甚至懷疑這裡是不是真的有一個塔爾寺。

她就近找了一家旅館後，洗了臉，刷了牙，換了一身清潔的衣服，這才到服務臺打聽起了塔爾寺。

「不遠，出了大門，往左拐，走過兩個路口，就會看到去湟中縣魯沙爾鎮的車子……」

吉把旅行背囊留在了旅館，只拿起一個小挎包，隨手放些衛生巾呀、手紙呀、錢包呀等隨時隨地需要的東西，就上路了。她走得很急，像是約好了要見什麼人似的。

剛到公共汽車站門口，一輛中巴迎面而來，乘務員吊在車門上，扯著嗓門高喊：「塔爾寺塔爾寺……」她不由分說就上去了。坐穩了以後，扭頭看看前後左右，發現了幾個穿紅色袈裟的僧人，與她在雍和宮裡看到的那些僧人的袈裟一模一樣；還有幾個人穿著長長的藏服，就跟她在電視上看到的差不多，不過，不那麼花俏輕佻，像是剛剛風餐露宿，有種滄桑之感。他們中，有的長髮披肩，有的梳成辮子，這可是她從沒有見過的啊！難道這就是西藏，或者說圖伯特？她尋思著，這時，一陣微風透過玻璃窗吹了進來，掀起了坐在她前後左右的那些人身上的淡淡的羊羔皮的膻味，還有酥油的味道，她深深地吸著鼻子，心跳加快了。

首先映入眼簾的是那八個塔，簡直太美了！底座以暗紅為主色，每個側面都突起兩隻白身綠鬃的雪獅舉著塔座，塔身向上漸次收縮，中間是一個白色的心臟，前臉的圖案，以暗金色與天藍色為主色，直到多年後她才知道，那其實是時輪金剛，她一眨不眨地從下到上欣賞著：最上面，是個筆直的柱體，舉著月牙和圓圓的太陽……這和她小時候見過的那些漢式碑塔多麼不同啊！

一位梳著兩條乾巴巴長辮子的老婦人，搖著經筒，一瘸一拐地走了過來，由遠而近，一圈圈地繞著塔，直走到她的跟前。不過，沒有看她，甚至都沒發現她的存在，只是對著時輪金剛，躬下整個身子，把臉埋在了塔座上……吉的雙腿在抖，像是進入了某種磁場，淚流不止。

後來，她又跟著遊人的腳步，到了大、小金瓦殿，她使勁地吸起了鼻子，因為又聞到了在雍和宮時聞到的焚香的氣味。是的，這是丁香和紫檀樹混合的氣味，好聞極了。她看了看左右前後，發現這氣味來自一個香爐，那是一個三隻腳的小小的鐵香爐，裡面有一些綠色的樹末在燃燒。她蹲下去，伸手把那淡藍色的煙縷，往自己的眼前聚了聚，香味更加濃郁了。待她站起來時，發現自己正站在一株蒼鬱的旃檀樹下，那碩大的樹葉正在清風中抖動著……

「這些樹葉，都會自然顯現獅子吼佛像……」一位僧人主動走近了她，解釋起來。

「真的？為什麼？」她如同墜入雲裡霧裡。

「因為這裡是宗喀巴大師出生時，臍帶落地的地方，後來，就長出了這株旃檀。」

「宗喀巴是誰？」吉的視線離開了樹葉，想起遠在雍和宮時，那位僧人也跟他提過這個名字的。

「宗喀巴，在我們格魯巴眼裡，就是第二佛陀……」僧人講起了大師出生前，釋迦牟尼佛和蓮花生的預言，還講解了大師怎樣出家，怎樣到了拉薩，跟隨寧瑪、薩迦、噶舉、噶當等傳承，學習顯密經典，施教著述，並發現教義之不足，在噶當巴的基礎上，建立了格魯巴，開創了拉薩祈願大法會，修建了甘丹寺。後來，他的弟子降央確傑怎樣建立了哲蚌寺，另一位弟子根敦主巴，也就是一世達賴喇嘛尊者怎樣建立了紮什倫布寺，而當今，達賴喇嘛尊者和班禪喇嘛，又怎樣繼承著宗喀巴大師的法脈……但是，每每提到達賴喇嘛尊者時，僧人的聲音都顯得很輕、很輕，前後左右地看著，唯恐有人在偷聽似的。末了，僧人指著前面略遠一些的地方，說：「那邊有班禪喇嘛的行宮，您不妨參觀一下」。

記得小時候，媽媽和爸爸就提到過達賴喇嘛和班禪喇嘛，媽媽當時還說班禪喇嘛的個子很高，臉上盡是光……啊，也許那時候就註定了，註定了今天？

但是，她沒有馬上去班禪喇嘛的行宮，而是按照門票上的導遊路線，到了大經堂、彌勒殿、九間殿、花寺、密宗箚倉、丁科紮倉，曼巴紮倉，接下來，去班禪喇嘛行宮的路上，她居然走不動了。也不知為什麼會如此的累，要是往常，再走上比這多一倍的路程也不會累的。她是個喜歡走路的人，小時候，玩單槓雙槓，翻跟頭打把式的走路，都不覺得累呢，走這點路算什麼？那麼，是不是剛剛見到那八個塔時過於激動了？這裡的確有個磁場，緊緊地吸著她的腳步，讓她每走一步，都得使出全身的勁兒，她的呼吸也越來越沉了，於是，就倚著路邊的一棵大樹坐下了。她多想喝一口水啊，嗓子眼兒簡直冒煙了！可是，到哪裡去買呢？她可一點也不想站起來，當然也沒有力氣站起來了……

「您，病了嗎？」一位小夥子停在了她的面前，他的頭髮那麼長，海浪一般彎曲著，在微風中起起落落，好瀟灑、好帥氣啊！而那穿在他身上的咖啡色藏袍，更與眾不同，筆挺、精緻，她真想畫下他啊！

「您，要喝水嗎？」小夥子接著把手裡的兩瓶礦泉水向她舉了舉。

「想……」她有氣無力地盯著那礦泉水。

「給。」小夥子說著，把其中的一瓶礦泉水擰開，遞給了她，「一般的漢人初來這裡都是這樣的，過幾天就好了。」

她接過礦泉水，「咕咚咕咚」地喝了起來。像久旱的莊稼，接受了春雨。於是，她坐直了身子，斜著摘下挎包，拿出錢夾，抽出一張人民幣：「謝謝，您幾乎救了我的命。」

「不不不，怎麼可以要您的錢呢？就是一瓶水嘛。」小夥子搖著手。

「這瓶水，如果我跟一個漢人要的話，很可能會趁機抬高了價格。」她在心裡說著，想起從哈爾濱到北京的列車上，餐車的飯菜都是平常價格的幾倍啊！當時，看著她猶豫，餐車服務員就說了：「這算啥，你還沒到中國的那些旅遊景點呢，宰人宰得可邪乎啦，一瓶礦泉水，就是天殺的價格！」

「這不是趁火打劫嗎？」她當時就是這麼回了一句的。

「您不是來自另一個國家吧？」她感慨起來。

小夥子眼睛一亮：「您是我遇到的第一個，第一個說出這樣話的漢人啊！」

「我沒說什麼呀？」

「您說了，說我像是來自『另一個國家』，對嗎？」

「對呀，這是真的，您和我們漢人不一樣。」

吉說著，又看了看小夥子，他的確和漢人不一樣，單說頭的形狀吧，一點也不像漢人那樣偏平，而是前後隆起的，稜角分明的臉堂上，長著一對又深又大的眼睛，高高的鼻樑、微厚的雙唇……有點像她在雍和宮遇到的那位僧人，不，比那位僧人更有個性！她看著他，眼睛格外舒服起來。

小夥子笑了，向後甩了甩長髮：「您這是從哪裡來又要到哪裡去？」

吉就說了她是怎樣從黑龍江的東京城到了北京，又怎樣從北京出發來到西寧，而下一站是格爾木，將從那裡橫穿羌塘草原去拉薩，欣賞那些寶貴的西藏藝術。

「我們一起上路好嗎？我去拉薩朝聖……」小夥子緊盯著她，一眨不眨的。

吉不加思索地點點頭，並把她的旅館地址、房間號和她的名字都告訴了他：「我當然願意跟你一路同行，有個伴兒總比一個人孤零零在路上好。那麼，您來塔爾寺也是朝佛嗎？」

「我是曼巴劄倉的學生，在這裡學習藏醫。」

「這兒不是寺院嗎？」

「是寺院，也是大學。」

「大學？離開這裡，你的課程怎麼辦？」

「以後會補上的……」小夥子若有所思起來，岔開了話題，「對了，您還不知道我的名字吧，我叫晉美群佩。」

分擔祕密

晉美群佩出現在吉的旅館時，穿著深紅色的T恤、牛仔褲，頭上是一頂黑色的寬邊氈帽。

「你？」吉愣住了，很想問問晉美群佩為啥換了這身衣服？雖然看起來很酷，有點像好萊塢片中的西部牛仔，但她更喜歡他的藏服。不過，她咽下到了嘴邊的話。對她來說，他還是陌生的，甚至很不真實，遙遠得就像她想出來的人，尤其是聽到他那生硬的漢語時。

「需要我幫忙嗎？」不等吉說下去，晉美群佩就發現了床上放著的那個小山似的背囊，不由分說，背在了自己的肩上。

「你沒有旅行包嗎？」吉上下打量著晉美群佩。

「在這裡。」晉美群佩說著，從懷裡掏出一個褐色的布包在吉的面前晃了晃。那是一般僧人常用的布包，現在，只有這個布包提醒著吉，他與塔爾寺的關係。

他們在火車站前買到了兩張去格爾木的臥鋪。一張上鋪一張下鋪。

一上車，晉美群佩就主動把吉的背囊整整齊齊地放在了行李架上。「我睡上鋪，下鋪進出方便一些，你睡。」說著，晉美踩著臥鋪邊上的鐵梯上去了。

「太周到了，謝謝啊！」吉說著，雙手搭在上鋪的邊上，忍不住把憋了一天的話說了出來，「您為什麼沒穿藏服？為什麼要跟我這個漢人一起上路？」

晉美立刻看了看前後左右，還好，旅客們正在上車，似乎沒人注意。

「以後告訴你……」晉美只說了這麼一句。這時，正好有個漢人過來，把自己的背包放在了吉的鋪位下面，看來，他是中鋪的乘客了。於是，吉坐回了自己的鋪位，拿出鉛筆，胡亂地在日記本上畫了起來。

車開動後，他們就各自躺在了鋪位上，一夜無話。到了格爾木，兩人直接去了客運站，打聽到最早一趟去拉薩的客車是第二天中午。於是，兩人在車站附近找到了一家小客棧，各開了一個房間。

因為昨夜在火車上沒有睡個囫圇覺，吉進了自己的房間倒頭便睡，不知睡了多久，被敲門聲震醒了。她趕緊跑去開了門。

「沒打擾你吧？」晉美群佩一手提著塑料袋，一手提著礦泉水。

「該醒一醒了，都幾點了？」

「五點多了。」

「這麼晚了！我們出去吃晚飯吧？」

「我帶來了。」說著，晉美群佩把手中的塑料袋遞給了吉，「這是饃饃，不知你愛不愛吃？」

「當然愛吃了，很像我們漢人的蒸餃。不過，什麼餡的？我不能吃肉。」吉一邊說著一邊接過塑料袋，往裡看了看。

「土豆餡的，沒有肉。」

「你怎麼知道我不吃肉？」

「猜的，你是個善良的人，可能不會吃肉吧。」

「我從小就不吃肉，可能是遺傳，像我奶奶。噢，別盡站在外面說話，快進來。」說著，吉往後稍了稍身子。

晉美進來了，把幾瓶礦泉水放到了兩個床之間的木桌上，順勢坐在了另一側的床邊：「這是預備明天路上喝的。」

「本來我也想到了這一層，可是，一覺就睡了過去，謝謝你啊，這麼周到。」吉說著，坐回了自己的床邊，與晉美相對而坐，「我們一起吃吧？」

「我吃過了，是特意給你買的。」

「啊，這……」吉看著晉美，一時不知說啥是好。

「應該感謝你才對，與你一起上路，對我來說，安全了很多。對了，我帶來了藏香，可以點嗎？」說著，晉美從那個隨身的布包裡，拿出了一捆比漢香更粗一些的深褐色的香。

「當然可以了。啊，太好聞了！我在雍和宮聞過，在塔爾寺也聞過，有點像丁香和紫檀合在一起的味道。」

「是的，是有丁香和紫檀，不過，還有沉香、紅花、杜鵑花、薔薇花等多種藥材……可以清潔空氣，緩解精神緊張、防止失眠。」

「您真不愧是藏醫學院的學生。」

「一般的博巴都知道的。」晉美笑了，「我們用香的習俗可以追溯到公元七世紀，這是由我們的贊普[39]和印度的班智達[40]共同配製的。」

「這藏香點得及時啊，我總是聞到這客棧裡有股發黴的氣味。」

「其實，我主要是想讓我們的精神不過於緊張。因為，我想……想現在回答您在路上問我的問題，可以嗎？」

「都忘了，問你什麼了？」

「為什麼選擇與你同行？為什麼沒穿曲巴？」

「曲巴？」

39 贊普：藏語，指圖伯（吐蕃）王統時期，西藏的最高統治者，藏王。

40 班智達：梵文，指精通五明的佛教大師，大智慧者。

「用漢話說，就是藏服。」

「哦，這的確是我的迷惑……」

「實話說，遇到您之前，我特別找星相師算過，他告訴了我啟程的時間，正好是我們昨天上路的時間。其實，為了這趟旅行，我都準備好幾年了。但星相師說，如果能跟一個漢人上路，就不會出事。前天，當您說，我簡直就是來自『另一個國家』時，這心裡就知道了，因緣具足，我找到了要找的人。」

吉的臉刷地紅了。

「我說的不是世俗的因緣。」晉美糾正著。

「那麼，您為什麼要穿這身時裝呢？」吉追問道。

「穿曲巴太危險了，這裡的崗哨很多，專門檢查藏人。再說，穿曲巴，根本就去不了我想去的地方，我得先習慣這種衣服。」晉美說著，拽了拽自己的T恤，像是要跟這件衣服拉開距離似的。

「你的目的不是拉薩？」吉瞪大了眼睛。

「不，是印度。」晉美的聲音很輕，像有個糖球在舌尖上骨碌了一下。

「印度？為什麼要去印度？」吉的汗毛都立了起來。

「讀書。你看到了，我們的塔爾寺完全成了吉尼斯樂園，到處是人，已無法學習了。」

吉深深地點了點頭。

「我們曼巴箚倉的課程很多都被取消了，整天叫大家學習愛國愛教……」

「曼巴箚倉是什麼意思？」

「曼巴是指醫，箚倉是學院的意思。像拉薩三大寺：甘丹、色拉、哲蚌，都有箚倉，如顯宗箚倉，密宗箚倉，等等。過去，這些寺院的每個箚倉，都聚集了許多佛學大師，還有不少的外國學生，比如俄羅斯、蒙古、印度、不丹、登疆等等都要到我們圖伯特深造。」

「登疆是哪裡？」

「你們漢人的古書上叫哲猛雄，現在叫錫金。從前，錫金和不丹都是圖伯特的屬國。」

「您的意思是西藏，不不不，是圖伯特……不是中國的？」

「您有疑問嗎？您不是說過嗎，我像是來自『另一個國家』？」晉美立刻警覺起來，緊盯著吉，一眨不眨的。

「我只是覺得，您的舉止言談和一般的中國人不一樣，連長相也不同。至於別的，我還說不好，比如從政治、歷史、地理的角度……」

「因為你在學校裡，學的都是政府給你的東西，比如『西藏是中國的一部分』，『是最落後、最野蠻、最殘酷、最愚昧』……」

「是的，我學得正是這些。」

「事實上，一九五〇年以前，我們始終都是一個獨立的國家。有自己的政府、軍隊、國旗、宗教、歷史、錢幣……」

「別的不說，這錢幣，我連聽也沒聽說過啊！」吉打斷了晉美。

「到了拉薩，我就送你一枚我們的錢幣，我表哥是位畫商，收集了一些我們過去的錢幣和郵票……」

「一定很昂貴吧，現在？」

「也許吧，沒關係的，送你留個紀念，只是一個紀念嘛。」

吉一時無語。

「你要多看那些外國人和我們圖伯特人自己寫的有關我們國家的書，像原來我們的孜本，用今天時髦的話說，就是財政大臣，夏格巴・旺秀德丹著的《十萬明月——高階圖伯特政治史》，真的應該讓每位漢人都讀一讀……」

「這，我連聽也沒聽說過呀！」

「很多說真話的關於我們圖伯特的書，你在中國是看不到的，他們一直在遮蓋或者說扼殺我們的聲音。」

「那麼，你有護照嗎？」吉突然想起一個現實問題。

「護照？怎麼會輪到我們藏人有護照呢。不，沒有，絕大多數藏人出國就是這一條路。」

「什麼路？」吉緊盯著晉美。

「偷偷越境。」晉美的聲音澀澀的，像每個字都在紮著他的嗓子眼似的。

「被抓到怎麼辦？」吉的呼吸急促了。

「判重刑唄，這還算幸運的呢，不幸的是半路就被打死了。」

吉不吱聲了，這麼沉重的話題，在她的生命中，還是第一次涉及。

「那麼，到了印度以後咋辦？」停了一會兒，她還是放不下，又問了起來。

「如果能僥倖到印度，我首先去達蘭薩拉，入門孜康，系統學習藏醫。」

「門孜康是什麼？」

「在藏語中，門是指醫學，孜是指天文曆算，康就是房子的意思，這就是藏醫和中醫，以及西醫的不同——包括了天文曆算。」

「為啥門孜康要建在達蘭薩拉呢？」

「不僅僅在達蘭薩拉，差不多只要有流亡藏人的地方，就有門孜康，不過，總部設在達蘭薩拉。那裡原來是一個小村莊，位於印度北方，靠近喜馬拉雅。現在已是一個不小的鎮子了，也可以說，是我們藏人的臨時首都，因為嘉瓦仁波切就在那裡。」

「嘉瓦仁波切是誰？」

「您可真是個漢人哪，連這個也不知道？」

「漢人和藏人之間有區別嗎？」

「起碼價值觀不同。」

「舉個例子嘛！」

「漢人認為只有這一生，生命的質量是由財富決定的，而我們藏人相信輪迴，善業決定著生命的質量。」

「這不是神話吧？」吉問著，臉紅了起來。因為她想到了那位一腐一拐的轉塔老婦人，想到了她深深地伏下整個身子的瞬間……其實，這位老人已經證明了晉美的話，還有什麼可懷疑的呢？

「這是一個真實的故事。」晉美群佩更加耐心了：「他叫南開諾布，生出於德格附近一個叫格吾的小村莊。大約兩歲的時候，他被認證為一位甯瑪巴高級仁波切的轉世。後來，他漸漸長大，成了很受人敬重的人，連德格的國王也是非常看重他的，還在王宮專門給他開闢了一個房間。即便如此，他還是彎下身子，向鄉村醫生、牧人、乞丐、瘋子等求教。他們有時拒絕教授他，千方百計地為難他，主要是測試他的根器。有一次，他拜訪一位女大師，她看上去很是不修邊幅的，長長的頭髮編成的辮子，下半截是黑的，上半截包括頭頂，已是一片銀白，她對他很不客氣，讓他離開她。後來，南開諾布在離女大師的牧房幾裡開外的地方，搭起了帳篷，一直等著她接納他。多年後，南開諾布到了意大利，成為很有成就的甯瑪巴上師時，每每回憶往事，都對這些，怕是連普通人也不如的一貧如洗的人，充滿了懷念。我的意思是說，在我們圖伯特，人們羨慕的往往不是權力和財富，而是精神上升的程度。那些居住在山洞，分文皆無的修行者，有時，看上去就是個瘋子，但正是他們，受到了整個社會的尊敬。」

「這太深奧了……」吉喘過一口長氣，「對了，你還沒有回答我，嘉瓦仁波切是誰呢？」

「嘉瓦仁波切，翻譯成漢語就是偉大的保護者、法王！」

「法王？你們還有王？」

「當然，有國家就有王，這是常識。不過，我們不單純叫王，而是叫法王。」

「法王就是嘉瓦仁波切？」

「對。嘉瓦仁波切就是指達賴喇嘛尊者！」

「啊，達賴喇嘛！達賴喇嘛……」吉喃喃著，想到那個憶苦思甜大會後，爸爸提到的「『人家是把達賴喇嘛的遺物放在『小絲袋裡』掛在脖子上，作為避邪的聖物，人家西藏人都是有信仰的，不像我們……』那時，她可一點也沒有想到，達賴喇嘛就是王啊，是一個叫圖伯特的國家的王！」

「有時我們也叫益西諾布，是『充滿喜悅的寶石』的意思，有時我們還叫昆頓，是『有求即來』的意思。」晉美輕言細語地解釋著。

「這一切，我做夢也沒有想到啊！真的，我只知道，只知道……」

「只知道什麼？」

「只知道老師教給我們的謊言。」

「這就是為什麼我要選擇與一個漢人同行。因為一般來說，他們都局限在一個非事實裡，全然不懂我們圖伯特，所以，當兵的也不檢查他們。不過，我不想與普通的漢人上路，那樣的話，會很彆扭。當然，人家也不會同意與我一起上路，我只等著一個像你這樣的人出現，已等了很久很久……」

「我和其他的漢人有什麼不同嗎？」

「形象點說吧，我與其他的漢人之間隔著一堵牆，而與你之間有一個隧道。」

吉眨了眨眼睛，似懂非懂的。

「不過，我不會太連累你的，我們能結伴到拉薩就行。」看到吉沒有說話，晉美解釋了一句。

「那，你怎麼去印度呢？」吉越發不放心了。

「走路呀，這就是我們博巴的命運。你看我們圖伯特的地圖，很像一隻靴子——這就註定了我們永遠在奔跑。過去，我們跑著打敗你們，不僅佔領過敦煌一帶，還佔領過長安；現在我們還在奔跑，不過，是被欺負的跑。」

「為什麼說圖伯特的地圖是個靴子呢？依我看，有點像長梯形……」

「您說的僅僅是被中國政府分而治之的西藏自治區，這是一般中國人的概念，而我說的是圖伯特。」

「圖伯特和西藏自治區有區別嗎？」

「圖伯特包括三區：安多、康，還有衛藏。一般中國人只知今天被劃為西藏自治區的衛藏，不知康和安多。因為中國入侵後，圖伯特的康逐漸被分散劃入：西藏自治區的昌都地區、青海省的玉樹州、四川省的甘孜州，不包括丹巴、九龍、瀘定、涼山州的木裡藏族自治縣、雲南省的迪慶州。而圖伯特的安多也被逐漸分散劃入：青海省除了玉樹州的幾個藏族自治州、四川省的阿壩州，不包括馬爾康、小金、理縣等、甘肅省的甘南州，不包括卓尼。」

吉在心中默默地勾劃著這個政區，可以說，它完全顛覆了她對西藏，不，是圖伯特的概念。

「這一世的達賴喇嘛尊者和班禪喇嘛都出生在我們安多，尊者就出生在塔爾寺附近的平安縣，班禪喇嘛出生在循化……」

「為什麼不早說啊，否則，我會從塔爾寺坐車去那裡的！唉，你咋知道這麼多呢？」話一出口，吉就知道自己又犯傻了。

「我們博巴，連三歲小孩都知道的。」晉美直言。

吉的臉紅了，可是，心裡舒服，她覺得晉美沒拿她當外人。

「到了拉薩以後，你能保證去印度嗎？」吉一眨不眨地看著晉美。

「當然不能了。這是十分危險的。我得在拉薩待上一段時間，找個可靠的嚮導。」

「還有嚮導？」

「這是中國入侵我們圖伯特後，誕生的一種特殊職業。從事這種職業的人，全是博巴，把想去印度朝見達賴喇嘛尊者的人帶過去。不過，如果被中國方面抓住就完了，至少判處八、九年的徒刑，所以，他們收的錢也很高，是一張機票價格的十幾倍，甚至幾十倍。」

「到哪裡去找這種人呢？」

「只能祕密地找，我以前認識一個人，他把我的小侄帶到了達蘭薩拉。現在，我小侄還在那邊上學呢，聽說學得挺好，明年就考大學了。」

「小孩子也過去？」

「當然。最小的幾個月就抱過去了。嘉瓦仁波切在那邊辦了學校，從幼稚園到高中畢業，都是免費教育。如果僧人過去，還可以找到他們自己的寺院，繼續深造，直到考取格西學位。成年人過去，也有成年人的學校，教授各種技能，比如畫唐卡呀，做木工呀，學電腦呀……」

「真的？」

「真的。」

吉無話了。這一切，對她來說，比天方夜談還遙遠。

「明天還要穿越羌塘呢，越往高走，越是對身體的考驗，早點休息吧。」晉美說著，適時地站起了身子。

吉也順勢站了起來。送走晉美後，吉沒有馬上關門，而是站在門外，前後左右地看了又看，接著又打開門，看了看左右前後，她真怕他們剛剛的談話被人聽去，怕晉美被抓起來。這一生中，她還從來沒有這樣為一個人擔心過，難道，這就是分擔祕密的代價？

晉美的索羅瑪布

大客車爬行了三十多個小時後，終於抵達了拉薩。這是一個剛剛放亮的早晨，抬起頭，是連綿的群山，還有一大團又一大團鉛灰色的雲，從這個山頂移向另一個山頂，接著，又淹沒了所有的山頂，像一片憂鬱的海洋，在天空裡泛起萬頃波浪。天空之下，幢幢青色的石頭屋頂上，豎著一個又一個的祭壇，裡面的五彩經幡「啦啦」地抖動著。

吉又看看眼前，拉薩河或者說吉曲默默地流淌著，岸邊的香爐裡，這時，已升起了絲絲縷縷青煙，又一次，丁香和紫檀的熏香環繞而來。

「真好聞！」吉吸起了鼻子

「有人開始煨桑了。」晉美解釋著，緊跟在吉的後面下了車，手裡還拿著吉的風衣。

「你看我這記性，把風衣都忘了，太急著下車了……」吉說著，伸手去接風衣。

然而，晉美並沒有遞給她，而是展開了風衣，從後面披在了她的身上：「冷了吧？我第一次來拉薩時跟你一樣，也是急著下車，一心早點看看拉薩，你的前世，一定我們博巴啊！」

吉笑了，笑得很軟弱，僅僅動了動嘴唇。這一路，她一直都在暈車，好在有晉美照顧，一會兒幫她敲背，一會兒又遞礦泉水……無法想像，如果沒有晉美，她會不會熬到拉薩。

「有沒有感覺，這裡？」晉美指了指自己的頭。

「什麼感覺都沒有，一下車就好了，不想吐了，頭也不疼了。」吉說著，捺了捺太陽穴。

「先找個旅館吧，你需要休息……」晉美看著吉。

「先看看布達拉宮吧？」吉打斷了晉美。

「好啊！」晉美點點頭。

他們叫了一輛出租，大約十分鐘後，就到了藥王山下。這時，天已完全亮了，清清楚楚地看得見那高高的紅山之上的布達拉，尤其是白宮之上，紅宮的最頂端，那深褐色的犛牛簾自上而下，兩邊還有更窄小一些的兩個犛牛簾對稱著傾瀉而下，顯得布達拉格外沉靜、榮辱不驚。吉屏住呼吸，目不斜視。說實話，她看過不少布達拉宮的照片，但是，個個流光溢彩，沒有一張照片，傳達出這種雍容，還有憂鬱，一種深不可測的憂鬱……這是真品，真品中的真品啊！吉凝視著布達拉，淚水不自覺地湧了上來。

人們陸陸續續地走來了，有男人有女人，有老人有孩子，多數都拿著轉經筒，轉動著。有的，到了布達拉前面還把經筒放在路邊，高高地舉起雙手，接下來，整個身體匍匐在地。

「看到上面那個黃色的窗子了嗎？那就是嘉瓦仁波切的房間，他們在對著那裡磕頭呢。」晉美解釋著，不等吉答話，就放下了沉重的背囊，也對著那扇黃色的小窗磕起了長頭。吉的雙手也不由自主地合了起來……

「走吧，最要緊的是找個旅館，好好休息一下，否則，你會高原反應了。」晉美磕過長頭，又背起了吉的背囊。

這時，正有兩個當兵的從他們身邊走過，走過去了，又回過頭看了看：「初來乍到的，千萬別去八角街[41]，危險啊！」其中的一個，好心地朝吉喊道。

「盡他媽的聳人聽聞！」晉美罵了起來。

「何必跟炮灰生氣？」吉看著晉美。

「也對，走吧。這就去帕廓街，我知道門孜康附近有一家旅館，以前我的一個朋友在那邊住過，叫紮西達傑。住在那裡，便於你去祖拉康，就是你們漢人說的大昭寺。」

「我為什麼要去祖拉康大昭寺呢？」

「以後你就明白了。」

可是，就在這時，吉的太陽窩一剜一剜地疼了起來，她強忍著，沒告訴晉美，而是加快了腳步。

好在紮西達傑旅館不遠，十幾分鐘的功夫，兩人就到了。這時，吉已全身發冷，嘴唇發乾。晉美幫她選了一個單人間，又幫她把背囊提到了房間，這才說：「我表哥家就在帕廓裡面，離開拉薩之前，我都會住在那邊的。」

「你要走嗎？」吉一眨不眨地看著晉美。

「是的。非常感謝你同意與我結伴上路，從某種程度上說，救了我。」

---

41 八角街：漢語。藏語為帕廓，中間轉經路之意。指環繞拉薩大昭寺（藏語：祖拉康）的轉經路。形成於一千三百多年前。

「太客氣了，這一路要是沒有你的照顧，我都不敢想像……是你救了我啊。我要送你。」說著，吉打開了房間。

「不不不，還是留在房裡吧，看你的臉色，全白了。」

「沒關係的，我送你。」吉堅持著往外走去，晉美沒再阻攔。

「晉美，」到了旅館門口，吉停下了腳步，「你什麼時候再來啊？」

「我先去表哥家安頓一下，儘快過來。你千萬別走動，會加重高原反應的。」晉美囑咐著，走了。

看著晉美的身影完全消失後，吉這才轉身向房間走去。剛到走廊，隔壁出來了一個女人，一看就是漢人，胖乎乎的大圓臉，眯縫眼兒：「你是今天到的吧？」

「是的，剛到。」吉簡短地答著。

「看你的氣色就知道，凡是來這裡的漢人都有高原反應。別擔心，過幾天就好了。你是來做藏藥生意的吧？」不等吉回答，女人又接著說道，「我也是，要麼，誰會來這個鬼地方？還都信教呢，太迷信落後了！」

吉「撲哧」一聲笑了，這一笑不打緊，有什麼東西湧了上來，她捂著嘴，跑進衛生間，「嘩嘩」地吐開了，連膽汁都吐盡了，漱了幾次口以後，嘴裡還是苦滲滲的。這時，太陽窩的疼痛又上來了，她用力地捺著，躺在了床上。看著天花板下面的電燈還亮著，大白天的，也太費電了，她很想關上，可是，試了幾次，身子骨沉得像塊石頭，說啥也沒抬起來。她就索性仰面看著天花板：一根根樑木，都刷著深藍色呢，好美！而樑木之間，又橫向排列著許許多多整齊的小圓木，都是木頭原色，結實而耐看。她記得中國北方，姥姥家的天花板，可一點也不美，那幾根大樑木都被熏得黑古溜秋的，而樑木中間，添塞著包米桿子，房頂常年漏雨……

想著看著，不知不覺中，吉居然睡了過去。還做了夢，夢見自己回到了姥姥家，扯著姥姥的衣襟，一個勁兒盯著天花板嘟囔：「姥姥，姥姥，你咋不在大樑中間放上橫木、刷上藍色呢，那多好看啊！」

「吉，你在說夢話呢。」

吉睜開了眼睛。是晉美，已坐在了她的床邊。

「這一路太累了吧？」晉美彎腰看著她。

吉點點頭：「你來多久了？」

「剛到。我本來想敲門的，可是，手剛一放到門上，門自動開了。往後，你一個人在屋裡睡覺，一定要插門啊！拉薩很不安全的。來，先把藥吃了。」晉美說著，打開一個藥盒，又倒了一杯水，端到了吉的嘴邊。

「什麼藥？」吉看著那兩粒深褐色的藥丸。

「藏語叫索羅瑪布，漢語叫紅景天，可以抑制高原反應。」晉美說著，把那兩粒藥，放進了吉的手裡。

「你真不愧是藏醫學院的學生啊。」吉感歎著，接過索羅瑪布，就著水，一仰頭咽了下去。

晉美又接過水，放回了桌邊：「你這種情況，可能得持續一周。」

吉沒吱聲。她的生命中，還是第一次，與一個異性同坐在一張床上，尤其是這種軟弱的時刻。

「明天，你可以試著走動走動，先去朝拜覺仁波切。」

「覺仁波切？什麼意思？」

「你連覺仁波切都不知道？真是個漢人啊！覺仁波切，就是祖拉康裡供奉的佛祖十二歲的等身像，我們博巴，不管遠在康，還是安多，都會一路磕長頭前來朝拜的。有的，不惜走上幾個月、幾年的光景。還有不丹，登疆、蒙古，以及居住在貝加爾湖附近的布里亞特人，也都來朝拜呢。過去，那些大貴族、大商人，都把房子建在祖拉康周圍，就為了靠近覺仁波切。時間長了，圍繞著覺康，就是供奉覺仁波切的佛殿，形成了一條內轉經路，我們叫囊括；圍著著祖拉康形成的轉經路，我們叫帕廓；而圍繞著拉薩形成的轉經路，我們叫林廓……」

「等不及了，現在就去看覺仁波切好嗎？」吉說著，雙手拄著床，居然坐了起來。

「你還很虛弱啊！」晉美從床邊站了起來。

「不虛弱了，真的，頭好像不那麼疼了。」吉說著，捺了捺太陽穴。

「也好，挺不住的話，再回來不遲。」

吉就下了床，許是動作太快了，眼前冒起了金星，身子搖晃起來，晉美立刻扶住了她：「不行，我看你去不了。」

就這樣，吉的整個身子，毫無準備地倒進了晉美的懷裡，她甚至聞到了他身上散發的那股她最愛的丁香和紫檀合在一起的清爽。晉美也突然意識到了什麼，臉紅了，放開了吉。吉順勢坐回了床邊，不過，主動伸出雙手，環擁起晉美的腰，臉，貼著他的胸膛。

祖拉康與壁畫

「啊，那石頭房子真美！像是從群山裡長出來的！」吉指著大昭寺。

「我們圖伯特的寺院建築，包括民居，都與地理、氣候，還有水土有著默契的關係。不過，中國人來了後，拆了不少這樣的建築，像甘丹寺，就成了一片廢墟。」晉美說。

「這不是作孽嗎?!」吉提高了聲音。

「這算什麼呢？還有那些高僧大德，被判刑的判刑、被打死的打死……」

「可我，從來也沒有聽說過啊！」

「我相信，你沒有聽說的還很多，好在你可以自己觀察了。」

「啊，不僅建築，還有這些經書、經筒，項鍊、戒指、衣服……都太美了！」吉指著祖拉康前面的那些攤床，眼睛都不夠用了。

「我們先去祖拉康朝佛吧，出來後再轉帕廓好嗎？」晉美建議道。

「好啊，你說了算，你是主人嘛。」吉扭頭看著晉美。

「還頭疼嗎？」晉美看著她。

「不疼了，一點也不疼了。」吉說著用勁搖了搖頭。

晉美趁勢在她的額上吻了一下：「你的前世一定是個博巴，一般的中國人，無論如何也得躺上一個星期的。」

「我倒希望自己生生世世都是博巴呢。」吉說著，邁進了祖拉康。剛走兩三步就停下了，停在了大門左側，那幅固實汗與五世達賴喇嘛的壁畫前。太專注了，她甚至沒有發現晉美這時離開了她，晉美是到外面買了一袋酥油，不過，很快又回來了。

「這還是十三世達賴喇嘛時期著的色呢，近一百年了，鮮豔如初，」晉美站在了吉的身邊，解釋著，「因為這是用礦石和植物研製出的顏料。」

「很飽和，很沉著！」吉自然自語著。

「你知道這壁畫的故事嗎？」

「不知道。不過，看得出，敘事性很強……」

「先去朝佛吧。回頭再細看。」晉美說著，輕輕地把手臂搭在了吉的肩頭。

吉聽話地轉過身，跟著晉美繞過院子裡那一排燃燒的酥油供燈，進了裡面的強巴拉康。一線陽光正在這時斜斜地照到了強巴佛的身上，連四周的柱子也亮了起來，清楚地映著柱子下面那些通長的卡墊和折疊得整整齊齊的厚披風。

「藏語叫達岡。」晉美指著那一排披風，「僧人們誦經修法時就坐在這裡，冷了，會披上達岡。」

晉美說著，隨手打開那袋酥油，走到一個供燈前，放入了一小塊，又走到下一個供燈前放入了一小塊，一個供燈也沒有落下。不僅晉美，很多香客也如此，一一地往供燈裡添著酥油，同時，嘴裡叨咕著什麼，許是頌佛吧。強巴拉康的四周還有許多帶門的小佛殿，有的敞著，有的關著，每個門框的雕刻都精美絕倫，門框之上，還有各種彩繪，彩繪之上，凸起著雪獅的頭像。吉屏住呼吸，不放過每個細節……

「太美了！太美了！」她叨咕著。

晉美仍然在往供燈裡添加著酥油，偶爾，還解釋幾句四周的雕像：「這是薩迦五祖」，「那是阿底峽、唐東傑布……」

「覺康到了，這就是被嘉瓦仁波切譽為『全藏最神聖的佛殿』！」晉美停下了腳步，雙手合十，磕起了等身長頭。

吉也停下了，看到眼前一排純金的供燈裡，都裝著滿滿的酥油，燈蕊正在燃燒，火苗筆直地上升著，映得覺仁波切那十二歲的面容熠熠生輝。還有佛冠上鑲嵌的綠松石和珊瑚等各種珠寶，在供燈裡閃爍著，佛冠的兩邊，那黃色、白色、藍色的哈達自上而下，也許，這是在表達著圖伯特人，還有蒙古人，那綿綿不盡的虔敬？吉猜想著，更深地看著佛低垂的雙眼，微閉的雙唇，也不由得雙手合十……

「按正時針轉一轉吧。」晉美建議道。

吉就從釋迦牟尼的右膝開始，轉到了佛的左膝時，吉不由自主地向上邁了一步，把頭深深地埋進去佛的懷裡，淚水滾落：

「佛啊，請讓我的畫筆，還原出這不同凡俗的圖伯特，這悲憫的圖伯特，這純美的圖伯特吧！佛啊，請加持我吧！」

看著吉不住地擦眼淚，晉美再沒有說話，帶著她向二樓走去。在樓梯拐彎處，晉美停下了，看著那玻璃框中的蒙面雕像：「這是班丹拉姆[42]，格魯巴的護法，也是拉薩和嘉瓦仁波切的護法。你可以在這裡祈禱。」

說實話，吉不懂什麼是護法。不過，她明白，這肯定是位有著非凡加持力的神祇，因為，可以保護格魯巴、保護拉薩，還有偉大的嘉瓦仁波切！於是，她低下頭，隔著一層玻璃，默默地祈禱起來：「女神啊，請給我力量……」

吉又跟隨晉美上了二樓和三樓。晉美指給了她那些古老的壁畫，包括祖拉康的最初修建圖、佛陀本生故事等等。這些壁畫都很細節、嚴謹，屬於東方平面繪畫。這樣說，可能讓某些當代畫家不以為然了。不過，從後印象派開始，像高更、凡高，都在大膽地往平面轉變呢，就為了使繪畫更像繪畫。

「我懷疑自己是不是還在人間，說實話，自從看到這些真品，我是說這些壁畫，總感到，我完全進入了另外的世界，一座藝術宇宙！」走出祖拉康時，吉喃喃著，「如果不是遇到您，我會什麼樣呢？會不會白來一趟，走馬觀花，像個遊人一樣？」

「你從來就不是遊人，這裡是你的家，我們所以相遇，是因為都在累世裡積下了功德……」晉美說著，把吉攬入懷裡，在她的額頭，她的鼻尖，她的兩頰，她的唇上，吻了又吻，直到過了好久，吉還能感到他的溫熱。

42　班丹拉姆：藏語，指吉祥天母。原為印度婆羅門教的主神，後被藏傳佛教吸收為護法神。藏王松贊干布在拉薩修建大昭寺（祖拉康）時，專請女神坐鎮，並為拉薩的保護神。

「別提功德了！小時候，我幹過許多許多的壞事兒，打仗罵人，欺負瘋子、傻子……」

「可你有著一顆率真的心，每個接觸你的人，都會喜歡的。」

「喜歡？在大學時，人人避我唯恐不及……」

「認不出本性清涼的檀香，是他們的眼睛出了毛病……」

兩人說著，來到了囊括。囊括太美了！那兩邊的壁畫，讓吉捨不得眨一眨眼睛，她不住地央求著：「我不走了，今天就待在這裡吧，哪也不去了，行嗎？」

「不，這樣激動可不行，你得平靜下來，好好吃點東西，好好睡覺。」晉美說著，拉起了吉的手，緊緊地攥進了自己的手心，彷彿他一鬆手，她就會消失似的。

「你把我看成了豬？」吉嗔了一眼晉美，「除了讓我吃，就是讓我睡！」

「不不不，我是要你好好休息，為了承受更大的喜悅……」

「什麼意思？」

「明天，我要帶你去色拉寺，讓你看那些——不同於這些壁畫的岩畫。」

馬頭明王擦擦

無論閉著眼睛還是睜著眼睛時，吉都沒有見過這麼宏偉的岩畫群。現在，她面對面地看著，色彩的優勢完全發揮了出來，且一層層地突起。「真品中的真品啊！」她喃喃著在宗喀巴大師的岩畫前跪了下來。她很想撫摸一下大師的背光，還有大師頭頂的黃帽、乳白色的面頰、結著手印的右手、托起一卷經書的左手，來印證這一切都是真的。不過，她不敢，她怕自己這雙世俗之手，玷污了這色彩的靈魂，這是一種高不可攀的境界。

「這裡有一個時間的積澱……」晉美說話了。

「是，時間越長越香醇，像酒。」吉附合著。

「不過，自從中國入侵我們圖伯特以來，這裡就荒蕪了，這其實是色拉寺的林廓，原來，轉經人不斷的。

「是啊，這麼美這麼美的地方，只剩下了我們兩人。」吉說著站了起來，前後看了看。

「這山路兩邊都是岩畫，看不完的。」晉美說著，又邁開了步子。很快地，他們的眼前又出現了一個岩畫群，「這是江白央[43]、堅日斯[44]、恰那多吉[45]……」

晉美一邊解釋著，一邊慢悠悠地跟著吉的腳步。吉沒再吱聲。在中國，幾乎所有的名勝都不像是真的，包括她去過的雍和宮，別的不說，僅僅那個建築就很孤立，完全失去了與周圍環境的銜接，而在這裡，這些壁畫簡直就是從石頭上長出來的，與周圍的青草、佛殿、佛塔，還有偶爾穿著曲巴走來的男女，自成一體，是一個人身上的胳膊和大腿，誰都離不開誰。

43 江白央：藏語，指文殊菩薩。
44 堅日斯：藏語，指觀音菩薩。
45 恰那多吉：藏語，指持金剛。

轉完了色拉寺的林廓，晉美又帶著吉去了傑紮倉[46]、麥箚倉[47]、阿巴紮倉[48]和措欽大殿[49]等。不過，給吉留下印象最深的，還是護法神殿。那裡的馬頭明王雕像，簡直可以說，是人類的想像能夠抵達的最遠最高的地方了：馬頭明王長著三頭六臂，居中的臉是紅色的，左邊的臉是藍色的，右邊臉是白色的，頭頂的綠色馬頭，張著血盆大口，瞪著三隻眼睛，十分震怒。頭戴五骷髏冠，身穿虎皮裙，還有六隻手，每只手都緊握法器，中間的雙手緊緊抱著明妃，右手高舉金剛降魔杵，左腿伸直，右腿彎曲，威風凜凜地站在彩雲和火焰之間。

「啊，人類的靈感都彙集在了這裡！」吉感歎著，「這樣的血腥恐怖，卻表達對善的護持，這，已達到了詩境的詩境！」

「這是十五世紀中期，由佛教高僧仁青森格大師主持塑造的。」晉美解釋著。

「仁青森格是誰？」

「他出生在後藏一個舊密法家庭，世代修習馬頭金剛密法。不過，在很年輕的時候，他就來到了拉薩，拜宗喀巴為師，學習顯密。宗喀巴大師圓寂後，他又投師根敦珠巴和色拉寺的創建者釋迦益西，成為格魯巴中聲譽卓著的博學高僧。後來，他長期擔任哲蚌寺的講經師。不過，有些人不服氣，惡意中傷，於是，他離開了哲蚌，前往色拉。色拉上下歡喜，並把他推到首席就座。

46　傑紮倉：是拉薩色拉寺的重要經學院（學部）之一。紮倉為藏語，意為經學院。

47　麥箚倉：也是拉薩色拉寺的重要經學院之一。

48　阿巴紮倉：拉薩色拉寺的重要經學院之一，主修密宗。

49　措欽大殿：僧人集會頌經的經堂。拉薩色拉寺的措欽大殿建於一七〇五年到一七一七年。為色拉殿最大的經堂。

接下來，仁青森格在色拉創建了『切巴棨倉』，被尊為『色拉滾欽』，意思是色拉寺至高無上的學者。

「『切巴棨倉』建成後，仁青森格一直想請一位法力無邊的護法神，剛好他的父親從家鄉送來一尊祖傳的馬頭明王像，還有一柄古老的三棱金剛橛，這是馬頭明王無堅不摧的武器。父親說：『願你和這尊聖像、這柄金剛橛不可分離！』仁青森格認為這是一個預兆，決定奉馬頭明王為護法神，著手建造馬頭明王神殿。

「話說切巴棨倉僧院附近，有一處古老的天葬場，長著一株很大的紅果樹，大師每次轉經時，紅果樹都會牽絆他的法衣。有一天，他看見一隻紅色的烏鴉，隱沒於紅果樹裡，接著樹叢裡顯現出一位三頭六臂、擁抱明妃的馬頭明王。明王還發出『嗚嗚』的馬鳴之聲。大師脫下自己的法衣，覆蓋在紅果樹上。接著以這棵神樹為骨幹，以家傳的馬頭明王聖像為模板，塑造了這尊身軀龐大的馬頭明王巨像。後來，他把家傳的聖像裝藏在神像腹內，使之無比威猛和靈驗；再後來，每年藏曆十二月二十七日，這尊馬頭明王都會被展示出來，供僧俗信徒瞻仰和膜拜，我們叫『金剛橛朝拜節』」。

「這麼美的祕密，你是咋知道的？」吉看著晉美。

「噢，大多數博巴都知道的。這根本不是祕密。」晉美說著，伸手在懷著掏了一會兒，拿出了一個小小的黃綢布包裹，打開，放入了吉的手裡。

「啊，馬頭明王！」

「我們圖伯特的話叫擦擦，是用泥雕塑的。」

「簡直和護法神殿的那尊馬頭明王一模一樣！太像了！不，是太美了，標準的藝術真品啊！」

「送你了。」

「送我了？」

乃瓊與哲蚌

遠遠地，就看到根培烏孜山下的石頭房子密密麻麻的，有如城鎮一般，有幾處高一些的石頭房子，最上邊還砌築著深紅色的邊瑪牆，鎏金的房頂，兩隻小鹿守護的法輪，還有法幢、寶瓶……都在湛藍的蒼穹下，閃爍著金光。

「不用說，這就是哲蚌貢巴了。」吉在心裡嘀咕著，因為前一天，晉美告訴了她，哲蚌，在圖伯特語中，為米堆之意，而貢巴是寺院之意。

果然，公共汽車在路邊停下了。一般情況下，去哲蚌寺都是這樣的，要在西郊下車，接下來，還得走一段山路，很累人的。不過，大家都說，越是累，你也就越得到了解脫。因此，在西郊這一站下了車之後，晉美正想告訴吉做好準備，有段山路要走時，吉倒先說話了：

「那是什麼，也是寺廟嗎？」吉指著離路邊不遠處，一座也帶有深紅色邊瑪牆的房子。

「那是乃瓊寺，一天比一天荒涼了，原來不是這樣的……」晉美說著，歎了一口氣。

「原來是什麼樣子？」

「是國家護法修行的地方。」

「護法是什麼意思？能預測未來？」吉好奇了。

「就是。但乃瓊護法又和一般的護法不同，是預言國家大事的，比如，嘉瓦仁波切是不是到了登基的時刻，圖伯特是不是需要進入戰爭狀態，等等。」

「那，護法是怎麼知道的？」

「說來話長。」

「說嘛，說嘛。」

「好吧，」晉美笑了，伸出一隻手，平放在前額，遮擋著陽光，向乃瓊望去：「這裡，專門供奉著一個三頭六臂的白哈爾，可以附在人的身上預言……」

「白哈爾是怎麼出現的？」吉打斷了晉美。

「你真是一個漢人哪！在圖伯特，連三歲的小孩子都知道……」

「就當我是三歲的小孩子吧。」吉又打斷了晉美。

晉美就笑了，在吉的額上輕吻了一下，接著講了起來：「白哈爾是烏仗那的地方神，後來移居到了巴達霍爾寺廟，成為霍爾部落的保護神。桑耶寺落成後，蓮花生大師在念欽山神的建議下，從霍爾迎請白哈爾做了桑耶寺的保護神。再後來，白哈爾搬到拉薩河南岸的貢塘寺。因為在建寺時，寺主不讓畫工在內壁畫上白哈爾，所以，白哈爾生氣了，將寺廟付之一炬。不過，寺主喇嘛逮住了白哈爾，裝進木箱拋入吉曲。再說這木箱流經哲蚌寺時，被一名僧人撈出，於是，白哈爾轉瞬變為白鴿，飛到一棵樺樹上消失了。後來，人們環繞著這顆樺樹，建立了乃瓊寺。白哈爾呢，也就一直住在這裡，有自己的代言人，即乃瓊護法。後來，五世達賴喇嘛尊者，又把乃瓊護法指派為國家護法。」

「是這樣——」吉眨了眨眼睛，意猶未盡，「那麼，現在白哈爾還住在這裡嗎？」

「自從中國入侵我們圖伯特，乃瓊護法就跟隨達賴喇嘛尊者流亡印度了，並在達蘭薩拉建立了新的乃瓊寺。」

「真的？」

「如果他不走，早就被當做『四舊』什麼的送進監獄，甚至槍殺了。」晉美說著，突然想起了什麼，看了看吉，「對了，乃瓊的壁畫很著名啊，是不是也去看看？」

「要去，你是嚮導，您走到哪裡，我就跟到哪裡。」

「我走到達蘭薩拉你也跟到達蘭薩拉？」

「噢，這……」

「不，就是你跟我去，我也捨不得，你屬於這些繪畫，真的，就留在我們圖伯特吧，我會回來的。」

「真會回來嗎？」

「一旦學成，立刻回來，回來見你！」

「咚咚咚」，突然，傳來了刻石頭的聲音。

「有人在刻經文呢。」晉美往身後的山溝裡看了看。

「我怎麼見不到人？」

「肯定就在那個山溝。這是我們圖伯特最常見的聲音了。」

不過，吉還是什麼也沒有看到，她覺得這裡好寥落，前後也不見一個人影。不，只有一個老人，在繞石頭呢，他把拐杖搭在手臂，一圈又一圈地繞著，也不知繞了多少圈了。偶爾，還會把整個身子彎下來，雙手合十。

「那是瑪尼石，上面刻著經文咒語佛像，我們過去看看吧，你會喜歡的。」

「你怎麼知道我會喜歡？啊，太美了！」吉站在瑪尼堆前，看看這個佛像，又看看那個經文，最後，拿起了一塊小小的六字真言，左看右看，看了好一會兒，還是放下了。

晉美就笑了：「不少中國文化人，到了我們圖伯特後，專門把這些瑪尼石，還有擦擦和刻著真言的牛角什麼的都據為己有，還到處寫文章炫耀，說這些東西多麼值錢，多麼古老等等，不以為恥反以為榮。」

「我也很想把那個小小的六字真言據為已有了，真的。」

「可是，你放回去了。」

「因為想到了那位在山溝裡刻這些石頭的人，一錘錘刻出來，多不容易，又不是刻給我的……」

「我就知道你最終會放下，真的，你和其他的漢人不一樣……」晉美說著，拿起吉的手，在手背上輕輕吻一下，「走吧，我們去佛殿。」

乃瓊寺的裡裡外外都很寥落，連門前那無字碑兩邊的白色香爐也是寥落的，只有那被香柏燻黑的爐門，讓人想到這裡曾經濃郁的桑煙和絡繹不絕的香客。

一進迴廊，吉的眼睛就不夠用了。她仰起頭，看著天花板上的彩繪，看著木柱上的彩繪，看著牆壁上的彩繪……這裡，與祖拉康的壁畫，與色拉寺的岩畫，完全不同，是另外一種想像。有的人面朝下，有的頭上長出許多隻眼睛，連兩隻乳房和手臂之間都是眼睛……

「這是誰的想像啊，這麼超凡脫俗！」吉感慨起來。

「因為乃瓊寺性質有些特殊，壁畫內容也相對獨立，多為白哈爾和他的化身及其伴神，還有眾生因前世所做的惡業，在地獄受懲罰的場景。」晉美解釋著，「這都是十七世紀中期繪製的。」

「人類的想像可以如此打破規矩！」吉仍然感慨著，「你看，這些構圖十分飽滿，人物的比例也比一般的大，太厲害了！」

「聽表哥說，原來更美，現在剩下的不過是當年的一小部分。文化大革命時，這裡被毀得很慘……」晉美解釋著。

吉從沒像今天這樣厭惡文化大革命。她不懂，這樣一場顯而易見的反文明運動，為什麼可以在中國搞出來，甚至橫掃了圖伯特！自己禍害自己也就罷了，還無法無天地禍害了鄰國……

轉悠了好一會兒，吉還是不想離去。晉美看了看手錶：「我們得去哲蚌寺了，再晚，就找不到車子回拉薩了。」

「好吧，你能陪我再來嗎？」

「當然，無論什麼時候，只要你想來，我都會陪你的。」

兩人說著，走出乃瓊，開始了上山。路有點陡，他們都不再說話了。過了好一會兒，吉把手伸進了晉美的大手裡：「我要你陪我一生一世！」

「我樂意生生世世陪著你。不過，這得看我累世的善業了……」

「善業？小時候，我可沒少禍害人，為啥今生還是碰到了你呢？說實話，這幾天，我總是擔心會失去你……」

「不不不，今生今世，我們誰也不會失去誰……」

說著，走著，眼前出現了兩塊巨大的岩石，一前一後，都畫著戴有黃帽的格魯巴大師，那前面大石頭的右下角，還有一塊小石頭，畫著一個很可愛的小生命，褐色的身體，長著淺藍色和白色相間的翅膀，頭上還有一個光輪……

「啊，太美太美了！」吉目不轉睛地盯著越來越近的山石，感歎著，「這些岩畫，一定都有著很深的偶意吧？」

「前面那個大石頭上畫著的戴黃帽的上師是宗喀巴，後面大石頭上的黃帽上師是克珠傑，右下角石頭上畫著的帶翅膀的小生命，是位護法，叫夏嘉穹且，你們的中文裡叫鵬，或者妙翅鳥，專門壓制龍類帶來禍患……」晉美解釋著。

「哦，我也是龍類的一個！是入侵者利益鏈條上的一個恥辱。要麼，我怎麼會有特權來這裡！」但是，吉沒有說出來。從想到說，不是一朝一夕就能完成的。恰好，這時他們越來越看清了那個帶有金頂的高高的佛殿。

「這金頂，也美得不行，太美了！」吉轉了話題。

「這是措欽大殿，前面的是洛賽林箚倉，東邊的是廓芒紮倉、阿巴箚倉，每個箚倉都有很多康村、米村，對了，甘丹頗章也在這裡啊。」

「什麼是甘丹頗章？」

「這得從祖拉康的壁畫談起。還記得嗎，那天你一進祖拉康，就站在了一幅壁畫前，你還說，那幅畫敘事性很強，記得嗎？」

「當然記得，那上面畫著兩個人，你當時還問我是否知道有關這幅畫的故事，我說『不知道』……」

「那是五世達賴喇嘛和施主固始汗。固始汗是蒙古和碩特部落的王，應五世達賴喇嘛之請，幫助打敗了藏巴第悉[50]的軍隊，並在五世達賴喇嘛和班禪大師跟前，受了居士戒。後來，他把圖伯特三區的全部政教大權，以及自己的族系人馬等，都贈與五世達賴喇嘛尊者作為佛法屬民。這樣，在藏曆水馬年，也就是公元一六四二年，五世達賴喇嘛尊者以駐錫地甘丹頗章為名號，正式建立了甘丹頗章政權，開始了達賴喇嘛掌握圖伯特僧俗權力的時代。到現在，已是第十四世達賴喇嘛了。」

「甘丹頗章？這名字好聽，我們先去甘丹頗章好嗎？」

「好啊！裡面還有五世達賴喇嘛的塑像呢。」晉美說著，向左拐進一個胡同，裡面都是石板鋪就的小路，很平整。吉緊跟著晉美，大約走了有五六分鐘吧，出現了一個飄著祥布的大門，不

50 藏巴第悉：甘丹頗章王朝之前，統治前後藏的政治權威。此家族興起到十六世紀中期日喀則一帶。後被固始汗打敗，開始了達賴喇嘛統治西藏時代。

過，祥布已經很舊了，顯得千瘡百孔。大門緊關著，門的下邊，一把銀色的鏽跡斑斑的大鎖，緊緊地鎖著。

「啊，這鎖頭好特別，我從沒有見過，連想都沒有想過。」吉說著，蹲了下來，撫摸著那把長形的銀鎖上雕刻的花紋，兩邊的鎖耳和鎖柱……

「你看，這鎖頭開著呢，我們可以進去。」晉美往下一拔，鎖頭真的開了。

吉立刻起身，和晉美一起進了佛殿。裡面只有一位僧人，在牆角裡擊著敲，念著經。他前面的小木桌上，還擺著兩堆青稞粒，每念一遍經，他就往一邊挪一個青稞粒，另一邊的青稞粒已攢了不少，看來，他的經快念完了。

吉跟著晉美在五世達賴喇嘛像前磕了三個等身長頭後，又按正時針在佛殿裡轉了一圈。接下來，他們就去了洛賽林劄倉[51]、廓芒紮倉[52]，還有措欽大殿，他們沒去阿巴劄倉，因為那裡是不許女人進入的。

回到拉薩時，已是掌燈時分。兩人在帕廓的一個小胡同裡，找到了一家尼姑饃饃店。吉吃了一碗素饃饃，晉美吃了一碗犛牛肉饃饃，同時還喝了骨髓湯。兩人走出饃饃店時，天完全黑了，帕廓燈火點點。吉停下了腳步，指著一家尼泊爾店鋪：「我想買染髮精。」

「你的頭髮很美啊，根本不需要染……」晉美不解地看著吉。

51 洛賽林劄倉：為哲蚌寺的主要紮倉（經學院）之一。僧人多來自康區和今雲南藏區等地。

52 廓芒紮倉：也為哲蚌寺的主要紮倉（經學院）之一。僧人多來自安多（今青海）和蒙古地區。除此，哲蚌寺還有另一個重要紮倉，即德陽紮倉，僧人主要來自前後藏。

「不，今早起來，我發現了兩根白髮，真的。」吉噘起了嘴。

晉美就笑了：「這很正常，每個年輕人的頭上都可以找出兩百根白髮，甚至更多。」

「反正我要染髮。」

「好，好，聽你的，我也染，咱倆都染。」

「不許你染，你的頭髮那麼美，美極了。」

於是，吉任性地買了染髮精。

回到旅館後，晉美對照說明，把染髮水和染料合在了一起，這才想起還沒有手套，這植物染髮精包裝簡單，沒有附帶染髮手套。怎麼辦？「就用手吧！」晉美說著，讓吉坐在椅子上，光著雙手抹了起來。

差不多直到夜裡才染完。然而，晉美手上的染料，怎麼也洗不掉了，吉就笑：「回家後，咋跟你表哥解釋呢？」

「那我就住在這裡吧？」

吉的臉就紅了：「不行，不行，你得回表哥家，必須回去！」

在甘丹寺的廢墟之間

以後的一周，晉美又帶著吉去了倉姑寺[53]、丹吉林寺[54]、木鹿寺[55]，還有僅剩下殘垣斷壁的希德箚倉[56]。

再後來，他們就去了甘丹寺。那裡離拉薩不算太遠，可也不算太近，位於旺貝日山之上，不僅是宗喀巴大師親自創建的，也是大師圓寂的地方。據說，這裡曾有著非常嚴格的修習次第，培養出了無以計數的大成就者。在吉的想像中，那種宏偉，甚至超越了哲蚌和色拉。

然而，當他們來到跟前時，卻是一片廢墟。吉頹然地坐在甘丹寺前面的荒草之間，只覺得身子無力，一陣陣發冷，她不由得繫緊了風衣紐扣。

「是這裡海拔太高的原故吧？」晉美看著她，也跟著坐了下來。

「也許吧。不過，為什麼這裡是一片廢墟呢？到底發生了什麼？」

53　倉姑寺：位於拉薩的林廓上。初建於十四世紀，專為阿尼修行之地。

54　丹吉林寺：位於拉薩祖拉康的西側。由第六世第穆仁波切任攝時，即一七六二年興建。為拉薩四大林之一。四大林為：丹傑林、策墨林、功德林、喜德林。

55　木鹿寺：又稱下密院。初建於十五世紀。現已完全被毀。

56　希德箚倉：為拉薩傳統四大林之一。現已完全被毀。

「我提醒過你的……」晉美說。

「可是，我一點也沒有想到，被毀得這麼狠……」

「據說，是文化大革命時部隊幹的，他們從措欽大殿開始拆，而後一座接一座拆掉了僧舍，包括二十三個康村，二十個米村。還用了炸藥，炸藥引爆後，就由一組組的人用十子鎬把整座甘丹寺澈底剷除了。」

「除了暴力以外，我什麼也沒看到。」吉有氣無力地喘息著。

「還剩有一條轉山小路，是宗喀巴大師踩出來的。傳說，是一隻鳥兒，引導著大師走出了這條山路。凡是香客到了甘丹寺都要走一走這條路的。」晉美解釋著，向遠處看去，不知為什麼，他今天老是躲著吉的目光。

「好吧，那我們就走一走宗喀巴大師走過的路。」吉說著，把手伸給了晉美，藉著他的力量，站了起來。

繞過那些殘垣斷壁，兩人好不容易來到了那條山間小路上。這時，吉累得喘息起來。晉美看上去更累，一屁股坐在了大石頭上。

「你今天怎麼這麼無力，感冒了嗎？」吉心疼地看著晉美，停下了腳步。

「別為我擔心。你看，那些路邊的大石頭，看到了嗎，幾乎每個石頭上都刻有佛像，還被虔誠地抹上了酥油。因為這都是當年宗喀巴大師的手跡，有的是嘉措傑達瑪仁欽的手跡。聽說，當年他們只輕輕地用手指畫一畫，就留下了這些印跡！」晉美指著前面的異像。

「太神奇了。」吉感歎著。

「看到路邊的那三個祭壇了嗎？裡面全是擦擦！」晉美又向前走了幾步，停在了一個祭壇旁。

「啊，各種各樣的佛像都有！」吉也三步並作兩步，到了祭壇跟前，看看這個，又看看那個，不忍離開。

「這裡是當年宗喀巴大師思念媽媽的地方，他剛一張口說『媽』，前在的石頭上，就出現了一個大寫的媽媽的藏文，看到了嗎？」晉美站到了吉的身邊。

看到了。然而，一群犛牛擋住了他們前面的道路，於是，兩人索性都坐在了山坡上，等著犛牛和牧童走過。

「吉……」

「嗯？」

「你看那些青稞田，長得多好。」晉美盯著山下的綠色。

「你今天有點不對頭，」吉沒看青稞田，而是盯著晉美，「從早晨一見面，我就發現你像沒魂兒了似的，到底有什麼話噎著？」

晉美不吱聲。

「說啊，為什麼不說？」吉催促著。

「表哥幫我聯繫了一個帶路人。說是很可靠，錢要得也還合理，下周，我就要上路了。」

「為啥不早說呢？」

「我也是昨晚才知道的。表哥說，明天請你到家裡喝茶，感謝你把我帶到了拉薩。」

「我們之間，還要感謝嗎？」

「在表哥看來，是感謝；在我看來，是有了你與表哥見面的機會。吉，我已把你託付給了表哥，他也說了，如果你繼續待下來，有難處的話，就直接找他。表哥是一位畫商，這我以前就告訴過你。表哥的祖上也是商人，不過，與藝術無關，主是要買賣羊毛，帶著騾馬，往返於印度、尼泊爾和圖伯特之間……」

「你一甩手就走了，我怎麼辦？」

「這是我最難心的。昨晚聽了這個消息，本該高興的，離目的地又近了一步嘛，可是，我反而猶豫了……」

「哪像個男子漢呀，虎頭蛇尾的！」

「你的意思是，我該上路？」

「當然了。」

「你不是在……趕我走吧？」

「瞧你，想到雲彩眼兒去啦！」

晉美的表哥

晉美的表哥家，位於曾經的尼泊爾大使館斜對個兒。這條古巷裡，石頭房子一家挨一家的，很大一部分，都是過去貴族和商人的房子。不過，中國入侵後，沒收了這些私人財產。據說，上個世紀五〇年代以前，這裡的環境十分優雅，甚至有些肅穆呢。現在不同了，很多房子已經東倒西歪了，一些乞丐在裡面轉來轉去，空氣裡迂迴著油炸土豆片的油膩和小商小販的叫賣聲。

不過，一打開表哥家的大門就不同了，各種鮮花都在盛開：格桑梅朵、幫錦梅朵，賽金梅朵、卓瑪梅朵，簡直數不過來啊！早就聽說博巴喜歡花，家家都要養花的，可是，這樣認真地養了滿庭院的花兒，也太浪漫了吧，為啥不種上點蔬菜呢？吉就想到她出生的那個大果園，哪怕有一丁點的地方，爺爺奶奶都要很現實地種上菜的。

表哥家是一座兩層的石頭房子，闊闊氣氣的。門開著，乳白色的門簾上，繡了一個很大的深藍色吉祥結，吉的眼睛格外舒服起來。沒等他們到跟前，門簾就被掀開了，一個頭髮捲曲，戴著眼鏡的中年男子走了出來。

「你是我們家的著名人物啊！」男子先說話了，聲音不高也不低，很是儒雅。

「這就是表哥。」晉美在一邊介紹著。

「表哥好！」吉禮貌地加了一句。

「你好！你好！」表哥生硬地說著漢語，回身又撩開了門簾，「請進！」

迎面的客廳很是舒適，兩個直角擺放的長沙發上，鋪著藍底紅花的噶雪巴式純毛卡墊，兩個沙發中間，放了一個方形木桌，四面塗著吉祥八寶，桌上的一角，放了一個長形的木質香爐，上面的幾個煙孔，正在上升著細細的香縷，散發著丁香和紫檀的好聞氣味。

「二樓是佛堂，」晉美朝樓梯口抬了抬手。

「看看佛堂吧。」表哥也朝吉點點頭，先上了樓，吉跟在後面，晉美走在最後。

迎面的佛龕幾乎占居了整面牆壁，而裡面的佛像更是講究，有宗喀巴、嘉措傑和克珠傑師徒三尊，還有幾位度母像。

「這些佛像都是從尼泊爾訂做的。」表哥解釋道，「因為尼泊爾的佛像風格，與那蘭陀非常相近。」

「那蘭陀是哪裡？」吉脫口而出。

「是古印度時期的一所佛教大學，我們圖伯特的佛教來自那裡。」晉美解釋著。

吉點點頭，不過，還是似懂非懂的。接著，她向佛龕兩邊的高高的書架挪去，指著那一個個黃綢緞包裹，「這裡面是什麼，書嗎？」

「全是經書。」表哥接過了話頭。

「啊，經書！」吉自言自語著。

「都是刻板印刷的，表哥每天要讀上一會兒呢。」晉美說著，返身在眾多的現代書中，抽出了一本，「對了，這是表哥早就準備好了送你的，也是我在格爾木答應給你的，是我們從前的孜本夏格巴・德丹旺秋寫的《十萬明月：高階圖伯特政治史》。」

「這也是給你的。」表哥說著從佛龕那裡拿起了一個黃綢盒子，吉抑制不住好奇，立刻打開了，原來，裡面是一枚古銅色的錢幣，背面是藏語，正面是雪獅和群山。

「這是中國入侵圖伯特以前，我們使用的錢幣。」晉美說。

「這，這，太貴重了！」吉喃喃著。

「送給我們真正的朋友是值得的。」表哥看著吉。

「說實話，你是表哥請來的第一位漢人。」

吉的臉紅了，是幸福而激動的原故。

「先到樓下喝茶吧，我都準備好了。」表哥轉了話題。

三杯甜茶，已放在了兩個長沙發之間的木桌上，杯子是木製的，還帶著蓋子呢。一切都這麼耐看。

「聽晉美說，你是一位畫家？」表哥先說話了。

「是的，我是油畫系畢業的。」

「如果你真的感興趣我們圖伯特藝術，就不要局限在拉薩，至少還應該看看巴廓曲丹寺[57]和夏魯寺[58]，那裡的壁畫非常成熟。」表哥建議著。

「你准會喜歡的，吉，我敢肯定。」晉美在一邊直點頭。

「那我就找時間去一趟巴廓曲丹寺和夏魯寺。」吉看看表哥，又看看晉美。

「聽晉美說，你雖為漢人，但有一顆博巴之心。」

「晉美過獎了，其實，我對這裡一無所知，過去我在學校裡學的那點關於圖伯特的知識，也都被顛覆了。」

表哥沒接茬，停了好一會兒，說：「如果你有作品的話，可以給我，我在羅布林卡那邊經營

---

57 巴廓曲丹寺：藏語，漢語為白居寺。始建於十五世紀中期，其建築和壁畫都十分獨特，且為各教派共處之寺。一九〇四年遭英軍洗劫，中國佔領西藏後，遭毀滅性破壞，現已頹敗不堪。

58 夏魯寺：為夏魯傳承的祖寺。始建於十一世紀。離日喀則不足三十公里。遠在贊普時代，曾為西藏十大商市之一。

個畫廊。」

「表哥從沒有為漢人賣過畫呀，你是第一位。」晉美笑了。

「尤其是，您甚至沒有見過我的畫呢，不要說您，連晉美也沒有看過我的畫啊，您太信任我了。」吉說著，臉又紅了起來。

「不要客氣，直覺已經告訴我了。不過，我今天要和您說的是，晉美很快就要離開了，您就把我這裡看成晉美的家吧。」

「我擔心晉美，他什麼證件都沒有，如果路上被抓怎麼辦？」

「都是夜裡趕路的。」

「那，什麼時候睡覺？」

「一般在白天，睡在相對安全一些的山洞裡。」

「被抓住怎麼辦？」吉再次追問。

「只有聽天由命了。不要說被抓，就是被打死在路上也是可能的。並且，每天都在發生。不過，一般來說，過了樟木就安全了。」

「樟木？就是通往尼泊爾的那個小鎮？」

「是。」

「那裡是開放口岸，完全可以乘公共汽車呀！」

「沒有邊防證，就到不了樟木。」

「我可以辦個邊防證，採取我們來拉薩的辦法，由我陪晉美到樟木。」

「是的，你有條件，但晉美不成，我們藏人很難得到邊防證的，那是拿石頭打天啊。」

「就說，就說，就說晉美是我雇傭的嚮導，怎麼樣？」

「我看可行。」晉美點點頭，又看了看表哥。

「到了樟木怎麼辦？」表哥問。

「可以辦理去尼泊爾一日遊呀。我在北京時就計畫好了，本來要從樟木到尼泊爾一日遊的。」

「這，的確是條捷徑。」表哥嚴肅地點了點頭。

跟著雅魯藏布走

一大早，他們就坐上了開往日喀則的公共汽車。雅魯藏布就在公路邊，無聲無息地流淌著，如果沒有那些大石頭偶爾濺起的白浪，吉肯定會以為這是一條正在展開的綠綢子呢。

「其實，這下面的水流非常急，是我們肉眼看不到，所以，這段江面上連船都沒有。」晉美解釋著。

「湍急得連船都無法航行？」吉轉身看著晉美。

「就是。」晉美也看著吉，抬手把散在她額前的一縷頭髮掖在了她的耳後。

吉的心甜柔地抖了一下，又往晉美的身邊靠了靠。

江的那一岸，這時出現三三兩兩的羊群，遠遠地，就看見牧羊人朝他們的車子揚起了手，向這些素不相識的人們問候著。

「在牧區，即使兩個相距很遠的陌生人，一旦發現彼此，也要走到一起坐下來，暢飲一個皮囊裡的酒。」晉美說。

「在我居住的地方，即使兩個人擦肩而過，也不會打聲招呼，甚至還會為誰碰了誰而大打出手呢。」吉說著，笑了。

晉美也笑了：「雖然圖伯特和中國完全不一樣，但是，你我還是走到了一起呀。」

「用你的話說，因為前世我是一個博巴，對嗎？」吉說著，不等晉美回答，就指了指窗外，「你看，起風了。」

的確，起風了，越來越大，轉眼間，天地一片昏黃，對面不見了車輛。他們的車子「嗚嗚」地響了起來，像是承受不了這風沙的吹打似的。

「沒準兒，這輛車子要拋錨了。」晉美話音剛落，車子就熄火了。於是，倆人跟著其他乘客，不由自主地站了起來，越過一個個肩頭，向駕駛室望去，只見司機打開車門，跳了下去。

「正常情況下，只要四五個小時就到日喀則了。」晉美看了看表。

「現在都已經走了五個多小時了，日喀則連影兒還沒有呢！」吉叨咕著，拿起晉美的手腕，也看了看他的手錶。

晉美沒再吱聲，眼見司機向一輛過往的中巴招手，還好，那中巴停下了，司機立刻跳了上去。

「他到日喀則找人去了。」晉美猜測著。

「看來，我們只有硬等下去了。」吉抱怨起來。

「這樣的事情，在這裡經常發生。」晉美無奈地搖搖頭。吉沒再吱聲，又把身子轉向了窗外。不知過了多久，風漸漸地小了，露出了那一岸的一座石頭房子，就座落在大山的腳下，面朝雅魯藏布，與拉薩附近的一般鄉村房子差不多，呈「凹」形，房前房後，都盛開著五顏六色的鮮花，幾隻犛牛在房後的山坡上走來走去。「晉美，快看啊，那座房子好安靜，好與世無爭啊！」

「沒準兒，你的前世就出生在那座房子呢……」晉美也向對岸望去。時間，就這樣在他們東一句西一句的對話中，一分一秒地過去了。終於，那位司機回來了，還帶來一個修車人。大家都好奇地下了車，在修車人身邊轉來轉去的，這看看，那瞧瞧。「是電動機壞了，得換一個新的！」修車人最後給這輛大客車判了死刑。

吉的肚子這時「咕咕」地響了起來，都一天沒吃東西了，本來以為四五個小時就到日喀則的，所以，他們也沒準備吃的，現在可好，完全陷入了絕境。但是，晉美一句怨言也沒有，不僅如此，全車的人也都沒有一個抱怨的，有的還閉著眼睛，在自己的座位上睡著了。

過了好久，從日喀則方向來了一輛車子，停在了他們的車旁，幾個穿制服的人從車上跳了下來，圍上司機：「你應該讓乘客先走！」

「是，是，是。」司機點頭哈腰的，這才讓乘客移到那輛剛開來的車上。於是，大家開始搬東西。這當口，從山上下來了兩個牧童，看上去也就十一、二歲吧，後面還跟著幾隻羊，不過，更多的羊，都留在了山坡上，直愣愣地朝他們這邊伸長了脖子。兩個牧童立刻動手幫著他們搬起了行李，像是為自己忙乎似的，專撿又大又重的行李。

車子又開動起來了，兩個小牧童抬手跟他們再見，彷彿與親人永別似的，目送著、目送著……

還好，到日喀則時太陽還沒有落山，吉和晉美很快地找到了公安局，待吉說明了理由後，對方立刻同意了給她辦理邊防證。不過，在晉美的問題上，費了些口舌，不管她怎麼解釋晉美是她的導遊，公安方面都嚴肅地盯著晉美，反覆地查看了他的所有證件，磨蹭了好一會兒，才算放行。

一出公安局，一輛三輪拉腳車迎面而來，兩人不由分說，上了車，幾分鐘後，就到了日喀則客運站。

「這裡沒有直達樟木的車子。」售票員答得很乾脆。

「那麼，去定日的車子有嗎？」晉美又問。

「去定日的車子壞了。」售票員連頭也不抬。

「什麼時候修好？」吉也扒在了售票窗口。

「不知道。」售票員更乾脆了。

「怎麼辦？」吉看著晉美，一時也沒了主意。

「去日喀則飯店看看吧，那邊也許會碰到去樟木的車子。」售票員從窗口裡突然說話了。

「走，去日喀則飯店！」晉美拉著吉出了客運站，並打了一輛出租，立刻到了日喀則飯店門口。然而，一進大門，就被警衛叫住了：「哪裡來的？」

晉美緊張的臉都白了，吉上前答道：「拉薩。」

「哪裡去？」

「樟木，有去樟木的車子嗎？」吉就勢問道。

「有邊防證嗎？」警衛進一步盤問起來。

「有。」吉掏出邊防證，朝警衛晃了晃。

「那個人呢？」

「當然也有了，他是我的導遊。」吉理直氣壯的。

「快上車吧。」警衛催促著。

「什麼？」晉美和吉兩人異口同聲。

「看見飯店門前的那輛越野車了嗎？司機正急著拉客呢，去吧，車費每人兩百元。」

協喀爾客棧

算上吉和晉美，車裡共坐了四個人（不包括司機）。吉和晉美相互看看，眼裡都漾出了笑容。到此，兩人把一天沒吃飯的事兒，忘得一乾二淨了。

「這叫做踏破鐵鞋無覓處。」吉輕輕地耳語了一句。

晉美沒接話，顯得比在拉薩時小心多了，儘量顯得像一個真正的導遊。車，很快地開了起來。吉向窗外望去，太陽只剩下了最後一點光暈，映得尼色日山和劄什倫布寺一片嫣紅。一個曲巴飄飄的女孩子，正趕著幾隻犛牛從山坡下來。路兩邊，漸漸出現了石屋。幾乎每幢石屋的牆上，都畫著美美的三種顏色：絳紅、黑色、白色。

「吉，知道嗎，這三種顏色象徵著觀世音、金剛手、文殊菩薩呀。」晉美解釋著，這一刻，他真的成了她的導遊。

但吉沒有吱聲，只是深深地看著晉美。說實話，她覺得，她與晉美，簡直認識了一千年，似乎生生世世都是這麼過來的。她默默地看著這家家戶戶牆壁上美麗的三種顏色和那一縷縷筆直上升的炊煙，不敢想像，也不敢承認，她與晉美分別在即。月亮，悄無聲息地出現在了深藍色的天空，映得路邊的小河，成了一條銀色的絲帶，很神話。

「前面的路還很長，要翻過三座大山：措拉山、甲措拉、聶拉通拉。」晉美繼續說著。

「晉美，你知道我在想什麼嗎？真的，我在想，就在這裡下車，就在這水邊，蓋一座小屋，我與你，遠離塵囂……」

晉美緊緊地握了握吉的手，暗示她不要出聲。漸漸地，兩邊連綿的大山，成了一個個黑影，車越開越快了。許是前面的乘客沒有關嚴車窗吧，晚風不時地在車裡打著轉兒，「嗚嗚」地響著。吉的身子瑟縮起來。晉美脫下自己的衣服，披在了吉的身上。

「措拉山頂就要到了，你看那些經幡。」晉美提醒著。

是的，潔白的月光下，吉看得見也聽得見經幡在「啦啦」地抖呢。不過，她沒心思多看，頭脹得都要炸開了，是海拔太高了，她知道。接著，車向下滑去，滑去……大約夜裡一點多，路邊出現了星星點點的燈光，到了跟前，才發現，那原來是一個又一個低矮的小房。

「協喀爾到了！」司機說著，停下了車子，先下了車，推開了一家客棧。

四個乘客也都跟著司機的屁股後進去了。暖氣撲面而來，爐火正旺，那兩個乘客立時湊到了火爐旁。晉美先走了過去，又往後稍了稍，讓吉站在他的前面，靠近了火爐。

「今晚，我們就住在這裡了。」司機的話音剛落，後門開了，進來了一個疏著兩條細辮子的老婦人，她端著一個木盤，上面是四杯酥油茶。吉把自己的那杯給了晉美，她什麼也喝不下去，雖然嘴唇乾乾的。

「不吃點什麼嗎？」晉美看著吉。

「這裡有擔擔麵。」司機說話了。

於是，四個乘客都坐到了餐桌旁，各要了一碗擔擔麵。可是，上來時，只是白水煮麵條，上面撒了幾粒榨菜，連個青菜葉和豬肉星也不見。那兩位乘客急急歪歪地嘀咕了幾句。吉卻樂了，因為沒有肉，再說，一天沒吃東西了，不要說煮熟的麵條，就是半生不熟的麵條，也能吃得下。晉美看吉吃得香，也三口兩口地吃光了那碗擔擔麵。接下來，晉美又給吉要了一杯白開水，給自己要了一杯酥油茶。

「我想睡覺。」一挨晉美喝完茶，吉就說話了。

「好啊，都跟我來。」老婦人正好又進來了，手裡拿著兩個蠟燭，走到火爐旁，點燃了，推開後門。四個乘客緊跟著。原來，後面還有一排房子，老婦人先打開了第一間。「你倆就住這間吧。」她說著，指了指吉和晉美，給了他們一支蠟燭，就帶著另兩位乘客向前走去。

「很奇怪，她為什麼讓我們住在一起呢？」吉舉著蠟燭，看著晉美。

「只要是一男一女出來，這裡的人就會這麼做的。」

「就會讓人住在一起？」

「是的。」

吉就笑了，頭疼完全消失了，許是這裡海拔較低的原故吧？房間裡有兩張床，沒有任何擺設，連張桌子都沒有，吉站在床頭，傾斜蠟燭，滴了幾滴燭淚，而後，把蠟燭坐了上去。房裡太冷了，她不自主地打了個冷顫。晉美立刻敞開衣扣，緊緊地摟住了她：「還冷嗎？」

吉點點頭。

「那就睡吧，今晚我們睡在一起，好嗎？」

吉又點點頭，把兩張床上的被子放在了一張床上。

就這樣，沒有任何準備，沒有任何儀式，在這個小小的客棧裡，吉把自己的纏綿變成了一條清亮亮的小河，簡簡單單完完全全地獻給了晉美，他們經久地合二為一，從此，晉美成了她的命中之命。

樟木口岸

再上路時，月亮仍然飽滿地掛在天空，四周布滿了數也數不完的星星，天空盡是奧秘。隨著車速的加快，天空也在變化，是那種不聲不響地變，先是星星消失了，接下來是月亮變成了薄薄的一輪淺黃色，薄得像一頁紙。快到定日時，天空又變得一片火紅，映出了山谷裡一叢又一叢殘垣斷壁。

「這是當年圖伯特和廓爾喀戰爭留下的遺跡，一百五十多年了。」晉美先說話了。

「蒼涼之美，我真想畫下來啊！」

「這就是我們圖伯特的歷史，完全可以觸摸。」晉美自言自語著。

「而在中國，我們的歷史，完全是抽象的，包括那些名勝古跡都與環境是脫臼的，成了道具。」吉說著，又轉向了窗外。這時，火紅的朝霞，已變成一片熾白，太陽噴薄而出。

「還暖和嗎？」晉美上下看著吉，轉了話題。

「暖和，尤其腿，像烤著暖風似的。」吉摸摸灑滿了陽光的膝蓋。

晉美喘過一口氣，但沒再說話，而是坐直了身子，因為定日到了。這裡已離邊境不遠，密集著中國解放軍的各類崗哨，很多偷偷去印度的藏人，都是在這裡被抓起來的。吉也緊盯著窗外，現在，路兩邊是一幢幢鑲嵌著黑色窗楣的乳白色泥房：古老，雅緻，圖伯特人在色彩的運用上，真的是無與倫比。還有那些小店鋪的門楣上掛著的招牌，也都很美，有的畫著酒囊，想必是青稞酒店了，有的畫著馬鞍，想必是專賣馬的用具的店鋪吧……

「好喜歡定日啊，像是在這個地球以外！」吉感慨著，看了看身邊的晉美，然而，晉美緊盯著前面，像是她從來都不存在似的。吉立時緊張起來，也沿著晉美的視線向前望去，透過車窗，幾個軍人正向他們的車子走來，伸出了手，示意停車。

車剛停下，一個解放軍就跳了上來，掃視著他們這四位乘客：「邊防證！」

吉立刻遞了上去，然而，那解放軍連看也沒有看她，直視著晉美：「你，我說的是你！」

晉美遞上了邊防證。

量著真偽似的。

「去樟木幹什麼？」那解放軍警覺地瞪著晉美，一把搶過邊防證，前後左右地看著，彷彿惦

「旅遊，他是我的導遊！」吉高聲地替晉美回答著。

「你敢肯定他是你的導遊？」解放軍終於轉向了吉。

「為什麼不敢肯定？你這是什麼意思？」吉直視著那解放軍。

「你這個漢人不會明白這裡的形勢……」那解放軍終於緩和了下來，並把邊訪證還給了晉美。

車上其他兩個人也緊盯著晉美看了一會兒，只有這時，吉才好好打量了一眼他們，都是典型的小白臉，其中的一個還戴著一付眼鏡，文縐縐的，一個勁兒地記筆記，另一個不住地舉起相機，那是個尼康中端單反呢！車，又開動了，只有引擎嗚嗚地響著。

過了定日，褐色的山脊後面，露出了雪山的一角，晶瑩的白色，在藍天裡像一個幻景，美得讓人睜不開眼睛！可是，晉美和吉再也有心思看風景了，緊緊地挨著，傳遞著彼此的體溫。

直到幾個小時以後，當他們到達聶拉通拉山頂時，那條披著白雪的高山，才綿綿長長地完全顯現出來，在藍天與大地之間，傳遞著一種亙古的靜謐。司機停了下來，另兩個乘客立刻下去了，不住地「咔嚓咔嚓」拍著，吉和晉美緩步朝香爐走去，煨了桑，獻上了一條哈達，而後，兩人不約而同地向著喜馬拉雅凝望：她一點也不張揚，不傲慢，不咄咄逼人，根本看不出，她位及世界山峰之首。

從聶拉通拉山下來，空闊的山谷，出現了一大片牧場，貼在地表上的濃密的小草，泛出褐色的光芒，大地越發柔軟而平坦了。車，在牧場上疾行，向更低處開去，更低……轉眼，就出現了

高高的樹木和青草，出現了更為濃郁的綠，各色花兒都在盛開，一片一片地漫過山坡，吉搖下車窗，松脂的香味撲面而來，遠處瀑布的聲音驚天動地。

到了海拔更低一些的時候，依山展開了一片房屋，越來越近了，看得出，每條街道都是在不同的高度，這完全是一座山城啊！

城裡有種難以想像的熱鬧，路邊停泊著一些塗得花花綠綠的尼泊爾大篷車，還有許多解放車，混在人群之間；店鋪的招牌上都寫著好幾種文字，當然，漢文最多，也有藏文、尼泊爾文、英文……

「樟木到了！」司機說著，停下了車，四位乘客一一交了車腳錢。

「先找旅館吧？」吉徵求著晉美。

晉美點頭，背起了旅行包。然而，一連找了好幾家旅館都不太合適，要麼太貴，要麼太髒。

「就沒有藏人的旅館嗎？在拉薩時，我住的紮西達傑很舒服，每天早晨都能聞到藏香的氣味。」

「哎，普[59]，這附近有沒有藏人開的旅館？」晉美抓住了一個在街上跑來跑去的小男孩，那孩子一伸手，朝上面指了指，跑進了一個胡同。晉美和吉馬上跟了過去。原來，這胡同直通上一條街道，有十幾個石階，小孩子三步併做兩步地跑到上邊，這才轉身向他們招手，又接著向上跑去。可是，吉每上一步臺階，都累得想坐下來，許是經過定日時太緊張了，現在，突然放鬆，反

59 普：藏語，對男孩子的稱呼。

而整個身子都拿不成個兒了，汗水不住地順著她的臉頰淌著。晉美接過了吉手中的小背包，把所有的重量，都放在了自己的身上。

「等一下好嗎?!」晉美一個勁朝那孩子喊著，可這孩子連頭也不回，橫穿了好幾條街道後，才停下，指了指馬路對面。那裡的門楣正中掛了一個黑底古銅色字的大牌子：圖伯特旅館。晉美直接朝那個牌子走去。然而，那小孩子扯著晉美的衣襟不讓他走，晉美這才想起什麼，從衣袋裡掏出了錢，小孩子接過錢，立刻跑得無影無蹤。吉看著這一幕，笑了起來。

旅館裡進進出出的都是穿著曲巴的藏人，也正有空房，他們立刻開了一個房間。裡面很是舒適，潔白的床單，柔軟的枕蕊，乾淨、溫馨。兩人立刻洗了澡，洗去了一路的風塵。千般柔情之後，還是不得不面對現實：怎樣辦理去尼泊爾一日遊的手續？

「我出去打聽一下。」吉說著從床上坐了起來。

「我們一起去。」晉美說。

「不，你待在房間裡，一個博巴打聽去尼泊爾會招來麻煩的。」

自打經過定日的盤查後，吉真的怕了，一見到解放軍就有些發毛，主要是為晉美捏著汗。就這樣，她自個兒來到服務臺，恰好那服務員正坐在臺階上無所事事地嚼著奶渣呢。

「請問，去尼泊爾一日遊，在哪裡辦手續？」吉坐在了她的身邊。

「你有護照嗎？」

「有。」

「你是漢人嗎？」

「是。」

「那好辦。到口岸辦事處交十五元人民幣就成。」

「就可以隨便去尼泊爾了？」

「是呀。不過，最遠只能到巴爾比斯。」

「哪裡是巴爾比斯？」

「一個尼泊爾的縣城，離這兒二百公里。」

「二百公里？有車嗎？」

「有呀，都是出租，過了海關到尼泊爾那邊去租。你會尼泊爾話嗎？」

「不會。」

「會英語嗎？」

「會一點。」

「那就好了，一般不會遇到麻煩的。如果口岸那邊沒有車子的話，你就得到力悉去租車了。」

「哪裡是口岸辦事處？」

「看到前面的海關大樓了嗎？嗯，就在那裡。」

吉謝了又謝，立刻回房間告訴了晉美。於是，兩人穿待整齊，向海關大樓走去。那是一個高高的矗立在山上的奢侈建築，像探照燈一樣，把樟木的一切盡收眼底，不，連尼泊爾的幾座村莊也盡收眼底了。

不知爬了多少個臺階，當他們氣喘吁吁地到了海關大樓時，口岸辦公室的門緊鎖著。不過，對面的食雜店在開張，買貨的是個女孩子。吉和晉美先每人買了一瓶可口可樂，喝著。這時，吉尋問起來：「為什麼口岸辦公室的門是鎖著的？」

「都參加婚禮去了。」女孩子答道，正好沒有別的顧客，也樂得有人聊天，就指了指食雜店門前的一棵老榆樹下，那裡正好有兩塊木墩，「坐吧，坐吧。」

吉和晉美就坐下了。

「他們今天還會回辦公嗎？」吉又問。

「一會兒就回來了，在這裡等吧，你們要去尼泊爾嗎？」女孩子詢問著。

「是。」吉簡短地答著。

「你們是夫妻嗎？」女孩子毫不鬆勁兒。

吉沒有說是，也沒有說不是，只是指指海關大樓附近的家屬房，轉了話題：「你的家在這兒嗎？」。

「不，我大姐姐家在這兒。我媽媽家在日喀則。」

「你常去尼泊爾嗎？」

女孩子搖搖頭：「我二姐在巴爾比斯當老師。我姐夫說，我也可以去那裡當個老師。」

「那你為什麼不去呢？」

「我想去拉薩。」

「你喜歡拉薩？」

「我們博巴沒有不喜歡拉薩的！」

「那，等你長大了，就嫁個拉薩人吧。」

女孩子低下頭，笑了。一會兒，又抬起頭，看看吉，又看看晉美：「你老公是做什麼的？」

吉想，我也沒說他是我老公啊！可是，她真的不願否定，正尋思著，晉美接茬了：「什麼也不做，只管喝酒。」

「我大姐夫也只管喝酒。有一次，我和大姐到酒吧裡找了，姐夫正和一個漢族女人睡覺呢，說是一個晚上五百元。我大姐哭了……酒吧裡都是這樣，藏族男的找漢族女的，漢族女的找藏族男的……」

「那麼，你想找個什麼樣的老公呢？」吉岔開了話題。

「我……想找個喝茶的。」說著，女孩子又重重地加了一句：「喝酒的不行！」

吉和晉美都笑了起來。

「辦手續的人怎麼還不回來呢？」晉美看了看下面的街道。

「准是喝醉了。」小姑娘判斷著。

「那，我們明天早晨再來吧。」吉看了看晉美站了起來。

「啊，他來了！」小姑娘說著，指了指從下面的臺階上來的一個搖搖晃晃的男人。

消失在巴爾比斯

手續雖然辦了出來，但是，附加了一個條件，就是海關將派一個叫米瑪的小夥子，陪他們一日遊。說起來，那負責辦手續的工作人員，雖然舌頭硬得像根木棍，但是規矩還沒忘。

「還好，米瑪是位博巴，總比一個漢人跟著我們強。」一出門，吉就說話了。

晉美笑了。

第二天一大早，米瑪很守時地跟他們在出境口匯合了。那裡很明顯地掛著一個橫額，紅底燙金四個大字：中國海關

米瑪幫他們遞上了所有的出境手續，可是，那當兵的還是盯住了晉美，不過，米瑪解釋了一句：「他是她的導遊。」

「你這位小姐可要當心喲，別讓導遊給甩了！」當兵的說著，給吉丟了個眼色。

吉沉默著。

三個人終於走上了圖伯特與尼泊爾的交界，那是一座大橋，很誇張地在橋頭插著一面中國國旗。國旗下面又是一個橫額，寫著更大的幾個燙金大字：中華人民共和國。吉和晉美目不斜視地向橋的那邊趕去。然而，到了橋的另一邊尼泊爾地盤以後，竟然連一臺出租車也沒有。

「怎麼辦？」米瑪看著吉和晉美，「還接著往前走嗎？」

「好馬不吃回頭草，既然交了錢，辦了手續，為啥要回頭呢？到了力悉，准會有車的。」吉看著米瑪。

「力悉離這裡還有八公里呢！」米瑪不想走了。

「你年輕力壯的還怕走路?!」吉盯著米瑪。

「我倒不在乎，怕你一個女孩子吃不了苦，一看你就是嬌生慣養長大的……」米瑪笑了。

「你這不是從門縫裡瞧人嗎？」吉打斷了米瑪。

「什麼意思？」晉美問道。

「把人看偏了唄！」吉解釋著，晉美和米瑪都笑了。

於是，一行三人，又邁開了步子。很快地，就到了一個叫底斯崗的小村。這兒的房子都是木頭的，經年的風吹日曬，都變成了褐色。一些尼泊爾人就坐在門前的臺階上曬著太陽。幾隻小羊扒在他們的腳前，懶洋洋地看他們過來，連頭都不抬一下。空氣裡彌漫著牛羊的淡淡膻味。

「真想和你一生一世就待在這裡，哪兒也不去了。」趁米瑪走在前面，吉小聲地跟晉美感歎著。

「真的？」晉美停下了腳步，「我們就從這裡逃掉？」

「不不不，不要聽我的，還是完成學業要緊，我等你回來，等你一生一世。」

晉美的眼圈頓時紅了，要不是前面還有米瑪，他這時准會把吉高高地舉起來，吻個夠。然而，他必須忍著，裝成吉的導遊。其實，就算他們真的在這裡生活了下來，今後也不會幸福的，吉很清楚這一點，這不過是晉美一時的激動，說到底，沒有學成藏醫，沒有見到嘉瓦仁波切，終將是晉美的遺憾。

過了底斯崗，米瑪帶著他們拋開公路，專抄近路、小路走。穿行了大約三個小時，才算到了力悉。真是一段不近的路啊！連晉美都累得滿臉通紅，外衣脫下來繫在了腰上，而吉，走得腿都直了。米瑪還好，只是不停地擦汗，看來，這段路他已走得很熟了。

一名穿警服的尼泊爾人就站在力悉海關的欄杆旁看著他們呢。吉剛要掏出證件，那軍人二話未說，就把欄杆抬了起來，三個人順順當當地進了力悉！披著紗麗的女人迎面而來，戴著無沿布帽的男人也迎面而來……這裡，完全是另一番人文風景了。

「再也走不動了，咱們吃點飯吧。」米瑪提議道。

「好啊，我的肚子也在『咕咕』叫呢！」晉美附合著。吉也跟著點點頭。米瑪就指了指眼前的一個兩層赭紅色小樓，「這個飯店不錯。」

三個人就進了裡面。的確，飯店裡很是舒服，都是原色的木頭桌椅，古色古香。

「我喜歡這裡，樟木的那些四川飯店太鬧人了。」吉感慨著。

米瑪和晉美都沒吱聲，只是看菜譜。最後，各人要了一盤米飯、一盤煎蛋、一盤咖哩土豆、一碗咖哩土豆湯、一點辣椒醬、一瓶冰鎮芬達。吉也學他們，要了一模一樣的飯菜。最後，吉一併付了款。

米瑪笑了，謝了又謝。

「您在海關工作多少年了？」晉美問米瑪。

「一年多。」米瑪說。

「算是新參加工作了？」吉感慨道。

「不過，這段路可沒少跑了。」米瑪說。

吉和晉美都沒再吱聲，三個人吃完了飯，就到了鎮上，尋找著去巴爾比斯的出租。恰好，路邊停了一輛夏力，司機正坐在副駕駛的位置上，翹著二郎腿，仰著頭，吐著煙捲呢。「這個人最黑，是這一帶的一霸，他是加德滿都人。」米瑪提醒著，「不過，會英語的話，說不定，不會太宰你們。」

「去巴爾比斯多少錢？」吉問米瑪。

「一般情況下，人民幣兩百元。」米瑪說。

於是，吉上前用英語跟那加德滿都來的司機打招呼、講價。沒成想，這人一張口就是三百八十元，少一個子兒也不行。

吉扭頭離開了。司機什麼也沒說，又接著吐起了煙捲。

「很可能今天就這一輛出租，要麼，這人不會一口價的。」米瑪尋思著。

「再找找別的車吧。」吉說著，又向前走去。於是，晉美和米瑪也邁開了步子。然而，大街上靜靜的，連個車聲都沒有。

「米瑪說得對，看來，今天就這一輛出租了。」晉美看了看前後左右。

「如果有別的出租的話，也該停在那輛出租的前後左右，不會分散的。」米瑪提醒著。

「再說，他已經出了價，就算有別的出租也不敢再低了，這人，一看就是個惹不起的主兒。」晉美說。

「那，只能任宰了？」吉看看晉美，又看看米瑪。

「如果你真想去巴爾比斯的話。」米瑪說。

「都走到了這裡，不去一趟巴爾比斯太可惜了。你們說呢？」吉叨咕著。

「你說了算」。晉美和米瑪異口同聲。

於是，由吉打頭兒，三個人分別坐上了這臺黑車。路邊的風景，很快地驅散了被宰的不快，大片大片的森林、高高的山巒迎面而來，空氣更加濕潤了，緊接著，就傳來了水的轟響，原來，斜對面的半山上出現了一條巨大的疊瀑。

「在中國，這樣的風景早就被『開發』成旅遊區了，可是，這裡連一個人影也沒有。」吉感慨著。

「我們是走不到跟前的，因為這個公路與那個瀑布之間，除了這條深谷以外，沒有橋樑，只能遠望。」米瑪解釋著。

很好，吉和晉美本來也不想在這裡停下來。又出現了稀稀拉拉的房屋，而路邊的大石頭上，都畫著紅色的太陽，還放射著萬道光芒呢。

「人類幾乎都不約而同地崇拜過太陽啊！」吉又感慨起來。

「這裡叫達睹巴尼，前面有個很著名的溫泉，就在路邊，到了。」米瑪解釋著，「這溫泉能治療各種疾病，回來時我們可以停下洗溫泉哦。」

「好的，那就回來再停車吧。」吉接過了話茬。

「看到了嗎，她是專門給女人的眼眉之間塗紅點的。」米瑪指著坐在溫泉旁的一位老婦人。

「我可不想點。」吉說。

「沒有一個中國女人要點的，可能這和宗教有關。」米瑪解釋著。

老婦人眼巴巴地望著他們的車子一閃而過。大約又開出一個多小時吧，遠遠地，就看到公路兩邊延伸出了一些房屋，有的二層，有的三層，有的四層，大多是由褐色的石頭搭起來的。但此刻，每扇窗子裡都伸著頭和一隻只搖著旗幟的手臂。有的旗幟上畫著綠色的大樹，有的畫著一個英俊的男人的肖像。一輛敞篷車子緩慢地在街道上行進著，車上還有個人舉著高音話筒不停地說著什麼，前後左右，有許多人跟著歡呼。大街小巷都擠滿了人。

「今天，尼泊爾大選結束，他們在慶祝那個人當選了議員，」司機指著一面旗幟上的那個英俊的男人肖像，用英語說話了，這是一路上他第一次說話，「這個人就出生在巴爾比斯。」

吉把司機的話，翻譯給了晉美和米瑪。這時，他們的車子一步也開不動了，恰好左邊就是一個賣服裝的店鋪，司機乾脆停了下來，又用英語告訴他們，兩個小時後，就在這個服裝店門前集合，把他們送回樟木。

「好的。」吉完全聽懂了他的英語，又翻譯給了晉美和米瑪。於是，三個人都下了車，進了服裝店。裡面有女人的紗麗、內衣，男人的坎肩、鞋、帽，等等。

「這附近有個專賣煙酒的鋪子，我去轉一轉，會很快回來的。」米瑪對服裝不感興趣，轉身走開，消失在了人群裡。吉和晉美兩人對視著，愣住了。

「快，買衣服！」吉醒過了神，催促著，轉身選了一套與晉美的身材尺寸差不多的尼泊爾衣服和無沿帽。

「衛生間在什麼地方？」吉一邊交錢，一邊用英語漫不經心地跟掌櫃的打聽。

「不遠，看見馬路那邊的一座木頭房子了嗎？露臺上還有幾個人在喝茶呢，看見了嗎？那座房子的後面，就有個公共衛生間。」掌櫃的一邊收錢一邊用結結巴巴的英語回答著，往窗外指了指。

「看見了，謝謝！」吉高聲地說著，拉著晉美出了店鋪。掌櫃的向他們望去，這對年輕男女正相擁著過了橫道，接著，男人抬起雙臂，緊緊地摟住女人，吻了起來。

第四章　圖伯特（下）

與中國分手

晉美的逃走，自然給吉的返程帶來了麻煩，包括米瑪，聽說也受了處分。不過，一切都過去了，現在，她需要做的就是給小張掛個電話，再也不能托下去了。

「吉，你到底回不回來了？館長都急歪了，訓了我好幾次。」小張的聲音，晃如隔世，儘管吉準備了又準備，還是吃驚了，也許是她不樂意回到現實吧。

「小張，」吉剛一張嘴，所有的語言就都死了。

「吉，你倒說話呀，為啥吞吞吐吐的，你原來不這樣的，這是咋整的？」

「小張，感謝你對我的所有幫助，不過，我不得不辭掉那份工作。我決定待在西藏，不回去了。」吉一字一句地說著。

「別說傻話了，在那個兔子不拉屎的地方待下去，能有啥出息？」小張還是不鬆勁兒。

「我媽曾說，韃靼古國是個兔子不拉屎的地方，現在，你站在韃靼古國，又說西藏是個兔子不拉屎的地方……」

小張不吱聲。

「可是，在我看來，中國最好的風景名勝與西藏相比，也是小家璧玉，西藏之美是大美。」

「吉，你這是怎麼了？和以前完全不一樣了，那麼，你要是考過了雅思呢？」

「我說過了，我留在西藏，永遠。」

那邊不吱聲了。

「在。吉，你的心就像一匹野馬，已經把我遠遠地甩開了……」

「小張，你在嗎？」

「我只是想辭去公職。」

「那麼，我們的事兒呢，咋辦？」

「不瞞你說，我已經結婚了。」

不吱聲了。

「小張，你在嗎？」

「在。吉，不管怎麼說，我會幫你把退職的事兒辦利索，別擔心。」

「小張……從世俗的角度說，我對不起你……」

「別說了，吉，你在紮我的心哪……」話也就到此，小張掛斷了電話。

這一切，比她的想像簡單得多。是的，就這麼簡單地，她與韃羯古國永遠地告別了。本來，她是計畫接著給母親打個電話的，可是，一時精神怎麼也集中不起來了，直到過了好多天，她才又拿起了電話。

「媽，是我……」

「是我大姑娘啊，咋才來電話呢，媽都要惦記死你了。」

「甭瞎操心，我這裡一切都好。」

「咋待了這麼長時間呢？不是說西藏是個落後的地方嗎？」

「都是我們中國人瞎掰，哪有的事兒啊！可美了，要多美就有多美，還有建築，服裝，壁畫……」

「外邊再好也不如家，快回來吧，沒準兒雅思考試結果快下來了，還不得準備準備呀？」

「媽，就是通過雅思考試，我也不想出國了！」

「為啥？」

「我結婚了！」

「結婚了？我大姑爺子是幹什麼的？」

「他在學藏醫。」

「藏醫？不是中國人？」

「當然不是，是藏人。」

「那，讓媽跟他說幾句話吧？」

「他在印度，不在這裡。」

「你這不是守活寡嗎？這世上男人都死絕了，你偏要找個不在身邊的？」靜宜的聲音就變了，不過，還是沒有忘記加了一句：「你們辦手續了嗎?!」

「沒有。」

「這要是讓親戚們知道了，不得指我的脊樑骨呀？你還讓不讓我多活幾天了？趕緊給我回來！」

「我不會回去的。」

「你到底回不回來？」

「不！」

「再不回來，我和你爸一分錢也不寄了，你就等著餓死吧！」

「不寄就不寄。」

年楚河邊

現在，吉抬頭便是宗山古堡，也就是曾經的江孜宗政府所在地。一九〇四年，榮赫鵬率軍沿春坯谷入侵圖伯特時，就是在這裡遇到了頑強抵抗：七次進攻宗山，都被圖伯特軍擊退，最後，兩軍在宗山展開了肉博戰，從此，宗山城堡被毀了。

所以，說吉的眼前是宗山古堡，還不如說廢墟更準確。不過，那坍塌的白色雕堡上鑲嵌的黑色窗框，依然像一個個黑色的眼睛，透視著這個世界，自下而上，綿延至宗山之巔。而背景，是更高的大山，起伏著深深淺淺的褐色，那是雲和陽光撒下的影子，也是一種揮之不去的滄桑。

當年英軍攻陷江孜後，直抵拉薩，迫使臨時執政的甘丹赤巴[60]簽定了《拉薩條約》。第二

60 甘丹赤巴：甘丹寺的法座（主持）。一九〇四年英國入侵西藏時，曾代表十三世達賴喇嘛尊者，暫短地管理過西藏。

款便是：允許在江孜、噶大克和亞東三地開啟商埠。從此，開始了拉薩—江孜—帕里—亞東—噶倫堡（包括大吉嶺）一線的商業貿易。西藏的羊毛、麝香、地毯等源源不斷運往印度，再從印度運往歐洲、澳洲等。圖伯特的羊毛，讓全世界愛得不行。原因是，圖伯特的北方羌塘一帶，牛羊吃的都是上好的牧草和蟲草，毛髮短而有光澤，尤其是與澳大利亞的長羊毛混合，織出的衣料柔軟、結實、華美，於是，圖伯特的羊毛價格與日俱增。圖伯特就出現了羊毛巨商，像熱邦桑[61]，不僅把圖伯特的羊毛運往國外，也把國外的商品，像印度的日用品，包括暖壺點心糖果疏菜，不丹和登疆的大米等等，也都源源不斷地運回了圖伯特。漸漸地，江孜成了重要的貿易中轉站。而英國商務代辦還在江孜與帕裡之間，修了一條吉普車道呢。

不過，自打中國入侵圖伯特，就關閉了這些海關，只開放樟木。因此，亞東—帕里—江孜一線的繁榮，逐漸凋落，沿途也只有幾家開張的四川飯館和陝西饅頭店。

現在的江孜，人丁較為興旺的只剩下了一條小街，因為終點是巴廓曲丹寺。在圖伯特，千百年來都是這樣的，先有寺院後有街道，就像拉薩先有祖拉康後有帕廓[62]；先有布達拉後有孜廓[63]一樣，江孜，因為有巴廓曲丹寺，也就誕生了這條小街，並保持了相對繁榮。

時間不緊不慢地走著，轉眼，吉已在年楚河邊住了一年有餘。她的時間表是這樣的，早晨起來畫畫，畫累了，近中午時，會看一會兒書。現在，她發瘋地讀著一切有關圖伯特的書藉：歷史

61 熱邦桑：熱，指熱振拉章；邦，指邦達倉家族；桑，指桑珠倉家族。中國入侵西藏之前，熱邦桑掌控著西藏的經濟命脈。
62 帕廓：藏語，指環繞大昭寺（祖拉康）的中間轉經路，也是拉薩著名的商業街。
63 孜廓：藏語，指圍繞布達拉宮的轉經路。

的、文學的、繪畫的……晉美的表哥送她那部《十萬明月：高階圖伯特政治史》，也不知讀了多少遍了。她好喜歡夏格巴為這部書取的名字：十萬月亮，簡直比詩還要詩！

她讀圖伯特民族的起源，讀贊普時代的征戰，讀佛教的傳入……這是在中國的課本裡，就是掘地三尺也讀不到的啊！在這部書中，她第一次知道了「多堆」和「多麥[64]」，好美的地名啊！尤其是圖伯特三區合在一起更美：卻喀松[65]！卻喀松、卻喀松……她叨咕著，透過房頂上那些排列整齊的暗褐色牛糞餅，她看到了多麥奔騰的俊馬，看到了多堆那些頭戴紮繡，腰別藏刀，英武而瀟灑的男人、珊瑚嘎烏叮噹的女人，聽到了衛藏[66]那此起彼伏的經聲……

她太喜歡這一段描寫了：「每個圖伯特人，無論商人、出家人、官員、軍人或者香客，都是騎馬或者騎騾子旅行的，也有的步行，旅行者習慣在行李上掛著小鈴鐺，牲口脖子上掛著大鈴鐺，這可以減少旅途的寂寞與辛苦，可以嚇走野獸，也可以幫助騾夫找尋自己的牲口。一個馱子不能超過八十磅，這是政府的規定……」

這政府也太不著調了，連牲口累不累都管？如果是中國政府，決不會管這些不起眼的生命，主人可以隨便打牲口，打死也沒有關係的。小時候，她走在馬路上，最常聽到的聲音，就是那些

64　多堆、多麥：西藏有三個區域（三個省分），即衛藏、康、安多，各自有自己的方言。同時，由高至低被劃分為上、中、下三大區域，有上阿里三圍、中衛藏四如、下多康六崗的說法。多堆是指多康六崗的上部地區，指安多；而下部地區稱為多麥，即康區。

65　卻喀松：指衛藏、安多、康的總稱，即整個西藏。

66　衛藏：指拉薩、日喀則一帶，即前、後藏的統稱。該地域還包括阿里、山南以及部分林芝及那曲地區。

車老闆甩起長鞭，抽打牲口時發出的「嘎嘎」響聲。

讀到這裡，她回頭看看封面的作者像，那正是夏格巴的盛年，盤在頭頂的長髮，用松石美美地打了一個結，更美的是左耳上戴著的那個直垂肩頭的松石耳墜，還有那翻在曲巴外面的潔白的衣領，美不可言，跟晉美一樣美！看他的書，也如同聽晉美給她講著圖伯特，結實而平緩，像一條河。然而，中國的入侵，剪斷了這個旋律，一切都碎了。包括晉美，本來可以像祖輩一樣，在自己的家園裡，成為一名了不起的藏醫，成為賽馬場上的高手，成為精通五明的僧人，但是現在，他不得不在她這個漢女子的幫助下，才能在自己的土地上行走，也不得不在她這個漢女子的幫助下，才能實現遠走它鄉，學習藏醫學的願望。她何時有過這麼大的能耐？在中國時，她不過是個被同學們邊緣化的人，是個被流放到靺鞨古國的小人物；為什麼到了圖伯特，就有了這麼大的能耐？難道就因為她是個漢人？想到這裡，淚水就流了出來，她也不知道為什麼要流淚。

每當讀累了，吉就會去巴廓曲丹寺看畫。她總是忍不住在巴廓曲丹寺門前這條小街上停下來，這看看，那摸摸，她很容易就能發現自己喜歡的東西，比如一個木碗，一副手鐲或一條項鍊，尤其是地毯，讓她眼花繚亂，即想買這個，又想買那個，個個都漂亮極了。

說到江孜的地毯，已有六百多年的歷史了。別提多柔和、多色彩強烈了！後來，這地毯技術還傳到了尼泊爾，也可以說，世界馳名的尼泊爾地毯技術，都是照般圖伯特的呢。

「泊木[67]，買個卡墊吧。」「阿佳啦，喝杯甜茶吧。」「小娘子，坐一會兒吧。」每每看到

---

67 泊木：藏語，對女孩子的稱呼。

她，那些賣東西的藏人就輪翻逗她，給她取著各種名字，她也跟他們打情罵俏，她這一輩子從沒有這麼不正經過，或者說從沒有這麼舒展過，她想買什麼就買什麼，想穿什麼就穿什麼，沒有人覺得出格，那些項鍊，讓她走起路來玉佩叮噹。

有時，她還會真的走到攤床旁，挨著那些小商小販坐下來，端起為她準備的甜茶，有滋有味地喝著。她和他們早就熟悉了，知道他們中誰是土生土長的衛藏人，誰來自多堆或多麥，她甚至知道他們中有的人，還兄弟幾個人娶了同一個老婆呢……

「我先去朝佛，一會兒就回來。」有時她也會婉拒他們的邀請，做出雙手合十的動作。

其實，她很想實實在在地告訴他們，她是去欣賞巴廓曲丹寺壁畫的，她的確也這麼說過，可不管她怎麼說，他們都對她做出雙手合十的動作。在他們的眼裡，去寺院，除了朝佛還能幹什麼呢？於是，她就不解釋了。

巴廓曲丹寺的狗很多，那經竿的陰涼下，總要躺著好幾條。她就小心翼翼地跳過它們，先去措欽大殿。這裡的畫看上去要比十萬佛塔[68]那邊的早一些，顯密教法、歷史人物都有。不過，有的已被供燈熏得模糊不清了，有的已被雨水侵蝕得斑斑駁駁的。但還是可以認出釋迦牟尼、宗喀巴大師、克珠傑、阿底峽，甚至布頓大師的坐像，其造型莊嚴，用色凝重，與她見到的祖拉康、色拉、乃瓊、哲蚌等寺院的壁畫完全不同。

而在十萬佛塔那邊，數量之大，簡直目不暇接。這些壁畫的最大特點就是構圖活躍，色調以

68　十萬佛塔：漢語。藏語為巴廓曲顛，是由近百間佛堂依次重疊建起的塔。巴廓曲丹寺就因為這座塔而更有了魅力。

紅綠對比為主，比如那尊綠度母，真是千錘百鍊，技藝和造形都十分精湛。至今，她仍然相信，在同一時期，就是從世界範圍來說，也難找出超越這部作品的藝術。

「啊！」吉每次站在這壁畫前，都忍不住驚歎。

她感謝晉美的表哥向她推薦了巴廓曲丹寺，是的，她就是聽從了他，才在江孜住了下來。的確，沒有這個經驗是不行的，她就不會理解圖伯特藝術的張力。如果晉美在這裡就好了，他可以告訴她每個壁畫背後的故事，就像一個人，僅從外貌上理解是不夠的，還需要聽到內在的聲音，然而，那些聲音都被晉美帶走了。

那個塔爾寺的午後，她疲倦地坐在那株大樹下口渴難忍的當口，晉美拿著兩瓶礦泉水含笑而來的情景，如今，成了她思念他時，最常出現的畫面了。這思念，已成了某種力量，讓她創作出不少作品。雖然在繪畫技術上，她依然遵循學院規矩，但是，她的客體已發生了變化。

最近，她還發現了不少在西藏待過多年的漢人畫家的作品，說實話，她真的害怕走他們的路。這些畫家，說白了，不過是在對西藏的獵奇中，撿起了一些符號，看起來挺結實，但觸摸的話，就是一團棉花，沒有內容。而其他的藏漂畫家就更不用提了，有的，甚至把圖伯特的佛像、法器、文字等等，切割成碎片，原封未動地貼進他們自己的作品，像是給一具殭屍，穿上了花裡胡哨的外衣，這種傻逼創作，給他們帶來的是什麼呢？是成功，是中國傳媒和大眾撲天蓋地的稱讚。她真不明白，中國人的價值觀和審美，為啥總在歪門邪道裡轉悠！

她只畫自己的心。畫凋敝的甘丹頗章裡那個擊著敲、數著青稞粒的僧人；畫那些在搖搖欲墜的貴族房子裡轉悠的乞丐；畫那些轉動著經筒或坐在陽光裡吸著鼻煙的老人；也畫晉美，畫他的正面、背面、側面，畫也畫不夠。

她畫呀畫呀，並源源不斷地把這些畫寄給了晉美的表哥。現在，她只有靠買畫生存了。這是她自打大學畢業後，首次把自己的追求與飯碗連在了一起。

表哥來信

吉在年楚河邊的住處還算舒適，是租了一位阿媽啦家的一間房屋，有四個柱子。這個家庭只有阿媽啦一個人，丈夫早在一九五九年就逃往了印度，從此杳無音訊，僅有的兒子，在北京藏語系高級佛學院當臨時工。老婦人每天早晨起來，都要煨桑，還總是先把燃燒的香柏，拿到吉的跟前，衝她的臉熏一熏。

吉也一五一十地告訴了阿媽啦，她和晉美的分別。老人點點頭：「你一沾上我們博巴，就嘗到了這個苦味……自打土豬年以來，這就成了我們博巴的命運，妻離子散，家家都是妻離子散……」

阿媽啦告訴吉，她正在攢錢，準備去印度，不是找她的丈夫，她知道，她的丈夫肯定不在了，要麼，不會連個口信兒都沒有的，她是去聽嘉瓦仁波切說法。

阿媽啦每天早晨起來，都要為嘉瓦仁波切念長壽經的，接下來，還會到吉的房間站一會兒，看著她畫畫。她們現在，簡直成了母女。每天吃一樣的糌粑，喝一樣的甜茶，有時，還一起出去轉經……然而，表哥來信了。是阿媽啦先發現的，而後遞給了她：

吉：

儘管我表弟晉美說過，您是一位畫家，我的直覺也的確告訴了我，您是一位文化人，是漢人中少有的好的文化人。但是，我從沒敢奢望您會如此深入地理解我們民族的苦痛，我不敢相信，這些畫出自一位漢人之手！

您畫出了壓在我們博巴心頭的沉重。您就像我的姐妹。是的，您的前世一定是個博巴。這不是我說的，而是我的顧客說的，連有的老外看過您的畫後，也這麼說呢。

您帶著與生俱來的才氣和一個人的良心，表達著對我們圖伯特的摯愛，不，是對我們圖伯特文化的理解和尊敬。

吉，告訴你一個好消息，您的畫意想不到地受歡迎，加油啊！

又及：如果可能，最好去夏魯寺那邊住上一陣子，那裡的繪畫保存的更完整，因為文化大革命時做了糧倉，沒有太大的破壞，可以拓寬您的繪畫視野，對您的創作，說不定更有啟迪。我知道您已在江孜有了自己舒適的住處，情感上，可能有些不捨，不過，為了藝術，您得犧牲一些東西。

以下是她的畫賣掉的細緻列表和總收入。

吉簡直不敢相信自己的眼睛，看了又看，那個天文數字，那個細緻的列表，依舊。她抬起頭，阿媽啦正在一眨不眨地看著她呢。

「我得馬上搬家……」她說。

阿媽啦的眼裡立時湧上了淚水：「我就知道，這封信要把你帶走了，我昨天就知道了……」

「昨天？昨天我還沒有接到表哥的信啊，連我自己都不知道，阿媽啦，您是怎麼知道的？」

「前天晚上，我做了一個夢，老了，就是做夢也記不住了，不過，這個夢我記得清楚，我眼看著你收起了畫架。我說：『泊木，你這是要去哪兒，為啥不跟阿媽啦住在一起了？』你說：『阿媽啦，我要去的地方可好了，就是當年白瑪文巴取財寶的地方。』我說：『這不是說傻話嗎，那裡都是魔鬼呀！』你說：『阿媽啦，你忘了嗎，那些魔鬼早就被蓮花生大師降服了』，可我還是拽著你的畫架不放，就是不讓你走，就哭了起來……」

這是怎麼了？

「阿媽啦，我去得不遠，不是白瑪文巴取財寶的地方，是夏魯寺，還會回來看您的，放心吧。」吉說著，眼圈也紅了。當年，她與靜宜分別，與小張分別，可都沒有流過一滴眼淚啊，她這是怎麼了？

「你的前世一定是我們博巴，也許還是我的母親或者女兒，否則，我不會這麼揪心……」說著，阿媽啦擦了擦眼睛，拿著一條哈達出去了，吉知道，阿媽啦是到巴廓曲丹寺加持哈達去了，而那條哈達，一定是送給她的……

現在，喜訊又變成了分別的憂傷，弄得她坐不穩站不牢了，她乾脆放下了一切，來到年楚河邊。河水靜靜地流著，守護著她，放縱著她的思緒：

如果晉美在就好了，他會怎麼說呢？「吉，我早就說了吧，你的前世就是我們博巴。真的。你知道這樣的話我們說給過誰嗎？只說給過查爾斯・貝爾，他是十三世達賴喇嘛的朋友，我們相信，他的前世就是一位博巴，這一世，是為了幫助我們才變成一個白人的。吉，你知道嗎，察爾斯·貝爾說，他在圖伯特和印度邊界生活了二十八年，可是，還是覺得太少了……」

是太少了，如果我大學畢業就到圖伯特多好啊！可那時，我還以為圖伯特是「最落後、最野蠻、最殘酷、最黑暗」的呢，中國的教育太坑人了！要不是去了雍和宮、西黃寺，遇上那個滿臉橫肉的看門人硬把我趕出來，我可能不會對圖伯特產生這麼大的疑問吧？不，不對，小時候，當開完那個憶苦思甜大會，當聽到爸媽議論時，也許就註定了今天……

晉美曾輾轉捎來口信兒，說是自打巴爾比斯分別後，他順利地抵達了加得滿都的圖伯特難民接待站，幸運地躲過了普通博巴那種爬山涉水，擔驚受怕，甚至面臨被中國解放軍開槍打死在路上的危險。到了達蘭薩拉後，更幸運的是，見到了嘉瓦仁波切，正式進入了門孜康學習。他說，一旦學成，就會立刻回來的。他的意思是，他早晚都要回到她的身邊？他離不開她？想念她？讓她留在圖伯特等著他？他曾說過，他早就感覺到了，她屬於圖伯特，她這氣質就是圖伯特的氣質。是的，她本來也不想離開，遠的不說，這夏魯寺還沒有去呢。可是，這一走阿媽啦怎麼辦？我要給她留下足夠的錢，讓她去印度聽法，有去印度的寄託，也許，阿媽啦會好受一些？可是，她怎麼去印度呢？當然，護照是得不到的。聽說，有的老人因為一得到護照就去了印度，去聽嘉瓦仁波切講法，中國方面又是吹鬍子又是瞪眼睛的，待老人們回來後，立刻辦了學習班，進行思想教育，同時把他們的護照都給沒收了……

就這樣，她沿著年楚河慢悠悠地走著，想著阿媽啦，想著晉美，不知不覺地，桔黃色的燈火，已從宗山那邊豆粒似的一盞又一盞地燃了起來。

移居夏魯村

第二天傍晚，天，還沒有黑透的時候，吉坐著公共汽車進了日喀則。這時，大街小巷都靜悄悄的，已沒有了去夏魯寺的車，只好等到明天了。她於是就近找個旅館住下了。

現在，夏魯寺已近在咫尺，她反而睡不著了，她想，就是表哥不催促，也該來這裡了。早就該來這裡了。那麼，為什麼遲遲不動身呢？一是不願離開阿媽啦，二是她幾次夢到晉美回來，都是走進阿媽啦那個有著四個柱子的房間：他那彎曲的長髮依然像離開她時一樣，披在肩頭，不長也不短，只是面容有些模糊，模糊的面容，總是從那根離她最近的柱子後面顯現出來，走到她的床邊，彎下身子，吻著她，吻著她的額頭，她的眼睛，她的鼻尖，最後移向她的唇……

也許最終，我真的會在那裡與晉美相聚吧？這樣的念頭，像煙縷，一直纏繞著她，有時濃，有時淡，有時會隨著強風的吹來而中斷。而這強風，就是突發事件，比如，她接到表哥的書信時，就一下子什麼都忘了；她知道，表哥的決定是深思熟慮的，因為，他是個懂藝術的人，可以從她的畫中，了知她需要哪方面的補養。

現在，躺在日喀則的旅館裡，那個與晉美相聚的幻覺，又來纏繞她了，她閉上了眼睛，他就又來了，還是從那個柱子後面出現的。這次，不僅他那彎曲的長髮，連他的面容也是清晰的了，和分別時相比，他更加清瘦了，更黑了，不過，顯得強壯，他向她走來，就像第一次出現在她的眼前一樣，拿著兩瓶礦泉水，她真的是口渴極了，就伸手去接，可是，他消失了，她便大聲地喊了起來：「晉美，晉美？」

這一喊不打緊，把自己喊醒了。唉，什麼時候睡過去的？她記得沒有關燈的，為什麼此刻屋裡一片漆黑？一定是又停電了。在圖伯特，雖然電站不停地修建，河流不停地被截，然而，居民用電一直是短缺的，每個旅館的桌子上都有備用蠟燭，不過，她懶得起來劃火柴，索性一動不動地躺在床上，一動也不動，就又想到了晉美。其實，她心裡有數，不完成學業，晉美是不會回來的，不過，她為什麼老是夢見他呢？這很像是那種流不出淚的惦記，乾乾地拽著她的心，拽得出了血，只有疼痛。疼痛，讓她反反覆覆地夢著他。

想著，她又迷迷糊糊地睡了過去。再次醒來時，天已亮了，不過，太陽還沒有完全升起來，只在迎面的山尖上露出一抹薔薇色。她穿好衣服，洗了臉、刷了牙，就把所有的包裹都挪到了旅館門前，開始等出租。也許是太早的原故吧，等了好一會兒，才出現了一輛，她一招手，車就停下了。

「那裡去？」司機是個臉堂深宗色的博巴，脖子上和手上都帶著一些紅線，跟晉美一樣。

「夏魯寺。」吉的聲音不自主地溫和起來。

司機二話沒說，走過來提起了她的行李。

他們很快地出了日喀則，向著夏魯寺直奔而去。太陽已經升起來了，迎面的天空一片火紅，兩邊的大山也顯得暖融融的。從日喀則到夏魯寺雖然只有二十多公里，已是完完全全的鄉村了。吉搖下了窗玻璃，看著還沒有播種的青稞田，此刻，連個人影也見不到，只有一些鳥兒「嘰嘰喳喳」地飛來飛去。

「還有多遠？」吉轉身看著司機。

「到了。」司機從方向盤上抬起一隻手，指了指青稞田前面冷冷清清的幾座農舍。

「到了？難道這就是夏魯萬戶[69]的政治、經濟中心？難道，這就是布敦大師[70]居住過的地方？」吉在心裡嘀咕著，沒有出聲。

緊接著，在小村落的緊西頭，就出現了一座略高一些的灰色和深紅色相間的建築，四周是深紅色的圍牆，牆上的六字真言，已在經年的風吹日曬中模糊了。到了跟前，吉才發現，那灰色的牆體是漸次向上收起的，很獨特，比在遠處凝望時，還讓她的眼睛舒服，想必這就是佛殿了。

阿媽啦曾給她看過一張圖片，那是如今位於印度南方的白玉寺，是流亡藏人蓋起來的，也是這樣略微向上傾斜的灰色牆體，與這夏魯寺很相似，不同的是，白玉寺有五六層樓房那麼高，最上面，還帶著一個半圓形的彩虹，顯得金碧輝煌，而這裡，過於寥落了。

吉走下出租汽車時，立刻有兩條狗，繞過那個高高的經竿和桑煙繚繞的香爐，跑了過來，還有一群羊，幾隻犛牛，都直愣愣地盯著她。羊群的後面有個女孩子，看上去十五、六歲光景，長長的兩條粗辮子直到腰根兒，穿著一件黑色的曲巴，嘴唇向外張著，微露的牙齒都齊整整的，潔

69　夏魯萬戶：薩迦王朝統治西藏時期，前、後藏分為十三萬戶。後藏有：拉堆洛萬戶、拉堆絳萬戶、固莫萬戶、曲彌萬戶、香萬戶、夏魯萬戶；前藏有嘉麻萬戶、止貢萬戶、蔡巴萬戶、唐波齊萬戶、帕摩竹萬戶、雅桑萬戶。而夏魯萬戶是這十三萬戶之一。

70　布敦大師：西藏著名佛學大師，為夏魯傳承的創始人。十四世紀，應夏魯萬戶長紮巴堅贊之請，擔任夏魯寺寺主。

白而透明。看見吉，那女孩子既不點頭，也不搖頭，只是睜睜地盯著。也許是這個突然闖入的漢人，讓她受驚了？

「我要租個房子？」吉看著女孩子，開門見山。

女孩子不吱聲，依然愣愣地直視著她，看起來，根本沒有聽懂吉的漢話。

「慷巴……」吉找出一句藏語，即房子之意。

「跟——我——來——哎哎——」這回不等吉說完，女孩子就張口了，不過，拉著長長的尾音，像是從嗓子眼裡擠出的一條絲帶。

「什麼意思？」吉愣住了。

「跟——我——來哎哎——」女孩子重複著，抬手指了指前面的村子。

看來，這女孩是個「半語子」。吉尋思著，這時「半語子」已走近了她，拎起了她的行李中最大的一個包裹，徑直朝村子走去，吉提起剩下的包裹，緊緊地跟著。

夏魯村正在醒來，家家炊煙升起，牛的「哞哞」聲和羊的「咩咩」聲，不時地從路兩邊的院子傳出來。「半語子」帶著她，在炊煙和聲音裡穿行，腳步越來越快，大約過了五、六分鐘，才停下來，回頭朝吉指了指一個白色泥房。一位穿著曲巴，繫著幫典[71]的中年婦人，正站在房前，打著手罩，朝她們這邊張望呢。

吉跟著「半語子」走了進去，在那婦人跟前，放下了包裹，朝婦人笑了笑，婦人卻看著「半

71 幫典：藏語，指女式藏裝（曲巴）外面的圍裙。

語子」。

「她——要——睡——覺哎哎——」，「半語子」又從嗓子眼裡擠出了一條長長的絲帶，像唱歌似的。

婦人上下看了看吉，點點頭，提起吉腳下的包包，經過佛堂，直接進了裡間的屋子。婦人在一個長形沙發前站住，把吉的包包都放了上去。吉立刻掏出租金，但是，女人張了張口，還沒等出聲，那「半語子」就在一邊說話了：「不——要哎哎——，不——要哎哎——。」

「要，要。」吉說著，硬是把租金塞入了婦人的手裡。

在圖伯特，就是這樣，尤其鄉村，住宿的地方是不愁的。從前的圖伯特，基本沒有旅館，遠道而來的人，要麼自己搭帳篷，要麼就借住其他人家，略微表示一下，比如給一點乾肉、酥油，也就行了；就是什麼表示都沒有，也不打緊。早年海因里希・哈勒（Heinrich Harrer）[72]初抵拉薩時，已成了叫花子，就在跟豬搶食物的當口，被一位貴族救起，不僅有了住處，還被大家輪翻邀請，連達賴喇嘛尊者都把他請到了王宮。

現在，吉就與「半語子」，以及她的母親住在了一起。其實，「半語子」有個非常好聽的名字：央金拉姆，而她的母親叫德吉。說起來，村裡的老老少少都喜歡央金拉姆。大家認為，央金拉姆其實是一位轉世，因為沒有被認出，才成了「半語子」。每當大家見到央金拉姆，總會拿出

---

72 海因里希・哈勒（Heinrich Harrer）：奧地利登山運動員、地理學家、作家。二戰期間，從印度逃入西藏，後著有《西藏七年》（Seven Years in Tibet），並在美國拍成電影。有英語，德語，尼泊爾語，印度語，藏語，漢語等版。

各種好吃的，奶渣呀、卡普塞[73]呀。只是，央金拉姆很少與大家湊在一起的，因為，她整天都在放牧羊牛，直到太陽落山時才會回來。

其實，放牧牛羊的活計，原本屬於央金拉姆弟弟。可是，不久前，她的弟弟硬要去達蘭薩拉上學，並且，阿佳[74]德吉也十分同意，於是，父親帶著兒子就去了印度，至今未歸。

話再說回來，一切都安頓好後，吉迫不及待地來到了夏魯寺。佛殿裡很暗，也許因為外面的光線太足了，她的眼前一片漆黑。香燈師提著一盞油燈沉默著走了過來，朝她指了指另一面牆壁，她於是向前邁了幾步，這才發現，那裡掛著一個很大的唐卡。「布敦！」僧人說出了這個名字。又指了指一盞滿著酥油的供燈，讓她點燃。她彎身上前，先點燃一支藏香，而後，用藏香點燃了供燈。

藉著油燈的光亮，她上前一步，注視著布敦大師的頭光和背光，以及他那謙遜的微微下垂的雙目。布敦大師的一生，著有《吉祥勝樂根本續大疏》、《善逝教法史》、《續部總目錄》、《論著譯典目錄》、《如意珠自在王鬘》、《如意珠寶篋》等等，後來他的弟子們，根據其學說，創建夏魯派。據說，布敦大師住寺時，這裡有三千多僧人呢！可現在，吉能看到的只有眼前這位香燈師，周圍的一切都冷冷清清的。

看她轉過身子，香燈師指了指另一側的內牆迴廊，邁開了步子。吉緊跟隨其後。僧人面壁而

73 卡普塞：藏語，一種油炸食物。在藏曆新年時幾乎每家每戶都要烹製，供奉佛祖和上師。
74 阿佳：藏語，姐姐。也是對比自己年齡大的同輩女子的敬稱。

停，高高地對著牆壁舉起了油燈：啊，滿牆的彩畫！她一時竟昏眩了……

僧人又拿起油燈，朝前面走去，吉默默地跟著。啊，依然是滿牆的彩畫！有人物，有植物，有動物……其服飾、花紋，都充滿了細節！色彩更飽滿，比如紅色，就有暗紅、大紅、土紅、降紅等等，綠色也有翠綠、草綠、淺綠、橄欖綠等等，在補色關係的運用上更厲害，很接近西方的顏色理論，又自成一格，妙！

吉站在了持金剛跟前，一眨不眨地看著，這深色的肌膚，準確地渲染著明與暗的對比，造形準確，比例嚴謹，還有這些線描，是畫師自製的鼠須細筆完成的吧？表現著人物的碩壯圓渾和體感、量感，簡直無與倫比，太有魅力了！

「這些壁畫都是建寺初期，第三繞迴火兔年（一〇八七年）左右的作品，是目前圖伯特少有的沒有被破壞的壁畫了。」香燈師終於說話了。

「那麼，是怎樣保存下來的？」吉看著香燈師。

「文化大革命時做了糧倉。」僧人的聲音越發輕了。

對了，表哥也是這樣告訴過她的，要不是這位僧人的提醒，她簡直忘了。不過，這是何等的嘲諷啊！糧倉？讓吃喝拉撒霸占了！然而如今，藏人還都感到幸運呢！其實，從前的圖伯特壁畫都是要定時修補、著色和刷新的。現在，已為僅僅能夠保留下來感到幸運了。

「顏料上，都是礦石、植物，還有朱砂，和現在的不一樣。」僧人解釋著。

「是啊，很天然，很沉著，很鮮豔，質量非常好……可以看得出來，都是直接採用，紅就是紅……」吉附和著。的確，雖然這裡與巴廓曲丹寺的壁畫相似，把顏料持久的祕密都挖掘出來了，但兩者之間還是有區別的，包括人物的比例和服裝，甚至背景裝飾都是不同的，可以看得出，博巴在審美上，是非常自由的。

從佛殿出來，吉按順時針在院子的迴廊裡轉了一圈，然後，站在門前的祥布下，再次凝視夏魯寺：鬼使神差地，她又想到了巴桑講家史，不禁打了一個寒顫。

很快地，吉又開始了畫畫。她把央金拉姆和阿佳德吉都當成了她的模特，還有村裡那些來看她畫畫的人，也成了她的模特，甚至夏魯寺的香燈師和其他幾位僧人，偶爾，也會成為她的模特呢。但她的筆下，又不完全是他們，她嘗試著，不圄著模特轉悠，更主觀，更自由。

時間一分一秒地走著。春去冬來，這期間，她去了薩迦寺，她早就聽說，薩迦有南北兩寺，初建寺院時，正值八思巴[75]為蒙古帝國國師，財力雄厚，所以，這裡的寺院也更宏大，南寺為雕堡形，北寺為巨大的建築群，其壁畫十分精美，且與巴廓曲丹寺、夏魯寺的風格不同，不過，內在上，又是一個脈絡，一條筋骨。

沒有想到的是，當吉抵達薩迦時，看到的是一片大小不等的灰色房屋，灰色之間，還點綴著紅色白色和黑色的豎條，無與倫比的顏色搭配，無與倫比的超越塵俗！早聽說「薩迦」是灰土之意，她怎麼忘了呢？啊，看到了那仲曲南岸的寺院，古老的灰色牆壁之間，有四個城堡和四個角樓，這在西藏古建築中，她還是頭一次看到。不過，已完全破敗了，尤其是寺院裡面，只有幾幅壁畫依稀看得出造形，其他的，連造形都沒有了。而仲曲北岸，只剩下了一片殷紅，據說這是文

75 八思巴：西藏佛教薩迦派第五代法王，為蒙古帝國國師。曾根據藏文，創制蒙古新文字獻給忽必烈。

化大革命的勝利果實，比甘丹寺毀得更澈底，連廢墟都沒留下。

她站在仲曲南岸，向北岸凝望的當口，突然上來一大群背水的孩子們，都向她伸出了手，有的甚至大膽地拽著她的衣襟，硬是跟她要錢……唉，薩迦，曾經儲存了多少圖伯特的富庶，從什麼時候起，淪落得這般貧窮？

後來，她又去了桑耶寺、昌珠寺、楚布寺，還去了康布溫泉、羊八井熱泉、德中溫泉、拉孜溫泉等等，她甚至抵達了拉姆拉措。

都說拉姆拉措是班丹拉姆的靈魂湖，可以預測人們的前生和來世。而那湖水，的確在她的眼前，拉開了帷幕。開始，是五顏六色地向兩邊劃去，漸漸地就剩下了一片湛藍，藍色的中間，出現了一縷白色，白色移動起來，形成了一個「凹」字。啊，那是典型的圖伯特鄉村房子！多麼熟悉啊！在哪裡見過？究竟在哪裡見過？對了，那是她和晉美去日喀則的路上，當時車子壞了，刮起了風沙，風沙停了以後，就在他們的車子斜對個兒——雅魯藏布的那一岸，看到了這座房子，一模一樣！記得她當時還對晉美說：「快看啊，那座房子好安靜，好與世無爭啊！」

「沒準兒，你的前世就出生在那座房子呢……」當時，晉美望著對岸，就是這麼說的。是的，她記起來了！

她幾乎走遍了圖伯特大地，到過大多數的寺院，見過大多數的江河湖泊，不再僅僅是為了看真品，為了藝術，而是為了重溫前世，熟悉自己的生命……不過，她始終以夏魯村為家。每當她旅行歸來時，央金拉姆都會悄悄地拿起她的衣服，包括褲叉乳罩，來到河邊。一邊洗，還一邊哼著歌，一會兒是《香巴拉》，一會兒是《益西諾布》，雖然歌詞吐出時帶著長長的流蘇，讓人辨不清歌詞，但是，那旋律，像雅魯藏布一樣，在她的心上綿延不絕。於是吉試著跟上那旋律，可試了幾次，還是不行。「我到底是個外族人啊。」吉很是灰心。

「那就唱個漢人的歌兒吧？」有一次，阿佳德吉建議道。

吉就搜腸刮肚的，別說，還真想起了幾首歌兒，她首先想到了小學時音樂老師教的《我為祖國獻石油》：「錦繡河山美如畫，祖國建設跨駿馬，我當個石油工人多榮耀，頭戴鋁盔走天涯……」唱到這裡，她就覺得太扯了。祖國是什麼？就是強盜、流氓，就是對圖伯特這個國家進行合理合法化搶劫！接著，她又想到了另一首歌：《石油工人一聲吼，地球也要抖三抖》，剛唱第一句，她就噁心得想吐。真不明白，當年自己是咋唱著這些歌長大的，說實話，唱著這些歌長大的人，咋能不劫道、不打架鬥毆呢？

現在，在圖伯特的天空下，她重新審視少年時代，發現那是處處以弱肉強食為規則的。比如，你腿腳不好，人家就會叫你「瘸子」，你說話口吃，就叫你「磕巴」；得了甲狀腺，就叫你「粗脖子」；說話不清，就叫你「半語子」；走路腿不直，就叫你「羅圈腿」；沒有兒子，就叫你「絕戶」……總之，大家最樂的，莫過於往他人的傷口上撒鹽了。可在這裡，央金拉姆是沒人欺服的，也沒人叫她「半語子」，儘管她沒有哥哥姐姐撐腰。不僅如此，還都教她識字呢！現在，她都學到《詩鏡》了，這是古印度學者檀丁的作品，後來，圖伯特學者又譯為藏文，成為《大藏經：丹珠爾》的一部分。

又見拉薩

那是一個平平常常的午後，吉畫累了，走到窗前，與阿佳德吉面對面地坐了下來，擦起了酥油供燈。現在，她的臉頰，像阿佳德吉一樣，也掛上了兩朵高原的紅潤，咋一看，完全是一位圖伯特姑娘了。

「在我的家鄉，天空是灰色的，灰得就像牛糞餅冒出的煙。」吉抬頭看了一眼藍得像藍寶石一樣的天空。

「那……你們不咳嗽嗎？」阿佳德吉抬起頭看著吉。

「上大學時，我每天早晨起來跑步都覺得嗆嗓子……」

「聽，汽車聲？」阿佳德吉打斷了吉，豎起了耳朵，因為這裡是很少來汽車的。

吉放下供燈，朝門口望去。剛好這時，大門被打開了。是表哥！後面還跟來了兩個背著相機的人，一見她，都笑了。

「表哥來了！」吉跟阿佳德吉叨咕著，站了起來，向表哥迎去，「啊，一點也沒有想到您會來這裡，一點也沒有想到啊！」

「是他們非要採訪你。都是美術雜誌社的記者。」表哥說著，往後退了一步，讓兩位記者上前，相互介紹、握手。

「可是，我，我一點準備也沒有……」末了，吉略微皺了皺眉。

「我知道你不想被打擾，不過，他倆都是博巴，也是我的好朋友……」表哥解釋著。

吉又返身打量了一下兩位記者。

兩人都笑了：「那就開始吧，像對朋友一樣。」

兩位記者的問題並不複雜，無非是關於她出生的家庭，怎樣喜歡上了繪畫？為什麼作為漢人，要以圖伯特為繪畫客體？等等。採訪很快就結束了，接下來，兩位記者就去夏魯寺朝佛了。這也是博巴的規矩，不管出來幹什麼，只要經過寺廟，都要進去朝拜的。記得有一次她去楚布寺，乘客們也早有準備似的，慢悠悠地下車，慢悠悠地一一朝拜，只有她，一個勁兒地問司機，楚布寺還有多遠？為啥不直奔楚布寺？不過，她現在懂了。

阿佳德吉回廚房給大家燒茶去了，只剩下了吉和表哥，還有暖融融的陽光。表哥從手提包裡小心翼翼地拿出了一個包裹，是用潔白的長長的哈達包著的：「這是晉美專門捎給你的，說這哈達是嘉瓦仁波切加持過的，裡面是麻尼日布[76]……」

吉接過包裹，一點點打開時，雙手不自主地抖了起來，好一會兒，她才看到裡面裹著一打牛皮紙做的長形紙袋，比一般的信封小得多，都用紅絲線繫著，上面還寫著一行藏文。

「這是什麼意思？」吉指著那行藏文，看了看表哥。

---

76 麻尼日布：藏語。漢語為甘露法藥丸。由稀有佛寶舍利、聖物和千百種名貴藥材總集煉製而成。食者可清淨此生之身、口、意的不淨，也可去除疾病，使之不受一切惡疾之侵擾，令一切邪魔精鬼無法傷害。

「達賴喇嘛修煉之印度和西藏聖人聖物彙集甘露丸。」表哥翻譯著，話音未落，吉就看到了這打甘露丸下面，一個封得嚴嚴實實的信封。

「這是晉美給你的信。」表哥輕輕地加了一句。

吉看了看表哥，什麼也沒說出來。

「你先讀吧，我也去貢巴朝佛，一會兒就回來。我還有些事要和你商量，如果可能的話，希望今天你能跟我一起回拉薩。」

吉什麼也沒有聽見，甚至沒有注意到表哥的離開，她哆哆嗦嗦地打開了信：

我日夜思念的諾布[77]：

惦記你的一切。沒有我的日子，你是怎麼走進寺院、欣賞那些壁畫的？對我來說，我們一起走進祖拉康、哲蚌、色拉……的往事，成了我如今回憶中，最為奢侈的瞬間。說實話，和你在一起時，我總覺得有用不完的力量，甚至從一開始，我就有一種想把你抱起來，舉過頭頂的衝動。

沒有你在我的身邊時，我只是半個人，對什麼都打不起精神，當然，我還是用心學習了，既然你把我送了過來……再說，我也的確非常、非常喜歡我們的醫學，那是宇妥永丹貢布留給我們後人的禮物，直到中共炮轟覺布日，炸毀了藏醫學院，炸碎了那尊用珊瑚綴

77 諾布：藏語，寶貝之意。

成的無量壽佛、綠松石綴成的綠度母、海螺綴成的觀世音佛像，西藏醫學，千百年來，一直都是生機勃勃的，也是我們偉大文明的一個血脈……

唉，說這些幹啥，我只想告訴你，我的諾布，我正在爭取提前完成學業，提前回去……這個學期一結束，就可以做出決定了。

待我正式做一名藏醫時，我的諾布，我的寧朵[78]，我什麼也不要你幹，只要你畫畫，做你喜歡做的事情，你是我唯一的諾布，永永遠遠唯一的諾布……

我總和別人談到你，有人不理解我為什麼找了一位漢女子為妻，我就說，雖然我的諾布是一位漢人，但她有著一顆我們圖伯特的靈魂……

讀到這裡，大滴的淚水，落在了信棧上。那是用手感很好的西藏舊紙寫的，上面壓著幾片玫瑰，不要說這文字，僅僅這玫瑰，就夠讓她心碎了。

表哥適時地回來了，恰好她也讀完了晉美的信。

「晉美已告訴了我——你們的關係，歡迎你成為我們家族的一員啊！非常高興，不僅僅高興，還為你驕傲……」表哥看著吉，繼續說道，「我有個朋友，去國外好多年了，他的房子這些年來一直都在出租，由我幫著管理的，現在，他嫌麻煩，想賣掉。那座房子就在吉曲邊上，也就是拉薩河邊，很安靜，面對朋巴布山，就是老了點，不過，你自己惦量吧。我今天來，也是想接

78 寧朵：藏語，一般為丈夫對愛妻之稱，也為寶貝之意。

你回拉薩看看那座房子，如果喜歡的話，就買下來吧，以後也可以很安靜地在拉薩畫畫了……」

「可是，買下那樣的房子，一定需要很多的錢吧？我……」吉猶猶豫豫著。

「錢不是問題。你的畫賣得非常好，等到了拉薩，我把這段時間的帳跟你結算一下，你就明白了……」表哥說著，指了指她身後的房子，「是不是該收拾一下東西，準備上路？」

接下來，表哥怎樣硬是把房租給了阿佳德吉，怎樣幫她收拾了東西，那兩位記者怎樣幫著表哥把她的東西搬到了車上，而阿佳德吉怎樣眼巴巴地看著她離開，她都記不得了，只記得她坐上了返回拉薩的車子後，眼睛一直盯著央金拉姆放牧的山谷，期望那個小小的黑色身影顯現出來，並帶著悠長的尾音，向她高喊再見……可是，她始終沒有見到那個小小的黑影，沒有。

汽車抵達拉薩後，直接把她送到了那座房子，而後，兩位記者就跟著車子離開了。表哥留了下來，談了她的畫的出售情況，並進行了結算。那對她來說，又是一個天文數字，不要說買一座房子，就兩座也不成問題的。

「你先在這裡好好感受一下，過幾個月決定不遲。吉，你已經非常出名了！你的畫都上了好幾個雜誌的封面，在帕廓南街有個我們藏人自己辦的畫廊，負責人還主動找我，要為你辦畫展呢！」

「真的？」

「真的。我都替你答應了，下一步，就是趕緊準備……」

「可是……」

「我知道，你不想出頭露面和被人家採訪，說實話，我都替你回絕不少了。」

「噢——」

「你不喜歡湊熱鬧，我早就看出來了。再說，晉美也對你這點讚不絕口啊。不過，這個畫展不是炒作、炫耀，而是向社會呈現，作為一個漢人畫家，可能達到的理解圖伯特文化的深度，是向人們開放一條心靈的秘徑……我不多說了，你今天太累了，早點休息吧，我這就回去。」

送走了表哥，吉關上大門，仔細地看了看這座獨門獨院的兩層小樓，房頂上，居然也像所有的圖伯特人家一樣，有個祭壇，插著鮮豔的五色經幡，而每個經幡，都在晚風中「啦啦」地飄動著；黑色的窗邊，墨綠色的窗框，每個窗頂上，又收縮著墨綠色的雨簾，好美啊！尤其是房子的正中，還略微向外伸出，三面都鑲嵌著玻璃……

整個建築是傳統的圖伯特風格，除了日光室以外，其他的房間都較暗，靜謐雅緻，尤其是阿嘎土的地面，踩上去涼哇哇的，別提多舒服了。看來，這是上個世紀五〇年代初中國入侵之前的作品，如今在這漢房遍地的拉薩，能找到一座純藏式房子實屬不易，當然要買下來，一定要買下來！別說現在有錢，就是沒錢借錢也要買下來！

人在特別快樂或特別憂傷的時候，總會想到親人。吉也一樣，突然產生了一種往家裡打電話的衝動。她要告訴媽媽，她決定在拉薩買房子了！並且，她的丈夫就要回來了，很快就會回來的，這一點，她的第六感官已經接到了信號。是的，自從媽媽否定她的婚姻以來，她就和家裡斷了音信。可是，不知咋回事兒，這段時間，她總是夢見媽媽，夢見媽媽給那只小羊擠奶，而後，放進鍋裡，再加上點水，燒得滾開。於是，奶的香味熏得她睜開了眼睛。然而，睜開眼睛時，總是阿佳德吉為她熬好了犛牛奶。

「喂，是我！」

「大姐，你咋才來電話呢！家裡找你都要找瘋了！」是丹的聲音。

「找我？有急事嗎？」

「先告訴你一個好消息吧，你的雅思考試通過了！」

「就這事兒？不，我不會出國的，我已經決定在拉薩買房子了！」

「大姐，不管你在哪裡，都得回來一趟。不過，看見媽時，千萬別說你不出國，那天，接到加拿大方面的通知，媽的胃有好幾個小時都不疼了。」

「媽的胃有啥毛病了？」

「醫生說，是胃癌晚期，頂多還能活六個月，媽早就讓我給你打電話，可是，找不到你，倒是常在報紙上看到你的名字和你的畫，我就對媽說，你大姑娘現在出名了，媽就笑，說，『我就知道我大姑娘能行』，『一提你大姑娘你就沒病了』爸也老是這麼逗媽開心……」

「爸咋樣？」

「天天偷著哭。對了，咱們家賣了新房子，是樓房，三室一廳呢。這些年，媽做生意掙了一些錢，但是，後來媽又把錢放到了股票上，結果一下子都給套住了，我想，媽這病也是打這上來的……」

靜宜的禮物

看見吉進屋，靜宜就哭了，眼淚一對一雙地濕了枕頭。這時的靜宜，躺在床上，像七、八歲的孩子那麼大，瘦得差不多只剩了一層皮。

「媽，你哭啥呀，我大姐回來不是好事兒嗎？」丹說著，側過身子，往後稍了稍，「大姐，你挨著媽坐在床邊吧。大姨來，媽就哭，平安舅舅來，媽也哭，現在，只要一見親人，媽就哭。」

「這輩子呀，我第一次知道什麼是盼，就是那天去哈爾濱查病，人家說我得了胃癌，我就想看你一眼，怕以後再也看不著了，就讓丹給你打電話趕緊回來，可是，丹找不到你的電話。哎，這輩子，我從沒這麼盼過誰。」

「我就知道，你大姑娘回來這天，你的胃准不疼！」楚大夫坐在床對面的沙發上，笑了。

靜宜擦擦眼睛，沒接楚大夫的茬，只是不眨眼地看著吉：「西藏咋樣？聽說你在那邊，人家都對你挺好的。唉，小時候就看你老是畫這個畫那個的，沒成想，瞎貓碰上個死耗子，還畫出了名。」

「我大姐一下飛機時，我都愣住了，簡直成了藏人。」

「藏人啥樣？」吉轉身看著丹。

「黑唄。」丹看了看吉。

「黑咋地？不好？」吉看著丹，重重地發著音，又找茬了。

「我姐夫長得啥樣？到底有沒有這個人啊？」小弟接過了話。

「瞎逗殼子[79]，咋能沒這個人呢？」靜宜數落著兒子。

「這是他的照片。」吉說著，從錢包裡拿出了一張她和晉美的照片，遞給了小弟。然而，不等小弟接過去，吉就改了主意，又遞給了靜宜。那是從樟木口岸去尼泊爾的大橋上，米瑪主動給他們拍的：頭頂上還很誇長地橫著幾個燙金大字：中華人民共和國，上面還插著一個五星紅旗。這是她和晉美分別前的最後一張照片。

「這眉毛眼睛的，倒也端正，就是……咋梳個長髮呢，這不是流氓打扮嗎？」靜宜緊盯著照片。

「盡他媽瞎說，一看人家就是正經人！」楚大夫也湊了過來。

「我姐夫看上去人高馬大的，挺英俊嘛！」小弟也擠到了照片前。

「好帥氣呀！」丹站在小弟的後面，翹著腳往前伸長了脖子。

「人家能成心跟你嗎？」靜宜又擔憂起來了。

「我咋啦，缺鼻子還是少眼睛，他憑啥不成心？」吉說著，兩道眉毛豎了起來。

「看來，人家挺寵著你，要麼，你不敢這麼窮橫。」靜宜笑了。

79 瞎逗殼子：中國東北方言，指逗樂，開玩笑，也有胡鬧之意。

「我姐夫是幹啥的？」丹越發好奇了，完全忘了吉剛剛還在跟她找茬呢。

「學藏醫的，快畢業了。」吉回身看了看丹。

「跟你爸一樣，將來也是個醫生？可為啥非要去印度學習呢？你這不是守活寡嗎？」靜宜說著，眼圈又紅了。

「因為印度那邊的藏醫教學正規……」吉解釋著，又坐回了靜宜的床邊。

「為啥西藏的藏醫反而不正規了？」靜宜還是不解。

「自打一九五九年共產黨入侵西藏，就炸毀了人家的藏醫院……」吉打開了話匣子。

「我就納悶，西藏怎麼會像我們說的那麼黑暗？聽說，劉文彩的地牢都是假的，為啥那些西藏的事兒就是真的？」楚大夫打斷了吉，「早先，聽說西藏人吃達賴喇嘛的大小便，我就覺得不對，我們中國人呀，盡明著心眼埋汰人家……」

「一見你大姑娘回來，你這話就多了。趕緊去刷刷你那口吃屎的牙吧。你說你，老了老了，牙還黃了。」靜宜打斷了丈夫。

「整天嘟嘟，嘟嘟……」楚大夫生氣了，坐在沙發上不動。

「你結婚的嫁妝錢，我和你爸早就預備出來了，雖說不夠你買個房子，可置辦家具啥地，能湊合……」

「你和丹每人十萬元，我和你媽早就核計好了，將來這點家底，留給你小弟……」楚大夫接過了靜宜的話頭。

「我不缺錢，不要說買一處房子，就是兩處房子的錢我也有！」吉大聲地嚷嚷起來。

「一筆是一筆，哪有孩子結婚父母不出錢的？給你這點錢算啥，讓鄰里知道了，都寒磣[80]哪。」靜宜說著，看了看楚大夫，「我說，對不？」

「大姐，人家都說，你的畫不管多貴，都有人買，真的嗎？」丹轉了話頭。

「也不是都能賣出去，不過，和其他的畫家比，價格確實不低。」吉也心滿意足的。

「將來，你和我大姑爺子一起去了加拿大，這畫也能賣出去嗎？」靜宜又擔心了。

「不好說。」吉尋思著。

「我大姑爺子學的是藏醫，到了國外還能有用嗎？」靜宜又說話了。

「媽，你老跟著瞎操心，只要我大姐高興，人家兩口子咋過還不行？」丹打斷了靜宜。

「媽，說不定將來你和我爸也能借光去加拿大呢！」小弟又插話了。

「倒也是。將來，我和你爸去了加拿大，種上果樹，再開個菜園子，就像伺候咱們家過去那個被沒收的果園一樣，不是什麼病都好了。」靜宜說著，連眼睛都清亮了不少。

「媽，過去我姥爺給你介紹的那個對象後來你見過嗎？」吉又想起了陳芝麻爛穀子。

「你說的是哪個呀，他給我介紹兩個呢。」

「我奶奶總提的那個，說你不想嫁給人家，還跳了井……」

「那是西炕子屯的。後來，我在糧庫當會計，他去交公糧，見過一次。」

「他說啥了？」吉追問著。

80　寒磣：中國東北方言，意為很不體面。

「他穿了個帶補丁的褲子，看見我，把臉扭開了，一條腿往後挪了挪，擋住了補丁。」
「另一個呢？」
「叫啥姓啥，我都忘了。」
「媽，你小名叫帶小？」
「是啊，你知道了也好。老人要死的時候，都把小名告訴晚輩，省得叫一樣的名字不興旺。」
「剛才你還說要到加拿大種地呢，這咋又和死掛上了？」丹接茬了。
「有時候，我也想，我從來也沒得過病，怎麼一病就這麼重呢，不會不好吧？」
「竟她媽的扯王八犢子！」楚大夫罵了起來。
靜宜笑了：「這輩子，你爸一句也沒罵過我，可我一說不行，他就罵。那天，我去醫院檢查，人家說我得了癌症，他就罵開了，那大夫還是他過去的同學呢！我也認不准，你爸是精還是傻？」

華岩的接風宴

正說著，電話鈴響了。丹趕緊拿起了電話：「喂——，在在在，這電話來得正是時候，我大姐剛回來。」說著，就把電話塞進了吉的手裡。
「找我？」吉納悶了，離家這麼多年，居然還有人記得她？簡直不敢相信。

「喂──」吉拉著長聲。

「可找到你了，見一次大名人不易呀！」

「你是──」

「聽不出來？猜猜看？」接著就傳來了「嘻嘻」的笑聲。

「猜不出來。」吉不假思索地。

「當上大畫家就忘了我這無名小卒？我是華岩呀！」

「華岩？忘了全世界也不會忘你呀！」

「得為你接風啊！咱們班同學每次聚會，提到最多的就是你，都想見見你這位大名人呢！」

「我媽重病在床，哪有心思又吃又喝呀！」

「去吧，我不礙事，再說，家裡這麼多人，輪不到你照顧。別一回來就陷進我這個泥坑。」

靜宜在一邊聽出了門道。

「我都聽到了，阿姨支持你出來呢。」

「這樣吧，等我媽媽的病好些，我會給你打電話。」

「吉，你真是一點也沒變，還是倔脾氣，我就不信沒人能說動你。」

「吉，」立刻出現了一個男人的聲音，「你猜我是誰？」

「聽不出來。」吉淡淡的。

「聽不出來？」男人訕訕的，「我是楊林呀。」

「啊！你怎麼認識了華岩？」

「她是王書記的夫人嘛，也是咱市的法院院長，怎麼會不認識?!不過，華院長說，她早就知道了我的名字，今天還特別把我叫了過來。」

「是的，她早就知道了你。」

「這……我真沒想到……」

「……」吉沉默著。

「華院長說，明天一定要給你接風，說好了，要我過去接你。」

「我，去不了，真的。」

「大姐，你就去吧，同學見面不容易，用不著你老守在媽媽身邊。」丹又在一邊開牙了。

「去吧，去吧，這還有啥猶豫的。」小弟也說話了。

「那，你知道我家的地址嗎？」吉對著話筒。

「這你放心，我的司機是個萬事通。」

「您當官了？」

「不好意思，小小計委主任。」

像有什麼東西，突然堵住了胸口，吉憋得難受。

「大姐，我忘了告訴你，華院長往咱們家打過好幾次電話了。」吉一放下電話，小弟也說話了，

「她丈夫王鋒，是咱們市委書記，別人想巴結還夠不上呢。」

「她原來是留校當老師的，怎麼又成了法院院長？」吉看著小弟。

「聽說，是為了跟她的丈夫在一起，就放棄了自己在大學的前途，大家都說，她這是下嫁。」

「哦。咱這兒啥時候變成了市？」吉轉了話題。

「好幾年了，連這都不知道？你是不是地球人？」小弟數落著吉。

第二天中午，楊林如約而至。提著一大籃子水果，先放在了靜宜的床頭。說是華院長送來的。吉沒說啥，只是上下打量了楊林一秒鐘：與從前一樣：高高的個兒，大大的嘴，不過，與從前不一樣的是，啤酒肚挺了出來，顯得臃腫，如果在大街上，沒準兒，不敢認了。

不過，吉沒有與楊林多說，立馬跟著上路了。因為她心裡明白，靜宜不樂意人多，自己的孩子講不了，咋看也沒個夠，但是外人一來，就晃得她眼睛生疼。

「華院長還從沒有在家裡設宴請過任何人呢，今天算是出血了，不僅請了你，還請了不少你們大學同學……」上了車後，楊林先說話了。

「您是什麼時候轉業的？」吉岔開了話題。

「很多年了，連我自己都忘了。不過，咱們小時候的那些事情，我倒記得挺清楚，比如，我們幾個男生去敲你家窗子的那個午後，你還撿起石塊要打呢，我們都貓在了後牆根兒……」

「但，我記得最清楚的是，你從我的手中接過扁擔，挑著水，邁著大步向我家走去……」然而，吉沒有說出來，只是笑了笑。看著車子向她家原來住過的那個醫院大院開去，可是，沒有進院裡，貼著院牆根兒向住院處開去了；過了前小樓，拐進了一片綠草如茵的地方。她記得清楚，這就是從前的苗圃，四周都被老榆樹圍著，中間的壟臺上，長著數也數不完的小樹苗……然而，現在全變了，不要說樹苗，就是那四周的老榆樹也連影子都沒了，只有幾幢拔地而起的樓房，還有一座很奢侈的獨門獨院的兩層小樓，鶴立雞群。

「這邊都是市委領導的家屬房，那座小樓，看見了嗎，就是王書記家了。」楊林解釋著。

車，到了那座獨門獨院的小樓前，森嚴的黑色大門，自動打開了，像是等著他們似的。

「啊，吉，你還是這麼年輕，不過，有些黑了，在西藏曬得吧？」吉一下車，就走上來了一個燙著大波浪的女人，細看眉眼兒，還跟從前一樣，水靈靈的，只是多了兩道深深的眼線，讓人發冷。

「你也沒有變啊華岩，還是那麼水靈，比從前更時髦了。」吉笑了。

「這肯定是楚吉了，華岩往你家打了多少次電話呀！」一個高個兒男人，衣服掖在褲帶裡，顯得灑脫而自信，從華岩後面走了上來。

「這，肯定是王書記了！」吉看了看男人，又看了看華岩，「你們這對青梅竹馬，終成眷屬了。」

「啊，還能認出我嗎？考考你的眼力。」不等王書記接話，一個矮個兒女人走了上來。

「是李平，富態了！」吉一眼就認出來了，雖然那從前的細腰，已像水缸一樣粗了，但聲音依舊，輕輕的，軟軟的。

「李平現在是咱們藝術系的紅人啦，都當上了黨委書記！所以，人家的丈夫整天哄著捧著的，家務活兒都承包了。」華岩說著，往一邊看了看。

「歡迎歡迎，這麼多年，大家都想見見你呀。」肖明出現了。

「說曹操，曹操就到了，諾，這就是李平的丈夫，」華岩指著肖明，「如今也改行了，自個兒承包了一個建築公司，我這房子就是他設計的呀。」

「呵呵，個個都這麼有出息！」吉附和著。

「那也沒有你有出息呀，你是美術界的奇蹟，華岩整天叨咕呢。」王鋒書記又接過了話頭。

「今天，王書記特別請來了市裡最好的廚師……」肖明解釋著。

「飯菜都齊正了吧？那就快進屋吧！」華岩看了看丈夫，又回頭邀著大家。

吉還從沒有見過這麼寬敞的客廳呢，窗簾都是昂貴的喬其紗，帶著很寬的花邊，兩頭的綁帶上，墜著掛球；還有兩邊的沙發，更是昂貴，紅木之間是雪白的真皮，與這房間裡的其他幾樣家具，互襯出俗麗的氣派。

喝了一杯茶後，大家又被讓進了餐廳。首先映入眼簾的是偌大的紅木餐桌，中間是個可以自由轉動的圓玻璃，隨時可以讓客人品嘗到每個角度的菜肴。此刻，酒杯都已擺好，飯菜也上得差不多了。有驢肉、蛇肉、魚肉、乳鴿肉、鵪鶉肉……飛禽走獸，無所不包。

「哇，這位廚師，對動物肉的烹飪簡直出神入化了！」吉的脖子都僵了，肌肉發緊。

「不行，差遠了，據說我們漢人，有的還吃貓肉和鼠肉呢，不過，我不會做，再說，我們東北也不時興吃那些肉。」恰好廚師搓著手進來了，謙遜地接過了話頭。

「別盡說話，快坐呀。」華岩邀請道。

「茅臺，上茅臺！」王鋒書記轉身看著專門請來服務的兩個女孩子。

「吉，你新出版的畫冊帶來沒有？應該給大家簽名留個紀念。」華岩笑容滿面地看著吉。

「這，我還真沒想到……」吉猶豫著。

「讓我的司機回去取幾本！」楊林大包大攬起來。

「說實話，我手裡只有一本，還是給我爸媽的，其他的都留在了西藏。」吉解釋著。

「怎麼，還想回到那個落後的地方？要說出名，的確是個捷徑，但真的生活在那裡，依我看，是腦子出了毛病。」楊林表態了。

一時間，大家你看看我，我看看你，也許，他們還從沒有遇到過像楊林這種看不出眉眼兒高低的主兒。

「聽說，西藏人一直在鬧獨立，而中國方面更不是善茬子，已派去了不少移民、軍隊？」王鋒書記岔開了話題。

「那麼大一片土地，哪能說劃出去就劃出去了？我們肯定要想點餿主意滴，這，我堅持支持！」肖明看著王鋒書記。

「說實話，一九五〇年以前，西藏一直是獨立的。」吉一板一眼地看了看大家。

「不論過去如何，到了口裡的肉，誰也不會吐出來的。」華岩盯著自己碗裡的肉。

「俗話說，人為財死，鳥為食亡。我們中國的做法，是無可非議的。」李平看了看大家。

「就算你不理解又能咋樣？敢和國家對著幹？那不是請等著蹲巴離子嗎？退一步說，就算國家是個流氓，我們也得留須拍馬，否則就是傻冒泡了。」楊林又嚷嚷開了。

「再說了，自己國家強大有啥不好？這就跟你爹去打家劫舍，掙個外快，你能揭短？除非你是個王八羔子狗雜種！」肖明的話音還未落盡，大家就轟笑起來了。

吉沒再說話。但寂寞緊緊地箍著她，彷彿又回到了大學時代。

「聽說，咱們大學同學中，就老班最慘了，窩在伊春冶金局下面的那個什麼鉛鋅礦子弟學校，幾次想調出來都沒成。」華岩看了看吉。

「我倒聽說，他和場長的妹妹結了婚，說不定那場長有些門道。」肖明接過了話。

「吉，有人說你想移民加拿大，雅思考試都通過了？」看吉還是不吱聲，華岩單刀直入了。

「越肥越添膘啊！」肖明也轉向了吉。

「真夠尿性的，連加拿大都被你征服了！」楊林自豪地笑了。

「不，是加拿大接納了我。」吉終於又說話了。不過，連看也沒看楊林。其實，她本想說，她已決定留在西藏了。但她知道，話一出口，他們就都得傻眼，嘴上不說，心裡也得把她看成精神病發作期。現在，她長大了，知道了怎樣使自己不被當成別人茶餘飯後的甜品了。

「吃，吃，怎麼不吃呢？」王鋒書記在一邊客氣著。

「嘗嘗鮮兒，別客氣呀！」華岩站了起來，拿起一盤驢肉，不由分說，就往大家的碗裡一一夾去。

靜宜走了

吉回到家裡的第二個月，靜宜就不能動了，尤其是夜裡十二點以後，總是胃疼得直咬牙，頭髮都濕透了。

「媽，你難受就哼哼吧，你看你，都出了一頭汗了！」丹就說話了。

「我也沒做什麼孽呀，咋得了這麼個遭罪的病呢？八成真是癌？」

楚大夫的眼圈就紅了，現在，他再也不罵了。還不時地把小弟叫到跟前，給醫院裡的同事寫條，讓大家幫助弄些肚冷丁。

打上肚冷丁的靜宜，偶爾會睜開眼睛。這時，吉就把她新近出版的畫冊，放在靜宜跟前：「媽，你看，這裡全是我的畫呀。」

「是呢，都看見我大姑娘的名字了。我說，你也看看孩子的畫吧？」

楚大夫不知聲，一眨不眨地看著靜宜。

「也不知咋地了，打我病重以後，你爸就變傻了。」靜宜看著吉，眼淚又來了。

「沒有的事，我爸整天看著我們，連給你喝的奶，都得先嘗嘗，就怕燙著你。」丹在一邊說話了。

的確，楚大夫整天在靜宜的屋裡轉悠，從不與吉說話，也不與丹說話，像是誰都看不見似的。可是，一旦靜宜的飯被端上來，他的眼睛就亮了。有一天，吉用綠豆小豆雲豆等多種豆子，給靜宜做了一頓豆子粥，煮了一天，直到所有的豆子都熟透了，才給靜宜端上。可是，楚大夫一把搶了過去，挑出了兩塊豆皮。

「我怎麼沒發現呢，爸，你這眼睛真好使！」吉驚訝地看著楚大夫。

楚大夫不吱聲。

「媽，這輩子，你也挺幸福，我爸對你知疼知熱的。」吉坐在了靜宜的床邊。

「是呢，年輕那會兒，你爸都沒叫過我的名字。」靜宜閉著眼睛接話了。

「那叫啥呀？」吉笑了。

「『我說』唄。」丹接過了話頭。

「還有『妹妹』、『嬌妻』」，靜宜仍然閉著眼睛，「還給我寫詩。」

「不就是『今日托古坡前立，無限寒風透閣衣』嗎？」吉又笑了，「這還叫詩呀，就是順口溜嘛！」

「你說不好，可我覺得挺好，當時我就想了，就算他別的不行，起碼還有文化呢。」靜宜還是閉著眼睛。

「媽，還供不供祖宗了？」小弟拿著一卷子紙進來了，在靜宜面前晃了晃，「今天是大年三十呀！」

「我看沒啥用。」吉說。

「沒用？沒有他們能有你爸嗎？沒有你爸，能有我今天嗎？」靜宜始終閉著眼睛。

於是，小弟打開了那卷子紙，掛在了牆上。

這是個祖宗圖。吉仔細端詳起來：兩邊畫著花瓶，左邊的花瓶裡盛開著三朵荷花，右邊的花瓶裡盛開著三朵牡丹花，很俗氣的畫，中間是用墨水劃出的長形格子，稀稀落落地寫了一些人名，當然第一個字都是「楚」，這是男人的名字，女人的名字呢，第二個字是「楚」，張楚氏、王楚紙、李楚氏……

「最後一對名字是我爺爺和奶奶嗎，爸爸？」吉看著楚大夫。

楚大夫沒吱聲，不過湊了過來，伸長了脖子。

「等咱們都沒了，讓孩子們就不要再掛這個了，」靜宜又說話了，「今年就供四個碟子吧。」丹和小弟就拿出了四個碟子：一個放了魚，一個放了蘋果，一個放了蛋糕，還有一個放了桔子。

吉還記得，小時候，每到大年三十，這個祖宗圖就被奶奶掛在東屋裝著爺爺錢匣子的櫃子上邊，然後，供上一碟碟的食物，有魚，有水果，還有饅頭，她記得，那饅頭上面總是帶著紅點的。

「點上香，他們就到了。」靜宜閉著眼睛又說話了。

「誰到了？」吉回身看著靜宜。

「老祖宗唄。老祖宗也包括你奶奶，她千不好萬不好，生了你爸，就憑這兒，啥毛病都不算毛病了。」

「我記得咱們家搬出來以後她還來過幾次，像是因為鄰居夾柵欄占了她的園子。」吉回憶著。

「就是唄。自從咱們家搬出來以後，兩邊的鄰居都欺負她，她就和人家打，打也打不過，因為鄰居都知道兒子已經搬走了，就她和你爺領著老姑娘、老姑爺子住在那邊。」靜宜仍然閉著眼睛。

「我姑夫不是男人嗎？」吉問道。

「終究不是兒子呀！這年頭，沒有兒子，過起日子就難啦。」

「現在一家就行生一個孩子，生了姑娘咋辦？」吉又問。

「就得挺著，心裡明白還是兒子好。」靜宜仍然閉著眼睛。

「媽，記得嗎，我小姑後來生了三個姑娘，她也沒說過頭昏。對自己，她就不刻薄了。」丹接過了話頭。

「人哪，說嘴就打嘴。不過咱們別跟她一樣的，再說，天對我也不錯，你爸這輩子對我知疼知熱的。」

「我很想我爺爺，還常夢見小時候，我坐在他的腿上，他的腳趾甲又粗又硬，硌得我的屁股生疼……」吉回憶著。

「那老爺子是真好，雖說非讓你爸爸休了我，不過，那時候的人都是這麼想的，也不能怨他呀。」靜宜說著，睜開眼睛看了看，像是楚老爺子就在眼前似的。

「媽，我大姨和平安舅舅來了。」小弟話音剛落，兩人就腳前腳後地進來了。

「你媽過去多胖啊，躺在床上，床都滿了。」靜嫻看著靜宜，眼淚上來了。

「不管瘦成啥樣，這病能好也行呀，怎麼老也不見好呢？」靜宜的眼睛鼻子都擠到了一起，一副哭相，可眼裡啥也沒有，乾乾的，「現在，我連哭也哭不出來了，真是病來如山倒，病去如抽絲呀。」

靜嫻越發鼻涕一把淚一把的：「小英子和小玲子前幾天還都說要過來看看呢，我說，還是別去了，啥忙也幫不上，盡添亂。」

「哭個啥勁呢，」平安舅舅說話了，「將來病好了，你跟我姐夫往加拿大一待，多好，不是盡享清福呀？」

靜宜的眼皮就往上挑了挑，想睜開眼睛，不過，還是沒有睜開：「我也是這麼想呢，人要說行呀，到哪兒都應當行，你看這孩子的畫，多好，小時候就畫啥像啥。」

「你媽這嘴唇咋這麼乾呢？」靜嫻沒看吉的畫，只是盯著靜宜。

「抹點蘆薈就好了。」平安舅舅突然想起了什麼，在自己的包裡翻了翻，拿出了一個小口袋，「也不知這羊倌抽得是哪門子瘋，非讓我給二姐捎來這把蘆薈。」

楚大夫立刻接了過來，一點點剝開了皮，往靜宜的嘴唇上抹了抹。

「這些年，我在西藏，時常想起我傻大舅。」吉看著平安舅舅，「他還住在原來的馬房嗎？」

「別提那個馬房了，早就塌了！我讓他到中心校打更去了，就是給他找個住的地方唄。」

「這麼說，你現在當上校長了？」吉看著平安舅舅。

「都當上好幾年了，這你也不知道？」靜宜閉著眼睛，「也算是子繼父業了，早年，你姥爺的爸爸，就是我爺爺，也是中心校的校長。」

「別說，這蘆薈還真管用，媽，你的嘴唇不那麼乾了！」吉彎腰看著靜宜，「如果再喝點水，就更好了。」

「我怕一會兒再吐。」靜宜仍然閉著眼睛。

「就喝一口，行嗎？」吉端來了一小勺水。

靜宜閉著眼睛喝下了。

可是，靜嫻和平安舅舅走後，靜宜就吐了起來，吐的全是褐色，還帶一點血絲。

楚大夫一看，眼淚就下來了。

「我跟你過了四十四年，咱們吃在一塊，睡在一塊，今天，我就要走了。」

楚大夫坐在床頭不吱聲，眼淚「吧嗒吧嗒」地掉著。

「媽，你怎麼知道不能好了？」丹拽著靜宜的手。

「我知道。」靜宜閉著眼睛，「你姥姥常說，人不知死，車不知翻。可到了跟前，啥都知道了。你們還沒吃飯吧，別盡守著我，給你爸爸好好做點飯。」

接下來的幾天，靜宜連水也喝不下了，嘴唇越來越乾，丹就把剩下的那幾片蘆薈，剝開了皮，一點點往靜宜的嘴唇上抹，

「我呀，要說不出話了，眼前盡是一汪水。想啥，啥就來到跟前。」

「媽，你還想啥，說出來吧？」吉一眨不眨地看著靜宜。

「我呀，就是惦心你爸，我死了以後，他可咋整……」說著說著，靜宜就不知聲了。

米瑪立了功

靜宜去世後，吉給表哥打了電話，告訴了他這邊發生的一切。

「吉，別沉浸在憂傷裡，生老病死是人之常情，我們能做的，就是希望她老人家來世更好。我會到祖接康為老人家點燈超渡的。」

「表哥——」

「嗯。」

「我想儘快返回拉薩，買下那處房子，等晉美回來也有個安穩的住處。」

「……」

「喂——表哥，您在嗎？」

「在在，我在。」

「您……難道不樂意我回拉薩？」

「的確，你回拉薩，可能不是最好的選擇。」

「到底發生了什麼？」

「今天的拉薩和昨天的拉薩，對你已經不同了。」

「為什麼？到底發生了什麼？我希望晉美一踏上家鄉的土地就能看到我，我會去樟木接他……」

「你離開拉薩不久，我就得到晉美的消息了。」

「啊，真的？太好了！」

「不過……」

「不過什麼？」

「他到達樟木時，被一個叫米瑪的博巴認了出來，據說這人陪你們去了尼泊爾，後來，因為晉美的逃走，單位給了他處分，不過，這回他立了功。」

「晉美被逮捕了？」

「是的。在搜身的時候，他們還發現了晉美的畢業照片上有嘉瓦仁波切……」

「後來呢？」

「晉美被關了半個多月。」

「現在呢？」

「被放了出來，可是，一到拉薩，他就病得起不來了，因為他在海關那邊，那些人對他下了死手……」

「讓他受了內傷？我可以和他說話嗎？」

「不，他已經去世了。」

吉緊緊地咬住了嘴唇，咬得出了血，但是，仍然咬著，她知道，只要一張口，她就得嚎啕起來。

第五章　加拿大

尼歐的兒子路克

與圖伯特的這場相遇，在吉的記憶中，留下了一個傷口。不久，楚大夫得了心肌梗塞也過世了，不過，吉沒有看到臨終的父親。因為，這時她改變了主意，決定移民加拿大，並辦好了一切手續，登上了飛機。

像一個離開了肉體的魂，她輕飄飄地浮在半空，完全沒有了依託。為此，她特別去了美國的大都會博物館，看到了從石器時代到當代各個時期的藝術真品，滿足了那久遠歲月中的渴望，然而，她依然如一片羽毛。

一些熟人勸她結婚、生孩子、料理家務，做個花開三朵的女人。更有熱心人為她介紹了一個又一個對象。「也許這樣一來，可以踩上泥土，讓那顆無家可歸的魂，有個歇一歇的機會……」她尋思著，真的結婚了，與一個漢人電腦工程師。人很乖，每月工資都主動交到吉的手裡。這還不說，只要吉有個難心事兒，他立刻就幫著想辦法、出主意。看那架式，把吉捧在手裡都怕摔了，含在嘴裡都怕化了。只有一點，當吉畫圖伯特時，他就會露出正在萎縮的牙花子，笑得不行：「我說老伴呀，你咋盡胳博肘子往外擰呢？要不是我們解放了西藏，說不定那裡多落後呢！」

吉就琢磨起了「進步」的含義，突然很具體地感到，那其實是一些光閃閃的化纖製品，每次觸摸，都像過了電似的，刺激著皮膚。據說，女人的內褲是絕對不能用化纖製品的，那會使新陳代謝受到嚴重阻礙。那麼，什麼是落後呢？在吉看來，就是純棉或純麻的手工織布，有手感，呵護著皮膚，連你的新陳代謝都舒舒服服的。

天常日久，丈夫這些逼語言像一劑「抗春藥」，讓她漸漸失去了與他睡覺的興趣。男人就找茬子了。當然，吉也不是個省油燈，兩人打得天昏地暗、飛沙走石，最後，都打膩歪了，離婚就成了一道邁不過去的坎兒。

很快地，吉又有了這樣、那樣的男人。但是，這種性關係，只是吞噬著她的時間和精力。「我這不是成了怨大頭嗎？」她叨咕著，決定更弦改轍。

就在這當口兒，她認識了路克。路克有一座自己的牧場，成年累月的活計是割草、捲草，還有餵牛餵馬餵騾子，給牲口配種、接生。路克還有三臺汽車，一臺比一臺破。最大的是長長的卡車，專門拉割草機；不大不小的是個小卡車，用來進城辦事兒；第三臺是吉普，本來是路克的媽媽尼歐的，可尼歐太老了，老過了允許開車的年齡，這臺車就成了尼歐留給兒子的多餘禮物。

此刻，吉就坐在路克的對面，為他織著毛衣呢。天，漸漸地暗了，太陽已移到了前面那幾棵老楊樹的背後，又穿過樹隙，射出一道道筆直的橙紅色。吉放下了織針，站起來，舉手拉了一下吊燈的開關，屋裡亮了。燈罩上那彩色玻璃交織成的兩朵鮮紅的鬱金香，把光線都聚在了下面這張從沒有刷過漆的老舊的圓木桌上。桌旁坐著路克，還有又拿起了織針的吉。路克呷了一口紅葡萄酒，彎腰拿起了立在牆角的吉他，彈了起來：

一個男人要走過多少路，
才可稱為好漢？
一隻白鴿要飛過多少片海，
才能在沙灘入眠？
炮彈要橫行多久，
才會永不存在？
……

路克粗壯的手指，在琴弦上起落時，指甲裡的黑泥，也跟著一起一伏的，像是跳動的黑絲線。歌聲憂鬱，不像路克在唱，而是他那藍色的靜脈在唱。吉知道，這歌詞中橫行的「炮彈」，肯定也包括了當年中國對昌都的開火，包括了接下來對布達拉宮和羅布林卡的開火，對圖伯特的女人和孩子們的開火……

一曲結束，吉鼓起了掌。路克就笑了：「這首歌叫《答案在風中飄》，作者鮑勃・迪倫……」

「我知道鮑勃・迪倫，他老是打破規矩，與政府對立，如果在中國，他就是異端和醜聞。」吉打斷了路克。

「異端和醜聞？」路克的眼睛長了。

「因為在中國，人們的眼裡裝不下沙子。」

「沙子？」路克自然自語著，更迷惑了。不過，路克可不願琢磨這等芝麻小事兒，他的生活中，有許多重要的事情等著呢。於是，他搖搖頭，又翻起了歌譜。

說實話，就是琢磨，路克也未必能發現什麼名堂。他對中國的認識，還處於瞎子摸大象階段，摸到啥就是啥。現在，他摸到了吉，認為吉就是中國，而中國就是吉。

路克繼續看著樂譜。在加拿大，如果問三歲的孩子長大後想幹什麼？都會毫不猶豫地回答：搖滾明星！而路克，比三歲的孩子還走火入魔，雖然他是個牧人，但一閒下來，就拿出吉他和酒。有一次，吉偶然提起《嚎》，他立刻兩眼放光，像見到了突然而至的老朋友。

「你說奇怪不，在中國的文化人中，要是不提提艾倫・金斯堡，不說說傑克・凱魯亞克，就被看成是不夠先鋒、不夠酷，但是，他們卻把這兩人的信仰，比如金斯堡皈依的藏傳佛教看成是落後的。」吉叨咕著。

「這就像說水是好的，但是這供水的井有毛病的一樣，完全悖論呀！」路克抬起了頭。

「你這井的比喻很對勁呀，咋想到的？」吉笑了。

「尼歐說過，西藏佛教可以讓我們的自由長出一雙翅膀。」

「真的？」吉瞪大了眼睛。

「真的。」路克說著又低頭翻起了樂譜。這時，從他那鼻孔裡滲出了兩股青鼻涕，又在那高高的鼻尖上，疑成了一個透明的水珠，就要滴下來了。吉放下織針，拽出一片紙巾，替路克擦了擦。

「我是你的孩子嗎？」路克抬頭看了看吉。

「比我的孩子還操心，別的不說，你的屁股就沒有擦淨過。」吉數落著。

「我喜歡你為我擦屁股，你是天下唯一為我擦屁股的女人。」路克說著笑了起來，放下樂譜，拿起了吉他。這次彈的是《新奧爾良》。

吉一邊聽著，一邊織著毛衣，不過，偶爾還透過玻璃窗，看看外面：那些軟軟的桔紅色光線，已移到了窗前的簡陋木桌上，那裡橫七豎八地鋪了一些麵包片，都是專門餵鳥兒的，比如灰松鴉、藍松鴉、山雀，還有鵲，都常來常往的。路克對這些鳥兒也十分衷心，調樣給它們買吃的，瓜子呀，肥肉呀，他不僅可以叫出它們的名字，還知道哪只鳥有多少天沒有來了呢。

而此刻，連一隻鳥兒都沒有，窗外靜靜的，從房檐上吊下來的兩盆翠菊，也是靜靜的，停止了成長，也停止的枯萎。遠處的水塘旁，一匹黑馬和一匹白馬在轉著圈地啃著泛黃的草葉，更遠處，一頭騾子和幾十頭牛，圍著乾草垛一口口地拽著乾草呢。

「路克，你為什麼要養馬？拉車犁地？」

「裝飾呀。」路克停下了彈奏。

「騾子呢？」吉又問。

「也是裝飾呀。」路克看了看吉。

「牛也是裝飾？」吉仍然看著遠方。

「那倒不是，賣錢的。」路克說著放下了吉他，又拿起了酒杯，呷了一小口。

乾草垛的後面是一片杉林，嚴嚴實實地遮擋著林中深處的木屋。但吉知道，它是存在的，那是尼歐的畫室。每到春秋兩季，尼歐都在那裡舉辦畫展，被邀請的朋友們都會來，過路的人們偶爾也會來，大家就站在火爐旁喝咖啡、吃甜點、彈奏各種樂器。

在吉的眼裡，尼歐的畫，缺少規矩，也缺少打破規矩，僅僅是瞬間的靈感。不過，尼歐這一生，只做自己喜歡的事兒，可著性子放縱自己。因此，吉從未覺得尼歐是「婆婆」或「母親」，倒更像一位不著調的朋友。不過，有時又比朋友遠一些，因為，每當吉把尼歐送回黑鑽石小鎮的老人院時，尼歐總會掏出二十元錢，說：「給，你的汽油錢。」吉也會立刻接過來，揣進兜裡，誰也不欠誰的，一把一利索。

當年，發生在媽媽和奶奶，還有姑姑之間，那種理不清、剪不斷的一場又一場大戰，是無論如何也不會發生在她和尼歐之間了。

再說那畫室，平常的日子裡，一直是空的，還沒有賣掉的幾幅畫，緊挨著窗板，橫七豎八地立在了窗下。而窗板上，雕刻著一個裸體男人的背影，右腿稍微抬起，似乎正移向女人的身體，準備做愛似的；窗的另一邊，放著一臺早年從荷蘭運來的鋼琴，兩旁的蠟燭，還沒有燃燼，裸露著燒黑的蝕蕊。

除了畫畫，尼歐還是一位音樂家，常在她舉辦畫展的時候，彈奏這臺鋼琴。不過，她最拿手是中提琴。在年輕的歲月裡，她還當過卡爾加里交響樂隊的中提琴手呢。就是現在，在黑鑽石小鎮的老人院裡，尼歐臥室的牆上，依然擺放著一排音樂家的傳記，遠遠地，從封面上就認得出：貝多芬、巴赫、舒伯特……

尼歐生於荷蘭，母親是阿姆斯特丹大學的生物學教授，父親是著名化學家，也任教於阿姆斯特丹大學。她母親的父親，也就是尼歐的姥爺，是阿姆斯特丹市市長，也是著名的慈善家，其雕像，至今還矗立在阿姆斯特丹呢。

再說尼歐這一輩，妹妹康斯坦丁是阿姆斯特丹著名的雕塑家。有一次，在尼歐舉辦畫展時，一位尼歐的朋友，跟吉感歎：「當年，我在大學讀書時，每週末最盼望的就是看到康斯坦丁的新作，她的每個作品，都是一場革命哎！」

尼歐的丈夫，也就是路克的父親，是一位地質學博士，六十五歲那年，尼歐提出離婚時，他把這個牧場給了尼歐。根据加拿大法律，離婚後，男人要撫養女人直到六十七歲，而路克的父親提出，撫養尼歐直到她生命的末尾。

路克有一個姐姐和一個妹妹。姐姐桑尼亞是作家兼翻譯家，在溫哥華那邊的島上居住；妹妹海瑞亞特是芝加哥大學的心理學教授；路克也差一點就得了博士學位的，只剩最後一個學期了，因為政府縮減了學生金，路克就任性地放棄了，到美國、德國打了一陣子工後，回到尼歐的牧場，獨出新裁地當了一個牧人。

現在，路克的頭頂都禿了，只剩下了周圍的灰髮。要是媽媽活著，准會說：「這麼大歲數了，整天抱個吉他，這不是二流子嗎？」想到這裡，吉笑了。看著吉笑，路克也笑了。這時，恰好傳來了土狼的叫聲：「喔嗷喔嗷」……

在路克的牧場裡，除了土狼以外，還有成群的麋鹿，偶爾還會出現小灰熊呢。路克常在牧場的這裡那裡放上一些吃的，等它們來時，不管夜裡還是白天，都別餓著。有一次，吉跟路克打聽土狼和狼的區別，路克提筆畫了起來，把它們的腳掌和腳趾甲，都畫得清清楚楚的。別忘了，路克一點都不像他的媽媽尼歐，他是從不畫畫的。

這時，路克停下了彈奏，看著吉：「走吧，我們去睡覺。」

「太早了吧？」吉看了看牆上的掛鐘。

「不早了。」路克說著直起了腰，「你明天還要回卡爾加里呢，早點睡吧。要麼，別走了？」

「我得回去買點吃的，冰箱裡都沒有東西了。」

「我讓尼歐去買……」

「你……居然想到了尼歐，她都九十二歲了！」

路克聳聳肩，不以為然。接著，又從吉的手裡拿過織針，放在了桌子上，拉著吉，站在窗前：「你看，這月多圓？」

的確，夕陽已不知不覺地消失了，月亮升起來了，就在那些雲杉之上，又大又圓，飽滿得像是隨時都會掉下來似的。

路克的女人們

一

吉與路克的相識，算是如斯．傑普森的介紹。她是吉的英語老師，非常有水平，連原子、分子，也能解釋得很立體，像一幅滲著顏料香味的畫。

如斯喜歡吉的一切，包括一個圍巾一隻手鐲，都會讓她那雙藍盈盈的眼睛一亮。後來，如斯還把吉請到了家裡，兩人坐在如斯花園裡的太陽傘下，對著前面綠草如茵，鋪滿了鮮花的基督教墓地，喝著清茶——這是吉帶來的。

「聽說，中國人是不住在墓地附近的，認為風水不好，對嗎？」如斯說著啜了一口茶，朝吉點點頭。

「風水的事兒，我不太懂。不過，的確沒有人住在墓地附近，說實話，中國的墓地和這裡完全不一樣，太嚇人了！」

「為什麼會嚇人？」如斯一眨不眨地看著吉。

「盡是荒草，有的棺材都爛了，露出了屍骨。小時候，經過那些墳圈子時，我總是提心吊膽的，害怕一腳踩到那些腐爛的棺材上，掉了進去。」

「無法想像……」如斯眯起了眼睛。

「那些墳圈子，也很少有人光顧的，除了野狗和窮人。」吉說著，看了看如斯，心想，如斯可不是窮人，這裡是卡爾加里最昂貴的地段了，最近這幾年，房價瘋長，如斯坐在家裡，就成了百萬富翁。

說起來，如斯是愛爾蘭後裔，從她祖父的祖父的祖父算起，這個家族，已在加拿大居住了二百年以上。她的父親是位著名外科醫生。留了下了兩處遺產，一處在溫哥華海濱，歸如斯的姐姐了；另一處在班佛的森林裡，抬頭便是洛磯山，低頭就是月亮湖，一條小河，靜悄悄地穿過庭院，歸如斯了。

總的說來，如斯是個不著調的女人。吉最怕的就是如斯坐她的車，她會同時既讓吉往左轉又讓吉往右轉。如斯還喜歡音樂，每年一度在班佛舉行的「國際絃樂四重奏比賽」，是場場落不下的。如斯對音樂家，如海頓、莫札特、貝多芬、德布西、柴可夫斯基等等，都無一例外地如醉如癡。她自己也偶爾彈彈豎琴。

如斯還喜歡繪畫，甚至特別飛往多倫多，到國家畫廊欣賞了加拿大七個組合的真品。也許正是對音樂和繪畫的興趣，養育了如斯的審美。當然，一般的老外都有著不錯的審美，這一點，中國人就不行，什麼俗喜歡什麼。這可不是瞎掰，吉依然記得在中國時，有一次，她細心地穿上了那件波西米亞風格的帶有佩斯利花紋的棉布上衣時，遭到了同事們的一致嘲笑。他們說，她像個要飯的。

聖誕節要到了，如斯說：「吉，跟我去尼歐的牧場吧，我去砍一顆聖誕樹。」這時，吉早就從如斯的嘴裡瞭解了尼歐，只是沒見過面。

尼歐佝僂著，坐在火爐旁的一個長條木櫈上，後腦勺的白髮向兩邊倒去，中間出現了一個很寬的斜上去的頭縫，皮膚乾得都抽巴起來了。這，簡直就是一具骷髏！吉想著，看見尼歐的眼珠子轉動了，一下就盯住了吉的黑色衣服的下擺，「啊，真美！」骷髏說話了，聲音細細的，像從嗓子眼裡擠出的一縷輕煙。

那是一圈很精緻的鏤花，也是黑色的，是吉的最愛，不過，不特別注意的話，根本發現不了。沒想到，尼歐對美的捕捉，像嬰兒對疼痛的感覺，依然靈敏。

那天，尼歐為她們做了午飯，主食是雞肉三明治，甜點是奶酪糕。吉簡直不敢相信，這麼大歲數，居然還在伺候大家！而如斯和路克，像什麼事兒也沒發生似的，穩穩當當地坐在那老舊的圓木桌前，喝著咖啡，聊著天。要是在中國，人們准得指著他倆的脊樑骨說：「這不是活牲口嗎，咋能讓這麼大歲數的老人伺候呢？」

那是吉第一次見到路克。不過，路克沒咋跟她說話，盡是尼歐在說。開始的話題是關於這個牧場。尼歐說，前幾天，有人要買下這牧場的東南角，給的錢很多，但她不想賣，怕買主蓋樓房，破壞了環境。吉就說起了小時候她家的那片果園，一夜之間都歸了國家……尼歐聽得一愣一愣的，不住地轉動著眼珠子：「這不是搶劫嗎？」

說著，尼歐的眼珠不動了，盯著吉問道：「對了，中國還搶劫了鄰國圖伯特，不是嗎？」

「是……」吉的聲音突然噎住了，像有什麼東西，哢在了嗓子眼兒，讓她說不出話。

「中國軍隊撤出來了吧？現在？」尼歐仍然看著吉，但吉沒有看她，只是把目光轉向火爐，站起來，添了幾塊木頭，火更旺了，發出「劈劈啪啪」的響聲。

吉不是不想回答尼歐，不僅如此，她還有種擁抱尼歐的衝動，但是，她控制了自己，她怕這一擁抱，會讓尼歐散架子的，尼歐太老了，比乾透的樹枝還脆弱。

二

那天，直到如斯和吉去砍聖誕樹，路克才起身餵牛。吉尋思著，路克說不定會幫她們一下，可是，路克走得很執著，連一眼也沒有往她們這邊看。

松樹長得密密麻麻的，連手都伸不進去，砍起來就更費勁了。吉先幫著如斯掰開那些小松樹，再使勁用手壓著，如斯就砍，累得「呼哧呼哧」直喘，吉的手也被紮出了血，她就尋思了，如果路克是如斯的男朋友就好了，可以幫幫忙嘛。

後來，尼歐又請如斯和吉到牧場過了聖誕前夜。那天，還是尼歐做的飯。做好了以後，尼歐就敲起了鐘，其實，也不是什麼鐘，不過是掛在木屋前面的一塊鐵疙瘩。但敲起來的話，聲音挺大，不管是在溪邊散步的吉和如斯，還是在工棚裡修理機器的路克，都聽得見。

聖誕前夜的這頓晚飯，和往常不同，是把奶酪放在火鍋裡融化後，用一種長叉子，叉起麵包塊，放進滾燙的奶酪裡沾一沾。如同中國北方，大年三十兒一定要吃水餃一樣，每個聖誕前夜，尼歐都要做奶酪火鍋的。

「索菲亞結婚了沒有？」尼歐一邊叉起一片麵包，往火鍋裡沾一沾，一邊跟如斯打聽著。因為索菲亞是如斯的小女兒，以前，也是常來牧場的。

「還沒有。不過，已經懷孕了，兩人樂得不行，準備下月結婚呢。我花了五百多元，給他們買了一個床頭桌，當作結婚禮物。」如斯說。

「這麼多錢？」尼歐睜大了眼睛。

「雖然貴一些，可索菲亞能用一輩子，我是在一個法國手藝人那裡買的。」如斯很是滿意自己的禮物。

吉就想了，要是媽媽活著，准得說：「這個如斯，咋嘴巴把不住門兒呢，無論如何，不能把女兒未婚先孕的事兒張揚出去呀！還咋讓女兒今後做人哪？再說了，女兒結婚一回，哪能只花五百多元呢，多寒磣人呀？」

三

「路克初當牧人時，很需要錢，尼歐雖然愛路克，但是，錢嘛，還得自己掙。於是，路克找到了一份給人家刷牆的活兒。他的技術比一般人都好，但是，這家給他的錢比一般人都少。」如斯叨咕著。

「為啥路克接受了？」吉糊塗了。

「有個條件，就是他們讓路克週末住在那裡，並為他提供早餐。天長日久，路克就和女主人奧利維亞住到了一起。後來，奧利維亞每週四都到路克的牧場，把所有要洗的衣服都拿回來，洗好了，再送過去……漸漸地，路克和奧利維亞的丈夫也成了好朋友，因為他倆都研究數學和鳥兒……」

「奧利維亞的丈夫不嫉妒？」吉打斷了如斯。

「不嫉妒。因為他和奧利維亞已有許多年不住在一起了。不過，除了奧利維亞，路克還有一個女朋友，就是他的鄰居歌奧，路克常把自己的牛拉過去與歌奧的牛配種……」

「……」吉瞪大了眼睛，一句話也說不出來了。

「我發現，路克也非常非常喜歡你啊！」如斯說著，話鋒一轉。

「唉，別提了，都是那部《加拿大西部牛仔詩選》惹得禍。」吉的眼睛又開始轉了。

「怎麼開始的呢？」如斯緊盯著吉。

「他先請我到星巴克喝啡咖，那裡緊挨著書店，他說，『咱們去看看書吧』，就給我買了那本詩集……」

「接下來呢？」

「接下來，常一起喝咖啡、吃飯，還請我去了他的牧場……」

「你在那裡過夜了？」

「是。還給他做飯，織毛衣，每到這時，他就會給彈吉他……可是，我一點也沒有想到，他還有另外兩個女人……」

「他從沒給我彈過吉他，我對他如醉如癡了二十多年啊！」如斯的眼圈紅了。

「什麼？」吉打斷了如斯。

「我知道，他和你的關係，我早就感受到了……」如斯的話越說越輕。

「你……感受到了什麼？」吉的心跳加快了。

「昨天晚上，他住在我這裡了……」如斯的聲音更輕了，然而，對吉來說，像是響起了炸雷。

四

「路克的女人很多。他常出去跳舞，舞伴中，有兩個成了他的女朋友。一個是日本女人阿麗莎，還有一個叫保爾波亞，是出生在加拿大的英格蘭人……」如斯完全沉浸在了自己的話題裡，不再注意吉的表情了，「因為路克頻繁地去阿麗莎居住的莊木海勒，那裡離卡爾加里有百十公里，他就取消了幾十年不變的週六住在奧麗維亞家的規矩，因此，奧利維亞和路克鬧翻了。」

「後來呢？」吉問。

「後來，阿麗莎也和路克鬧翻了。雖然我從沒有見過阿麗莎，但是，我可以在路克的身上感受到阿麗莎的心跳。『阿麗莎是否說過，她認識你是個不幸？』有一次，我問路克，路克點點頭。」

「這種性解放，理論上是可以接受的，但實際生活中，沒有任何一個東方女人可以接受……」吉嘟囔著。

「西方女人也一樣。像我和歌奧，所以與路克一直保持關係，是因為我們從年輕時就熟悉了彼此，習慣了。可我的孩子們根本接受不了路克，我兒子說，『媽媽，你是怎麼忍受路克的？』其實，更多的時候，我只把路克當個孩子。」

吉的成長

吉立刻剎了閘，和路克分手了。不過，她陷入了寂寞的黑洞裡。這是自打失去晉美後留下的毛病，每隔一段時間就會犯。症狀嘛，彷彿她的脊骨上有東西在爬，坐不穩站不牢的。她就拿起電話，打給小妹，打給小弟和其他的朋友們，但是，每個人都有自己的話題和難心之事，沒有人可以成為她的救命稻草。

時間，就這樣一分一秒地耗掉了，她必須成為自己的主心骨！但是，畫畫是不可能了，怎麼也無法專心。那麼，幹點什麼呢？她隨手抽出了書架上的《西方藝術史》，曾經，在韃靼古國工作的那段閒暇時光，她仔細閱讀過。章章節節，還殘留著她年輕時代的氣息，有點像折斷的蒲公英，散發著清爽和苦澀的味道。

現在，回頭看這些藝術史上的成就，從古典主義到後印象派，從寫實主義到立體主義，從未來主義到俄羅斯的抽像主義，以及構成主義，她仍然為每一次藝術變革而心跳加快。對那些打破了前人規則的畫家，她驚歎他們探索的勇氣。過去大學時代的狂傲，現在，隨著她生命的滄海桑田，都煙霄雲散了。她以恭謹和嶄新的目光疑視著這些作品，不自覺地，她開始了與這些大師默默對話。

「您是怎樣想到了隨意伸縮人體，試驗了這種變形之美的呢？打破傳統，唉，這是多麼危險的事兒啊，您哪來的勇氣？」她久久地凝視著《大宮女》，輕聲地請教安格爾，然而，安格爾沉默不語，滿目疲倦，看上去他早就受夠了世俗的否定與讚揚。

「我理解您喜歡那種未受西方文明腐蝕的純真，您把自然與幻想、現實與象徵糅合在一起，太有詩意了！可是，您最厲害的，依我看，還是由立體走向了平面，是什麼點燃了您的靈感？」她看著高更，高更笑了，笑得黑色的鬍鬚都在顫動，並問她：「那麼，當年您在圖伯特時，是什麼點燃了您的靈感？」

她的臉一下子火燒火燎的：「大師過獎了！」說著，眼裡蒙上了一層水霧，不過，很快地，她就搖搖頭，擦了擦眼睛。她不敢放縱自己對圖伯特的思念，那是一個深不可測的傷口，進去就出不來了，而時間對她來說，又是格外吝嗇。於是，她抓住了馬蒂斯，尋問他處理色彩的祕密，還讚美起了畢卡索——全然擺脫了前人的約束，把那些充滿了動感的變形，表現得如此統一有序，且帶著細節，這種精心構圖，好叛逆啊！「您是怎樣千回百轉地磨礪您的才氣的？」她纏著畢卡索不放。

雖然她不那麼喜歡未來主義，但是，作為一種藝術形式，新的繪畫實驗，是了不起的，這種同以往任何繪畫表現形式都不一樣的東西，有著非同尋常的意義。人類審美的彈性和空間，真是廣闊啊，從精確到抽象，從人體到幾何圖形，從有形到無形……

而在這些紛繁複雜的影響面前，在欣賞前人的時候，吉保持了冷靜，她開始尋找一種適合於自己的繪畫語言，她要從這些圍牆中找到決口，在所有的規矩中找到自由。就這樣，不經易地，她走出了那個寂寞的黑洞。當然，也沒有好多少，接下來，她又陷入了圖像的擠壓裡，在當代各種圖像的展覽中喘不過氣。她需要單純，但單純不是簡單，而是一種提煉。

在這方面，圖伯特壁畫可謂奇蹟了。比如她早年見過的夏魯寺、巴廓曲丹寺、乃瓊寺、大昭寺（祖拉康）、哲蚌寺的壁畫，都有這個特點：色彩飽滿，對比強烈，線條也極端細緻，有邏輯，包括服裝，都是有細節的，但同時，又給人以單純之感，很神性，不會被客觀牽著鼻子走，完全逾越了工業化的冷漠，像一個個盛滿精神的容器，很暖。同時，又與西方繪畫有著技藝上的契合。比如在運用補色關係上，也就是對立顏色的運用，比西方繪畫更讓人震撼，顯示著強大的力量。這是什麼原因呢？

當然，圖伯特繪畫的顏料無可比擬，都是從礦石和植物中直接提煉出來的，與大自然完全銜接在了一起，而運用於岩畫之中，更厲害。吉就想到了在色拉寺、哲蚌寺看到的岩畫，那真是另外一種繪畫語言啊！僅從儲存的意義來說，也強於一般的繪畫，不怕時間的遮蔽，或者說，時間積澱得越深，就越美，越突起。尤其飽含著一種內在的單純，讓吉心跳加快。可能有的學院派畫家會覺得那一切過於平面化了，其實，平面有平面的好處，自從後印象派以來，人們就一直在努力把繪畫藝術從立體回歸於平面，使繪畫更像繪畫，與照片形成了隔離帶。

那麼，她要尋找的到底是什麼呢？她也說不好，但有一點是肯定的，就是更為結實的繪畫語言。吉很清楚畫廊的情況，對於畫商或者買主來說，都願意選擇漂亮的、好看的；可那很可能是表面的、淺薄的、庸俗的，對於真正的藝術來說，應該更主觀，更自我，也就是說，那畫筆，要像刀子一樣，穿越社會的表層，抵達更黑暗的地方，看到那些被欺服的，被視而不見的角落。

吉嘗試著用材料去控制主題。她選擇了一種輕而易舉就可以觸及到紋路的十分粗糙的亞麻，迅疾地在那上面勾畫出深色的寥寥粗線，再塗上渾厚的平面性的色層……漸漸地，她的畫面就出現了一個無拘無束的空間，並充滿了節奏和力量。很有趣，這種熱烈的情感，恰與她正在經歷的寂寞和淒冷，形成對比。

她為自己的新探索徹夜不眠。

那麼，這個艱難的開始，給她帶來的是什麼呢？像當年杜象的《下樓梯的裸女》的命運一樣，她的畫，不斷地被畫廊拒絕。那些曾經偏愛她的畫商，甚至有一次，還懷疑到她的名字是不是被盜用了。他們不理解，她生命的肌理，到底發生了什麼？

初來加拿大時，她的畫賣得挺好，尤其是那些西藏題材的畫，儘管沒有發財，可一直讓她過著不愁吃穿的日子。並不是吹牛逼，如果樂意的話，她完全可以把自己的畫筆變成一臺印刷錢的機器。

難道克服自己都是一種禁忌嗎？她不住地問自己和這個毫無回聲的世界。

路克又來了

就在吉不斷地被往昔的畫商拋棄，陷入貧窮的時候，路克打來了電話。

「吉，」路克停了一會兒，接著說，「我可以去看你嗎？」

「你知道我的新地址嗎？」

「不知道。」

吉就告訴了他。吉沒有問他怎麼知道了她的新電話號，想必是如斯告訴的吧。她一直和如斯保持著友情。

路克帶來了一束鮮紅的鬱金香。兩片綠葉之間，那含包待放的花朵，遮蔽了他和他的女人們的故事。也只有這束花，讓她想到，他的荷蘭祖藉。其實，他與荷蘭，早就井水不犯河水了。他就是他自己，是從石頭科裡蹦出來的。

那麼，她為什麼又接受了他呢？

答案在風中飄。她給他做了中國傳統的蔥油餅，拿出了當年傻大舅羊倌那股實在勁兒，放了許多的豆油。現在，她與中國的唯一紐帶就是漢餐。她始終做不到像圖伯特人那樣離不開酥油，也做不到像荷蘭人那樣離不開奶酪，更做不到像加拿大人那樣離不開牛肉。

她還做了黃瓜粉皮涼拌菜和一個雞蛋甩袖湯。路克用筷子夾了夾涼拌菜，結果，剛到嘴邊就滑掉了，他就又夾，吉笑了，遞給他一雙刀叉。

「尼歐還好嗎？」吉問道。

「好。」路克簡短地答道，像從前一樣，話不多，即使非說不可的時候，也只用主謂賓，沒有形容詞。

「如斯仍然是你的女友？」

「是。」

「你依然常去跳舞？」

「是。」

「像喝酒一樣，有癮？」

「是。」

「尼歐同意嗎？」

「同意。」

「如果你吸大麻，尼歐也會同意？」

「當年我吸大麻時，她的確沒說什麼。」

「真的？你為什麼要吸大麻呢？」

「那你為什麼要畫畫呢？」

「看來，人各有志了。」

路克沒再吱聲，也許認同了吉的這句話。

「還記得嗎，從前我們在一起時，你甚至想讓尼歐給我們買吃的呢，那時，尼歐都九十二歲了！」

「現在九十七歲了。」路克說著，笑了，露出了一口整齊的牙齒。很奇怪，這麼大歲數的人了，牙齒還沒有變稀。不過，吉還是發現，他那上牙左則的緊裡面，倒數第二顆牙已經沒有了，出現了一個黑洞。的確，路克有些老了，喉結周圍的肌肉都打皺了。

與尼歐在一起

吉又開始往返於路克的牧場和卡爾加里之間了。週末時，也常見到尼歐。她看上去沒有變老，也沒有變年輕，仍然像一具骷髏。不過，一笑一口白牙，當然都是假牙了。她很少摘下來，因為一摘下來，整個臉就癟了。如斯常說：「吉，你知道吧，假牙不摘下來，對健康不好，可是，在尼歐的眼裡，容貌要比健康還重要呢！」

而吉，恰恰喜歡尼歐這一點。儘管都九十七歲了，還是不願意破罐子破摔，不要說假牙不摘，尼歐還塗口紅呢。儘管她哪兒都去不了，多數時間只躺在床上。但是，她的枕頭旁永遠放著一個小小的手提皮包，裡面有各種化裝品，包括一個帶把的小圓鏡子。還有那把中提琴，永遠與她並行擺在床的裡面，彷彿她隨時都會坐起來打開盒蓋子，拉上一曲似的。

要是在中國，這麼大歲數，早就炕上拉炕上尿了，兒孫們說不定被折騰成什麼王八犢子樣呢。她記得姥姥在六十多歲的時候就很少下地了，一般都是坐在炕頭納鞋底兒。

「吉，你今天送尼歐回老人院好嗎？」

「你呢？」

「我去跳舞……」

「迷路怎麼辦？」

「我給你畫個圖。」

路克說著，拿起鉛筆畫了起來。而後，指了指幾個容易走錯的岔路，就急急忙忙地跳舞去了。

尼歐從床上坐了起來，把手裡的一遝書遞給了吉：「放到我的畫室，下周我去畫畫時，接著看。」

吉聽話地接過了那些書，出了木屋，直奔尼歐的畫室。畫室靜靜的，尼歐的畫架還支著呢，顏料橫七豎八地堆在畫架旁。其實，尼歐差不多有一年多沒來這裡了。當然，今後也不會再來了，她實在太老了，沒有足夠的力氣坐下來。只有吃飯、喝咖啡時才起來。不過，她仍然懷有期望，期望有一天體力恢復，真的可以回到畫室。就是今天早晨，她看著窗外的落葉，還在對吉叨咕：「我真想畫下來啊！」

吉的鼻子一酸。這就是為什麼吉沒有計較路克去跳舞，她樂意和尼歐待在一起，那是一種特別安靜的時刻。她們雖然年齡不同、種族不同、經歷不同……但她們之間從來也沒有代溝。

吉從畫室回來時，尼歐已經下了床，拄著拐杖，站在窗前等著她呢。其實，尼歐完全可以用輪椅的，但她拒絕了，也許她想保持一種獨立的姿勢吧，誰都不依靠，包括輪椅。不過，她的憶記力正在衰退，有時，她不得不從老人院那邊給路克打來電話，問：「今天是幾月幾日？周幾了？」

「吉，你幫我拿著提琴，咱們該走了。」尼歐軟軟地喘著氣。

吉就回身到尼歐的床上，拿起中提琴，提在右手，左手扶著尼歐，兩人出了木屋。不知為什麼，吉猛然想起了焦原，就是那個往「憶苦思甜」的水缸裡尿尿的男生，她曾經多麼想摸一下他那個皮製的二胡盒子啊，真的很像尼歐的這個中提琴盒子呢，很像。時間過得好快，轉眼，就幾十年了。不知焦原在幹什麼？他往水缸裡尿尿那件事兒，是否影響了一生？

如果跟焦原結了婚，會是什麼樣子呢？也許會把丈夫照顧得無微不至，毫不費力地做出滿桌子的好飯、好菜；而焦原呢，絕對不敢當著她的面去跳舞的，否則，她會一狀告到婆婆那裡！說不定，她也會和婆婆、小姑子、大姑姐打得不可開交，總之，那份情感，是不會像她和路克這樣的。

想到這裡，她甩了甩頭。路克的門是從來不上鎖的，這讓她省心兒了——不必騰出手鎖門。她扶著尼歐直接到了門廊，下樓梯時，尼歐鬆開了她，一手扶著一邊的木杆，一手拄著拐杖，倒著身子，一步步下去了。

尼歐總是盡可能地不連累他人。但接下來，還是不得不把手遞給吉，她實在太老了，輕不起任何閃失[81]。吉挽著尼歐，一步步向前挪著，終於來到了吉的汽車旁，吉鬆開尼歐，先把中提琴

81 閃失：中國東北方言，意為出現意外、禍事。

放進後座，又回身扶著尼歐上了車，繫好安全帶，這才繞到另一邊，打開車門，坐到駕駛座，啟動了引擎。

收音機響了，是個關於玻璃窗的廣告，夾雜著不三不四的音樂。尼歐的身子一會兒向左一會兒向右地折騰著。吉立刻調了臺，調到了ＣＢＣ第二頻道，這是尼歐最愛的，整天都在播放經典音樂，今天也一樣：細膩、精緻，明澈如月的聲音，旋轉而來。

「是蕭邦的夜曲，降Ｂ大調……」尼歐說著，安靜了。

吉笑了。雖然尼歐的記憶力在衰退，但那些經典音樂，尤其是早期的搖滾樂和爵士樂，在她的記憶裡卻是新鮮的，像一枚枚青蘋果。

「太美了！吉，你看，那些草都發著光呢！」在蕭邦的氣蘊裡，尼歐指著道路右邊那些捲起的巨大的乾草垛。的確，在陽光下，亮晶晶的，與迎面洛磯山上的白雪和路兩邊正在泛黃的楊樹，以及深綠色的松樹，交織出一幅層次分明的水彩畫！還有那洛磯山之上蒼茫的白雲，正在藍色的蒼穹裡，一團團地飄來，變換著形狀……

「我真想畫下這些雲啊……」尼歐在嗓子眼裡咕嚕著，「圖伯特的雲，就是這個樣子吧？」

「不，圖伯特的雲沒有這麼秀氣，在北方的羌塘草原，更像風暴中的大海，波濤洶湧……」吉隨口而出。

「我這一輩子，最想去的地方就是圖伯特……」

「那早年您為什麼不去呢？」

「因為中國軍隊進去了，又是大炮又是刀槍，連圖伯特人都待不下去了……」

「您是說上個世紀五〇年代嗎？」

「就是，我有個妹妹，你還不知道吧，叫康斯坦丁，她當時恰好在錫金旅行，眼看著圖伯特人逃難，她說，他們中的很多人，就為了換一口飯，就交出了很貴重的珠寶。她說，那些逃難的人中，有些喇嘛，非常有學問，不是一般的學問，可以讓你的精神長出翅膀……」尼歐說著，抬了抬她那瘦骨嶙峋的胳膊，可終於沒有抬起來。

「……」吉一時無語。

「一般的荷蘭人都會西班牙語和德語。在十七世紀時，西班牙佔領了荷蘭，第二次世界大戰時，德國又佔領了荷蘭，必需要我們學習德語……」尼歐說著，停了一忽，又說，「吉，我很擔心，那些中國人會讓圖伯特人說漢語……」

「您會德語？」吉轉移了話題。

「現在，一聽到德國口音的英語，我就頭疼，」尼歐說著捂上了眼睛，「那些德國人對猶太人很不好，我們把兩個猶太教師藏到了天花板上。」

「多長時間？」

「兩三年吧。」

「這麼長？」

「當然不是在一個地方，輪流被接到別人家藏起來的……」尼歐說著，停了下來，突然想起了什麼，眼睛直盯著前方，「吉，中國人還沒有退出圖伯特，對嗎？」

「對。」

「可那些德國人後來都撤出了荷蘭……」尼歐嘟囔著。

現在，她們已在這個路上走了很長一段時間了，按說，該到黑鑽石小鎮了，咋連個影兒也沒有呢？眼前永遠是一望無際的牧草和白色的木柵欄，以及三三兩兩的牛馬。

「尼歐，我們好像迷路了。」吉放慢了車速。

「是啊，黑鑽石鎮是個挺大的地方，應該看得見房屋了。」尼歐說著，一轉眼，又把迷路的事兒忘得一乾二淨，「吉，你看，路邊的花多美呀，就是那個有藍色葉瓣的，叫半邊蓮……」

吉沒有看半邊蓮，只是前後左右地尋找著人影兒。其實，尼歐對這段路是十分熟悉的，她從十七歲起就學會了開車，更熟悉卡爾加里附近的大小道路。但是，她現在太老了，所有的道路對她來說，都是一個長相。

突然，一輛大卡車超過了她們，許是吉的車開得太慢了，擋了人家的路，她有些不好意思地把車開到路邊，停下了，看著尼歐：「咱們得找人問問路。」

尼歐點點頭。正在這時，開過去的那輛大卡車，也「吱嘎」一聲停下了，停在離吉的車只有幾十米遠的地方。

「需要幫忙嗎？」車主走了過來。

「我們去黑鑽石鎮，找不到路了。」吉說。

「跟著我的車吧，我也去哪裡。」車主說。

吉就又啟動了引擎，跟著那輛車。那人開得很小心，遇到拐彎的地方，遠遠地就打開了轉向燈。很快地，吉就看到了黑鑽石鎮的加油站、花店、小酒館，那嚮導把車停在了花店門前，打開車門，走近了吉：「這就是黑鑽石鎮了，還需要幫忙嗎？我熟悉這邊……」

「謝謝！我轉過向了。本來我是熟悉這裡的，但從朋友的牧場這邊來，還是第一次……」

「西部加拿大人就是友好。」待吉跟那人告別後，尼歐感慨起來。

尼歐的老人院，從外面看，很不起眼，是一座只有一層的長形公寓，但裡面很舒適：一進門是客廳兼餐廳，窗口兩邊，都放著很高的書架，書架前，是長形軟皮沙發，另一邊是個大壁爐。一塵不染的墨綠色純毛地毯，柔軟得如同草坪，客廳的緊裡面是個走廊，尼歐的房間在中間，裡面的擺設很古典：桌子上是她自己製作的玻璃畫，牆上一個小小的書架裡，橫著擺放了一排音樂家傳記。床上鋪著一個純棉的白底藍花床罩，美得讓人不願挪開視線。

「吉，這是你的汽油錢。」尼歐說著，從手提包裡揣出了二十元。吉知道，她該走了。

夏日的篝火

每年夏天，尼歐都要舉辦音樂會，請帖發向各位朋友，當然，她的朋友們大多都是業餘音樂家，有教授、醫生、作家、詩人、家庭主婦等等，要說年齡，都比尼歐小得多。

桑尼亞和海瑞亞特也回來了。但是，路克不在，他是從來不參加他媽媽的音樂會和畫展的。他不喜歡人多。奇怪的是他可以去跳舞，那裡的人不是更多嗎？不過，跳舞是一對一，偶爾，自己跳自己的，與別人無關，這樣解釋的話，也說得過去。

吉和如斯一塊來了。一進牧場，火塘那邊就傳來了小提琴、大提琴、笛子，以及各種無名無姓的自製樂器的聲音。說起那火塘，就在路克木屋的左側大約百十來米遠的地方，用石頭圍起來的，大家已鬆散地坐了一圈。

桑尼亞把大家帶來的食物都擺在了離火塘很近的一個四面都是玻璃的小屋裡，這是尼歐早年種草藥的房子，不過，早就廢棄了。現在，擺滿了水果、飲料，以及各種好吃的，同時，火塘那邊也沒閒著，有人在烤香腸呢。

桑尼亞已經拿起了大提琴，其他的幾個尼歐的朋友，也都拿起了樂器，多數時間，大家演奏的都是伊恩・泰森（Ian Tyson）的曲子，也有鮑勃・迪倫（Bob Dylan）的曲子，像《不變的哀傷》《變革時代》等等。只有吉，是個專業聽眾。她看著桑尼亞的濃眉毛，水一樣靜而深的雙眼，都是尼歐的縮影。不過，與尼歐不同的是，她對婚姻是忠誠的，也是家中唯一結了婚的孩子。

和路克一樣，海瑞亞特一生沒有結婚，可能這正是她的追求吧。她比桑尼亞還美，身材修長、輕盈。今天，她沒有彈琴，只是跟著大家的節奏跳舞，雙臂彎曲，抱在胸前，每跳一個節拍，那短髮就在微風中揚起一次。

「尼歐在哪裡？」吉左右看著，走近了桑尼亞。

「在床上。」桑尼亞放下大提琴，指了指木屋。

吉就向木屋走去。尼歐的房間半開著，那瘦小的身子正側身躺在床上呢，雖然背對著吉，但吉仍然可以看得出，尼歐的手裡正拿著一本翻開的書，那是《艾米麗・卡爾傳》。與往常不同，一邊的中提琴蓋子完全被打開了，尼歐伸手就可以夠得著，但是，就是夠得到，她也沒有力氣拿起來了。

「噢，吉，你的圍巾真好看啊！」尼歐轉過身子，可能聽到了腳步聲吧。其實，這圍巾是當年吉在拉薩的帕廓買的，是克什米爾羊絨織出的圍巾，由暗紅色、灰色，還有黑色組成的，已經很舊了，不過，尼歐一眼就從這褪去的色彩中，認出了初始之美。

尼歐把書放在了枕邊，坐直了身子。這時，她身下的尿不濕在小腹那裡鼓脹起來。吉笑了。人人都過不了這一關，出生時用尿不濕，老了時還要用尿不濕。不過，尼歐的精神可沒有跟著尿不濕轉悠。吉把床頭桌往尼歐的跟前挪了挪，自己坐在了桌子的對面。其實，她很想挨著尼歐坐在床邊，可是，她怕尼歐不樂意她的貼近，這倒不是說尼歐想與她保持距離，或者怕她聞到那股尿不濕的腥騷味，不是的，而是尼歐會擔心自己失去了獨立。

「尼歐，聽到音樂了嗎？」吉問。

「我想……站起來。」尼歐沒有回答吉，只是動了動身子。

「我扶你。」於是，吉把尼歐的鞋放在了她的床前，又幫她拿過拐杖。尼歐抓住拐杖，站了起來。這時，吉發現尼歐的床頭，多了一幅瓷畫，那是一個穿著紅色袈裟的圖伯特僧人，戴著一頂淺黃色的遮陽帽，前面還伸著一個長形的帽舌，擋著陽光，這僧人正坐在一堵坍塌的牆下，讀著一卷長形的刻版經書。

「誰給您的？」吉指著那瓷畫。

「海瑞亞特，是她自己做的。」尼歐說著，走到了門口。

儘管母女如此體貼，但是，每當海瑞亞特和桑尼亞回來看望尼歐時，都要住旅館的，決不會和尼歐睡在一個房間，更不會與尼歐坐在一起，東家長西家短地嘮個沒完。吉依然記得，當年她回家看望靜宜的時候，是每時每刻都守在媽媽身邊的，同時，不住地叨咕著爺爺奶奶，還有七大姑八大姨什麼的。

吉扶著尼歐來到了篝火旁，坐下，大家像是沒有看到尼歐一樣，繼續拉著琴，哼著歌，也許是為了讓尼歐感到，她和大家沒有什麼不同吧？

桑尼亞離開了一會兒，又回來了，拿來了尼歐早年的一個很小很輕的手風琴，放在了尼歐瘦弱的雙膝上，於是，尼歐慢慢地拉開了風琴。這時，一個挺拔的中年男子，拿著小提琴，站到了尼歐的跟前。

「他是卡爾加里樂隊指揮哦！」如斯悄悄地告訴吉。

樂隊指揮舉起小提琴，合著尼歐的小手風琴，拉了起來。瞬息之間，溫暖而優雅的肺腑之音，像煙縷，緩緩升起。

「這是貝多芬的《月光》。」吉在心裡說著。

「吉，中國軍隊撤出圖伯特沒有？」一曲結束，尼歐突然轉向吉，沒頭沒腦地問了起來。

雨下得太多了

前幾天，那些牛撒著歡兒，踩倒了北面的柵欄，連木屋四周都是牛糞。現在，吉就把那些牛糞撿了起來。從前，她只看過圖伯特女人撿牛糞，遠遠地，身子一彎一抬，很有節奏地邁著步子，像在丈量大地似的，美得不行。但是，當她真的彎下身子，一個個地撿起那些牛糞時，發現這並不是一件很美的事兒，那種累，像是積在水塘裡的雨，再不會蒸發。

她一邊撿牛糞，一邊想起了江孜的阿媽啦，想起了夏魯村的央金拉姆和阿佳德吉，不知她們現在怎麼樣了？親人是否都回到了身邊？她和她們在一起時，儘管她們的家不是她的家，卻有著家的感覺，住下去就不想離開，更不要說與晉美群佩在一起時，那種天衣無縫的感覺了。但是，待在路克的這個牧場，卻是另一種滋味，她老是覺得被什麼東西隔著，讓她的心，夠不到這裡。

雨，說下就下了起來，她放下牛糞，回到木屋。這時雨點正打著房頂的鐵皮，發出「啪啪」的響聲，還有小松鼠跑過房頂時，弄出「嘩啦啦」的聲音。她站在窗前，看著雨線斜著飄進水塘，濺起一圈圈漣漪。然而，路克的那兩匹馬，毫不在意這雨水，還在甩著尾巴，沒心沒肺地繞著水塘啃草呢。

今年的雨水比往年大。大河小河都在漲，有的地方，聽說都漲過了岸，沖走了不少房屋。那都是富人的房子，浪漫地建在水邊。她是個窮人，離水很遠，還住在公寓的頂層，老天啊，現在倒是安全了。而路克的這個水塘呢，一點也沒有漲，倒是雲杉林那邊經過牧場流向遠方的小溪，漲了不少，遠遠地，就可以聽到「嘩嘩」的水聲了，不過，咋也淹不到這木屋的。

路克回來了，收工得比往天早一些，還抱進來了幾個木頭椴。

「想得好周到啊！」吉誇獎著。

「晚上雨下大了，屋裡會冷的。聽說，通往卡爾加里的橋都沖斷了。」

「那……我明天怎麼回去畫畫？」

「還有一條路，就是有點繞彎兒，不過，安全，我一會兒畫張圖。」

吃過晚飯，路克就給吉畫了回卡爾加里的路線圖，接下來，像以往一樣，他們早早地睡下了。

「明天早餐，還吃煎薄餅，行嗎？」睡意朦朧中吉叨咕著。那是吉最近學會的一種早餐——把牛奶、蜂蜜和雞蛋，放進少許麵粉裡，攪拌均勻後，放進鍋裡煎……路克總是吃得很多，尤其加上奶油和楓葉蜜，他可以吃上兩個，甚至三個呢。

「行啊。只要是你做的飯，我就愛吃。」路克說著，把吉緊緊地摟在了懷裡。

奔向如斯・傑普森

電話的響聲，驚醒了路克和吉。

「是我，路克。」吉聽出是如斯・傑普森的聲音。

「我在班佛的房子被淹了！所有的東西都飄了起來，那邊的鄰居剛打來電話，要我趕緊過去。」

「哦。」路克不置可否。

路克不吱聲。

「昨天我的車剛送去修理，你可以送我去班佛嗎？幫我把那些家具抬到院子裡？」

「不能。」

「為什麼？」

「我得割草。」

「你？」

路克放下了電話。

「割草完全可以等兩天呀！為什麼不幫幫如斯？」吉埋怨著。

「她可以租車呀……」

吉沒再吱聲。不過，穿上了衣服。

「這麼早就起來了？」路克一眨不眨地看著吉。

「不早了，天快亮了。我得回卡爾加里。」

路克沒再說話，也沒問她為什麼不給他做早餐了？沒有。

早晨的霧很大，淹沒了前面的樹林，只有樹梢露個頭，像是白色大海中的小島，但很快就散開了，在秋天褐色的草地上凝結成薄薄的露水，像一層白霜，吉打了個冷顫。

月亮依舊掛在那幾株楊樹梢之間，安安穩穩的。但是，東邊的天空，已現出了一片淺玫瑰色，接著，一瓣又一瓣地彌漫了迎面的天空，又向她飄來、飄來，越來越亮，眨眼之間，變成了一片枯黃色，接著那圓圓的太陽，帶著巨大的光暈，噴薄而出，晃得她睜不開眼睛。兩邊的乾草垛也模糊起來，她只好放下車窗前面的擋光板，戴上墨鏡，放慢了車速。這時，卡爾加里的輪廓出現了，這就是她落腳了十幾年的地方，在這裡，她的空間越來越小，小得僅僅剩下了一個租借的公寓，她不知道這樣畫下去，或者說這樣探索下去，還能撐多長時間。

而時間，跑得越來越快了。記得小時候總是盼望過年，然而，年就像一架病歪歪的牛車，遲遲不來，每一天都長得沒著沒落的，她就拿起筆亂畫一氣。現在，打個噴嚏的功夫就是一年，比火箭還快，不，簡直是飛沙走石，打得她直趔趄。說實話，除了去路克的牧場，她幾乎把時間都用在畫畫上了。她畫啊畫啊……

現在，她已經看到她居住的公寓了，就在道路右側，一樓的玻璃大門嚴嚴實實地關著，樓下十二號公共汽車停車站靜悄悄的，連個人影也沒有。要是往常，該放慢車速，拐進地下停車場了。接下來將熄滅引擎，上樓畫畫……然而今天，她目不斜視，用勁一踩油門，飛快地滑過了家門。

「啊，是你！」如斯聽到門鈴，有點吃驚，眼仁眼白更分明了。不能怪如斯，她的確來得太突然了，連個電話都沒打，這在她與如斯的多年交往中，還從沒有過。

「我想幫您把那些泡在水裡的家具撈出來，現在就走……」吉喘著氣，因為她剛剛一步踩了兩個臺階，太猛了。

「路克太噁心了，我求他幫我，你說他怎麼說的……」如斯又學了一遍路克拒絕她的那些話，像是吉並沒有聽過似的。其實，如斯完全猜得出來，她當時就在路克身邊呢。長久以來，她就與如斯・傑普森，甚至更多的女人，共擁著這一個男人。

「吉，我跟你保證，我不會再理他了。」如斯起誓發願的。

吉笑了，她知道，這都是氣話，等明天路克給她打個電話，送一束鬱金香，她就啥都忘了。如斯對路克的記憶，永遠停留在她買下這座房子的那一刻，那時，路克還年輕，當即開著他的大卡車，幫如斯把所有的家具都搬進了新家。從此，她和路克之間的關係就定格了。

「當年，路克開著大卡車幫我搬家時，是個週六，我請他先吃了早餐。沒成想，打那以後，他每週六都來我這裡吃早餐，二十多年了，光他的早餐，我就花去了一千多元呀，還不如當初雇人搬家了，頂多也就花三百多元。」如斯抱怨著，又看了看吉，「我知道，路克非常非常喜歡你，如果你的房子被淹，他，肯定會幫你的……」

「不是的，不是這樣的……」吉突然感到嗓子眼發乾，於是，咽了咽口水。

吉沒有說出的話是，她也拿不准，路克會不會幫她，因為，路克只做自己樂意做的事兒，像一個野生動物，包括他每說一句話，都是真的。她記得，有一次，路克柔情蜜意地抱起她，扒在她的耳邊說：「我愛你！」

「這話，你說給過多少女人？」她問他。

「不多，」他咕嚕著，「我不常說這話。」

「還是說過，對嗎？」

路克點點頭。

「都說給過誰？」

「阿麗沙。」

「噢。」吉從路克的懷裡掙脫了出來。

「還有奧麗維亞，」路克加了一句，「是很早以前了。」

「那麼，在舞場那邊，你都對多少女人感興趣？」

「好幾個。」

「如果一共有二十五個女人跳舞的話，你會對她們中的多少感興趣呢？」

路克摸摸腦袋，真的尋思起來：「五個左右吧。」

「百分之二十的比率呀！」吉笑了起來。

路克也笑了。不是驕傲，不是自嘲，而是真正的笑。不過，路克是打定了主意一輩子不結婚不要孩子的，雖然沒有說出來，但是吉聽到了，那是有點像石塊碰撞時，發出的堅硬回聲。

風雪之夜

禍事源於如斯・傑普森庭院裡的那條小河，河水漫過了堤岸，淹沒了庭院，流進了如斯的房子裡。不過，待吉和如斯到達時，只聽水響，已不見了小河。

「河道改了。你看，河床都與河岸一樣高了。」如斯的鄰居聽見車響，從兩家之間的樹林裡，斜穿了過來，指著河道上的碎石。

吉清楚記得，那裡原來有一條很乖的小河，因為河岸兩邊盡是大樹，從如斯的臥室這個角度看去，那水，像一面鏡子，在樹葉的碎影中，很是玄妙。現在好了，水不見了，石子都擠到了樹林裡，原來的河床隆了起來。還有一些塑料袋子裝著滿滿的肥土，大約是播種花草時需要的吧，都橫七豎八地躺在樹林裡呢。

「那些肥土不是我的，是從別人家的花園裡飄來的！」如斯向前走了幾步，細看了看那些裝肥土的塑料袋子上的商標。

「我家院子裡的下水道都被淹沒了，衛生間已經不能用了，我得回去找人抽走下水道的積水。」如斯的鄰居說著，轉身走了，不過，又回頭安慰了如斯一句，「你我都算幸運，其他的人家，有的連房子都被沖走了！」

如斯拿出鑰匙，打開了門。還好，一樓還算正常，只是地下室的門推不開了，最後，吉和如斯兩人卯足了勁，一起用力，門，才算開了：家具家，書呀，都浮在水面呢。如斯不管三七二十一，立刻趟了過去。吉以為如斯看到了錢或昂貴的珠寶，結果，如斯只撈起了一個二十世紀初英國出版的《莎士比亞戲劇集》。

「這是我外祖母留下的，已經絕版了。你看，印刷得多漂亮！」如斯指著那個燙金的封面，然而，那金字已被水泡得只剩下了一道道傷痕。

陽光，突然照射了進來，在水上橫著灑下了一道淺黃色光暈。吉和如斯都抬起了頭：原來，是如斯的兒子喬治和女兒索非亞回來了。

「啊，太好了！」吉和如斯異口同聲。

本來如斯的這一對兒女都住在外省，回來一趟不會這麼快的，但喬治自己有個小型飛機，今天派到了用場。總之，吉放心了。大家也都讓吉回去畫畫，知道她的時間寸金寸銀的。

回到家裡，吉首先洗了澡，換了衣服，坐在畫架前時，電話響了。

「吉，你今晚過來嗎？」是路克的聲音。

「不。」吉條件反射似的回了一個字，這讓她自己都有些意外。

「尼歐今天摔倒了。」路克像是沒有聽到她的回答似的，只管說自己的。

「現在在哪裡，我說得是尼歐？」吉屏住了呼息。

「在醫院。醫生說，尼歐不能再回黑鑽石鎮那個老人院了，因為那裡的老人都是可以自理的，尼歐已不能自理，必須搬到二十四小時都有人看護的老人院。」

「她現在還安全嗎？」

「沒事了。不過，那種晝夜都要人護理的老人院很難排上，至少得等六個月。」

「她今天喝咖啡了嗎？」

「還沒有。」

「好的，我給尼歐送過去……」

吉放下電話後，很快就為尼歐準備了一小壺咖啡，還準備了一小塊奶酪和兩片抹著奶油的全麥麵包。不知為什麼，她越來越對尼歐走火入魔了，甚至感到尼歐身上散發的那股老人特有的淡淡的腐氣也很好聞，讓她有一種靠近尼歐的欲望，想坐在尼歐的身邊，幫她修剪那硬綁綁指甲……

上路時，吉還看得見橫貫在前面的洛磯山，那青灰色的山岩上，點綴著白雪，穿過綿絮般的雲靄，與藍天銜接。可是，車燈前飄起了雪花。天，很快暗了下來，什麼都看不見了。

沒想到，剛剛初秋，就下起了雪。卡爾加里的天氣就是這樣，貓一天狗一天的。雪在車燈裡打起了轉兒，又斜著飄下來，執著地形成了一條條雪線。每當迎面來車，那公路上的雪，就像海浪一樣翻滾起來，形成雪煙。她就想到了加拿大七人組合中的F.H.Varley的畫──那些在風暴中被刮得歪著腦袋瓜的大樹。如斯常感歎那些畫「太美了」，可吉認為，那僅僅是大自然的狂怒，讓人越發孤單。

唉，如果當年沒有考上美術學院，會有今天嗎？都是畫畫惹的禍！不，不能這麼說。她想起了華岩、李平，還是其他的同學，人家不是也念了美術學院，不僅沒有變窮，反而讓這張文憑，成了升官發財的通行證……如今，這些人肯定也都兒女繞膝了吧？都在自己熟諳的環境裡，在自己的秩序裡，吃香的喝辣的。他們是不會想到她的今天──在異國它鄉掙扎，沒有孩子，沒有丈夫，沒有金錢……小時候，奶奶常告訴她：「你是坐著出生的，將來准是娘娘命！」

唉，不要說娘娘命，就是普通人的命也趕不上啊──如果繼續畫下去，很可能會成為叫花子的，到那時候，可咋整呢？放棄畫畫找個正當職業？

「不，不，不……」吉聽到她的心在狂喊，那是有點像生鐵碰撞時發出的聲音，涼涼的，脆脆的，散發著幽長的回音。

車子也越來越輕了，隨時都會被風雪捲起來似的，她甚至聽到心的「砰砰」跳動，手心也不知不覺地出了汗，脖子僵硬起來……他多希望路克出現啊……不，為什麼想到路克呢？她必須自己承受一切，不要依賴任何人！是的，是沒有必要依賴路克，她所以看望尼歐，並不是因為她是路克的媽媽，而是去看望一顆獨立的，沒有任何枷鎖的靈魂。

不過，此刻怎麼了，她的雙手居然麻木起來！她想放慢車速，把車子停在路邊，等這陣大風雪過去後再上路。於是，她試著把踩油門的右腳，移到剎車上，可那只腳怎麼也抬不起來了，不僅如此，還不聽話地猛踩油門，她真的嚇壞了……

尾聲

吉醒來時，四周是雪白的牆壁，白壁又在她的眼前移動起來，形成了連綿的雪山，雪山之間，一個人影，漸漸地由小變大、變大，終於看清了：他長長的頭髮，在微風中起起落落，海浪一般，好帥氣啊！而那穿在他身上的咖啡色曲巴，筆挺、精緻，與眾不同。接著，他就把手裡的兩瓶礦泉水向她舉了起來……

「晉美！」她喊著，全身的血液都沸騰了，她真想坐起來，就猛然抬了抬身子，可身子一動也不動。

「我怎麼了？」她隨口而出，聽到自己的聲音像是來自山的那一邊，似有似無。

「你撞車了。撞到了你前面的一個活動房屋車的後背上，幸好方向盤上的安全汽袋彈了出來，保護了你……昨晚的雪太大了……我不該讓你去看望尼歐，都是我的錯。幸好那個被你撞的司機立刻叫了警察，警察又在你的車裡發現了我的電話……不過，等我到時，救護車已把你送到了這裡……」

吉用力睜了睜眼睛，可一切都影影綽綽的，晉美消失了。

「晉美，晉美在哪裡？」她不自主地喊道。

「吉，你在說什麼呢？你需要休息，昨晚，你受了太大的刺激。」

吉不吱聲了，閉上了眼睛。於是，她的眼前又出現了晉美，就像初見他時的樣子，兩手舉著礦泉水，她不由自主地舔了舔嘴唇。

「想喝水嗎？」又傳來了聲音，的確不是晉美的聲音。

「吉，認不出我了嗎？我是路克呀！」

「哦。」吉在嗓子眼兒咕嚕了一句，淚水就一對一雙地流了下來。

「吉，別難過，你就是受了點刺激，沒啥大礙。不過，就是有大礙，我也想好了，咱們結婚，現在就結婚，好嗎？」

「不。」吉輕輕地呼出一口氣。

釀小說97　PG1926

逆轉

作　　者	朱　瑞
責任編輯	林昕平
圖文排版	莊皓云
封面設計	楊廣榕

出版策劃	釀出版
製作發行	秀威資訊科技股份有限公司 114 台北市內湖區瑞光路76巷65號1樓 電話：+886-2-2796-3638　傳真：+886-2-2796-1377 服務信箱：service@showwe.com.tw http://www.showwe.com.tw
郵政劃撥	19563868　戶名：秀威資訊科技股份有限公司
展售門市	國家書店【松江門市】 104 台北市中山區松江路209號1樓 電話：+886-2-2518-0207　傳真：+886-2-2518-0778
網路訂購	秀威網路書店：http://store.showwe.tw 國家網路書店：http://www.govbooks.com.tw
法律顧問	毛國樑　律師
總 經 銷	聯合發行股份有限公司 231新北市新店區寶橋路235巷6弄6號4F 電話：+886-2-2917-8022　傳真：+886-2-2915-6275

出版日期	2018年2月　BOD一版
定　　價	400元

國家圖書館出版品預行編目

逆轉 / 朱瑞著. -- 一版. -- 臺北市 : 釀出版,
2018.02
面； 公分. -- (釀小說)
BOD版
ISBN 978-986-445-234-7(平裝)

857.7 106021406

讀者回函卡

感謝您購買本書，為提升服務品質，請填妥以下資料，將讀者回函卡直接寄回或傳真本公司，收到您的寶貴意見後，我們會收藏記錄及檢討，謝謝！如您需要了解本公司最新出版書目、購書優惠或企劃活動，歡迎您上網查詢或下載相關資料：http:// www.showwe.com.tw

您購買的書名：________________________________

出生日期：________年________月________日

學歷：□高中（含）以下　□大專　□研究所（含）以上

職業：□製造業　□金融業　□資訊業　□軍警　□傳播業　□自由業

□服務業　□公務員　□教職　□學生　□家管　□其它_____

購書地點：□網路書店　□實體書店　□書展　□郵購　□贈閱　□其他

您從何得知本書的消息？

□網路書店　□實體書店　□網路搜尋　□電子報　□書訊　□雜誌

□傳播媒體　□親友推薦　□網站推薦　□部落格　□其他__________

您對本書的評價：（請填代號　1.非常滿意　2.滿意　3.尚可　4.再改進）

封面設計____　版面編排____　內容____　文／譯筆____　價格____

讀完書後您覺得：

□很有收穫　□有收穫　□收穫不多　□沒收穫

對我們的建議：________________________________

____

____

____

請貼
郵票

11466
台北市內湖區瑞光路 76 巷 65 號 1 樓
秀威資訊科技股份有限公司 收
BOD 數位出版事業部

....

（請沿線對折寄回，謝謝！）

姓　名：＿＿＿＿＿＿＿＿　年齡：＿＿＿＿　性別：□女　□男

郵遞區號：□□□□□

地　址：＿＿＿＿＿＿＿＿＿＿＿＿＿＿＿＿＿＿＿＿

聯絡電話：(日)＿＿＿＿＿＿＿＿＿＿(夜)＿＿＿＿＿＿＿＿＿＿

E-mail：＿＿＿＿＿＿＿＿＿＿＿＿＿＿＿＿＿＿＿＿